【難以完成的儀式】

Author 愛潛水的烏賊　　Illustrator 阿蟬

CONTENTS

〔目錄〕

第 一 章
倒楣的安德森　　003

第 二 章
囚犯與看守　　023

第 三 章
恐怖的生命力　　051

第 四 章
面具之後　　071

第 五 章
靈體之線　　091

第 六 章
交換情報　　117

第 七 章
懺悔者　　137

第 八 章
三方交易　　163

第 九 章
殺人請求　　185

第 十 章
側面回答　　213

第 十一 章
遭遇戰　　233

第 十二 章
信使小姐　　263

第一章
倒楣的安德森

認出壁畫上的領頭者是誰後，克萊恩下意識就懷疑起這是自己夢境的內容。

不過，他很快就否定了這個想法，因為倒楣的安德森不是他認識的任何人，也不是曾經遇到過的留有印象的誰誰誰，有很高的機率不屬於他夢境的延伸。

而安德森有明確地說出自己因為看見那副壁畫而變得倒楣，與壁畫是強關聯狀態，所以，這是他夢境的一部分才對！

收斂精神，仔細再看，克萊恩迅速發現這裡的壁畫與小「太陽」在「真實造物主」廢棄神廟內看見的壁畫有幾個不同之處——

這裡的背景是燃燒著金色火焰的大海，之前那副是荒蕪死寂的平原；這裡的目的地是大海的深處，之前那副是遠處的高山，高山頂部有一個巨大的十字架和倒掛之人；這裡的「命運天使」烏洛琉斯腳底是黑色的淤泥與頭部朝下插入其中的魚類，之前那副是蜿蜒循環的河流。

不是同一副壁畫，更接近於一次朝聖旅途不同階段的記載⋯⋯克萊恩有所猜測地點了點頭。

他的腦海內已浮現出這樣一幕場景：在很久之前，在第四紀的某個時期，「吞尾者」烏洛琉斯帶領虔誠的朝聖者隊伍或殘餘的「真實造物主」信徒，在諸多強敵的追趕下，輾轉乘船來到這片海域；因為某些理由，祂放棄了船隻，依靠「真實造物主」的幫助或本身的力量，直接分開了大海，引領虔誠者們通過這裡，進入「神棄之地」，保留了「救贖薔薇」、「極光會」等組織的火種。

在「神棄之地」，他們穿越荒蕪的平原，在「朝聖」的路上建立了一座座神廟，也就是後來小「太陽」他們發現的那種。

從「水銀之蛇」威爾・昂賽汀被逼得重啟循環，逆轉為胚胎看來，「吞尾者」應該還活著⋯⋯

第一章　004

這是否說明祂率領那些「朝聖者」們最終抵達了目的地——「真實造物主」的聖所？這是否說明了「真實造物主」的聖所就在「神棄之地」某個地方？

想到這裡，克萊恩忽然湧現出一些莫名的感觸。

如果我的這個猜測是對的，那就代表無論「白銀之城」如何自救，如何薪火相傳，等到「真實造物主」完全醒來或者說恢復正常狀態，他們都會不可避免地走向滅亡！

當你距離邪神的神國、聖所很近時，你的存在與否就和你本身的努力無關了。這就像海水奔湧間激起的泡沫，當這個波浪過去，就會消失不見。

人類的族群，人類的文明，在邪神的注視下，就是這樣的脆弱。

「不，不能這麼悲觀，我剛才只是猜測，也許將威爾·昂賽汀這生命學派議長弄到轉世投胎的不是烏洛琉斯，也許『真實造物主』沒那麼容易恢復或醒來，祂可能正承受著七神的封印……」

「所以，白銀城還有機會，搶在邪神掙脫束縛前，打通『神棄之地』與外界的道路搬遷出來！這大概就是白銀城首席要釋放『牧羊人』長老的原因，他們必須利用每一分可以利用的力量……」

克萊恩強行收回了思緒。

他旋即有些擔憂，害怕來到這裡的自己已經落入「吞尾者」製造的「命運循環」。

這一刻，他本能就想逆走四步，進入灰霧之上，強行找回可能已經被消除的記憶，但最終，他還是按捺住了這種衝動，準備先觀察觀察再說。

——從解讀象徵符號的角度來看，這裡沒有循環的河流，只有倒插著魚類的黑色淤泥，代表不存在命運的循環，只有厄運的纏繞！

005 ｜ 倒楣的安德森

這與安德森的話語吻合。

「身為天使之王，烏洛琉斯肯定不會只有一招『命運循環』，不同神廟不同壁畫用不同的能力完全符合邏輯……再說，這是夢裡！」

「而且，就算我什麼也沒做，並真的陷入了循環，不斷重複著與『星之上將』對話至打算觀察的這段經歷，等到下週一來臨，問題也能得到解決。」

「到時候，塔羅會肯定沒辦法如期舉行，『正義』小姐他們必然會疑惑地做出祈求，而我就能藉此找回記憶……」克萊恩下了底氣，心裡的慌亂與緊繃不是消失不見，就是被他深藏於內。

他抬頭望向前方，發現這座大廳很深，一眼看不到盡頭，而門外照入的光芒，只局限於進來這一塊，別的地方都頗為昏暗，越往深處越漆黑，只隱約能看見兩側有一扇扇木門，不知分別通往哪裡。

看著這幽邃深暗的場景，克萊恩繼續探索的欲望一下降到了最低：「在這裡都遇到了天使之王遺留的壁畫，誰知道再往深處走，進入其他房間，會發生什麼事……」

對未知的恐懼是一種極端古老的情感，可以預知到很危險卻不知危險源於什麼，則是能帶來最強烈恐懼的未知，克萊恩自我審視了幾秒，停下了向前的腳步。

他轉而對用斧頭劈著巨木的安德森道：「你為什麼會來這裡？」

安德森抬頭看了他一眼，哂笑了一聲：「我是一名寶藏獵人。你說我來這裡做什麼？」

寶藏獵人……克萊恩隨口問道：「這裡有寶藏？」

安德森繼續埋頭製作所謂的獨木舟，嗓音一下變得低沉：「這片海域到處都是寶藏。只要你能

第一章　006

「成功拿到，活著出去。」

「這倒也是……但問題在於，不是半神，在這裡會很危險，而半神在這裡更危險。」

克萊恩望了望大廳深處道：「你知道那裡有什麼嗎？」

安德森循著他的視線瞄了一眼：「不知道。我有三分之一的同伴組成隊伍，往那裡探索，然後再也沒有回來。」

「你是指現實世界，還是夢境裡？」克萊恩思維縝密地問道。

「當然是現實世界。在夢境裡往前探索的是我另外三分之一的同伴，他們同樣沒有回來。」

斧頭落下後，安德森笑笑道：「他們現實世界的身體呢？」

克萊恩吸了口氣，想了想道：「變異成了怪物，幹掉了不少同伴。」安德森拔起斧頭，用力往下一劈。

「——當！」

「砰！」

清脆的聲音裡，他的斧頭碎了兩塊，因為破裂處在靠後方，碎片一下子激射到他的身上。

安德森的右胸和腹部頓時流出鮮紅的血液，汩汩如泉。

他用左手摀住一處傷口，抬起腦袋，看向克萊恩，苦澀笑道：「我說過，看到那副壁畫後，我就一直被厄運籠罩。還好，這不算太倒楣，至少它們沒有毀掉我普普通通英俊的臉孔。」

……這兩個形容詞是怎麼放在一起的？

克萊恩看著安德森快速取出碎片，處理傷口，服食藥劑，發現他情緒穩定，手法熟練，似乎已

克萊恩單手插入口袋,玩弄著裡面的硬幣,斟酌著問道:「你同伴展開探索的時候,你和剩下的一部分是留在原地研究壁畫?」

安德森愣了一下,將藥劑皮囊繫回腰帶,擦了擦嘴巴,說道:「不。我屬於往前探索的那三分之一。」

說著說著,他嘴角一點點咧開,露出和煦的笑容。

這……

克萊恩瞳孔一縮,直接就微弓背部,抬起了左掌。

就在這個時候,刺目的陽光照了起來,一切先是燦白,繼而變淡,消失不見。

克萊恩自然睜開了眼睛,發現外面又回到了正午狀態。

他掏出金殼懷表,按開看了一眼:「只過了半個小時,這黑夜有點短暫啊!剛才那個倒楣的安德森明明看起來很正常,沒想到這麼讓人害怕。」

翻身下床後,克萊恩忽然記起一件事情,那就是「命運之蛇」威爾·昂賽汀還沒有「回信」!

因為所有人的夢境都被拉入了那個世界,沒與靈界連通,所以祂無法定位?

或者,祂察覺到了「吞尾者」烏洛琉斯的氣息,沒敢靠近?或者,這片海域本身有問題?

念頭轉動間,克萊恩決定驗證一下。

至於怎麼驗證,辦法很簡單,那就是趁著「正午」,重新再睡。

不過,他沒急於這麼做,因為他不知道在這裡是否有白天不能睡覺的禁忌。

第一章　008

戴上鴨舌帽，克萊恩來到船長室外，屈指敲響了房門。

咚咚咚三聲後，他收回手，耐心等待。

沒過多久，「星之上將」嘉德麗雅打開了房門。她臉上已不見了夢裡的迷茫，並重新架起了厚重的眼鏡。

「白天能睡覺嗎？」克萊恩直捷了當地問道。

嘉德麗雅點了點頭：「可以。」

回答之後，她猶豫了一下道：「剛才在夢境裡，你似乎很有行動力？」

想到這片海域藏著的危險，想到自己之後可能會被迫展現點什麼，克萊恩決定先主動鋪墊一下。

他看著嘉德麗雅，彬彬有禮地笑道：「是的，這是我主的恩賜。」

我主……嘉德麗雅厚重眼鏡遮掩下的目光有了明顯的閃爍。

她眉頭少見地皺了一下，旋即展開，沒有多問。

克萊恩想了想，補充道：「小心希斯·道爾。」

嘉德麗雅明顯聽懂了他的意思，直接回答道：「不用擔心，他有一件封印物，負面效果讓他只能聽見來源很近的聲音。

這是巧用負面效果啊！

克萊恩不再囉嗦，脫帽行禮，轉身離開，走回了房間。

他重新躺下，又一次借助冥想入睡。

夢境世界裡，他清醒過來，看見了熟悉的漆黑荒原和黯色尖塔

009 ｜ 倒楣的安德森

「呼，還好，能聯繫上……

克萊恩鬆了口氣，一路來到塔內，在老地方看見了散落的塔羅牌和新的字跡：「那裡有很多危險，但最危險的是黑夜來臨後的夢境！絕對不要探索那個夢境！

「基於這裡篇幅不夠，我就不解釋理由了。好吧，開個玩笑，原因是那裡包含某些神靈遺留的某些夢境。」

看到威爾·昂賽汀的提醒，克萊恩第一感覺就是慶幸。

「還好我沒有作死，沒有繼續探索……」他毫不掩飾地舒了口氣。

雖然他也看見了與「吞尾者」烏洛琉斯有關的壁畫，遇上了安德森這個不知遭遇了什麼以至於異變成可怕怪物的傢伙，但至少沒陷入實質的危險裡。

不知道下次進入夢境，是隨機出現在一個範圍內，還是從這次結束時開始。如果是後者，只要你不嘗試靠近那些廢墟、遺蹟，不直視「中午」飛過天空的事物，不挑戰有徵兆的暴風雨，然後沿著別人驗證過的安全航道前行，那就問題不大。」

克萊恩收回視線，往下閱讀起剩餘的提示：「除了夢境，其他都相對不那麼麻煩，離開黑色修道院……」

「至於美人魚，你一直往前航行，總會遇到，因為以她們的層次，只能生活在較為安全的區域，而這並不多。」

「最後，祝你一切順利，你真摯的處於發育關鍵階段接下來可能會經常沉睡的朋友威爾·昂賽

第一章　010

最後的長句有些拗口,但克萊恩秒懂了「命運之蛇」的意思:在我出生前,不是特別重要特別關鍵的事情,不要來打擾我!

我努力……克萊恩在心裡不是那麼肯定地回應道。

如果他這次能順利晉升,也許用不了多久就要請教對方該去哪裡尋找「占卜家」的序列四魔藥配方。

對尋找美人魚之事有了更多信心的克萊恩當即離開夢境,戴上帽子,前往海盜餐廳。

由於夢境的耽擱,許多菜品已經涼掉,但海盜們卻吃得非常開心,因為這次沒有死人。

既然沒有死人,見識到奇妙事件多了不少吹牛資本的他們自然心情不錯。

「要一杯牛奶嗎?」弗蘭克・李端著盤子,坐到了克萊恩對面,並熱情地問道。

想起夢境中的對話,克萊恩表面平淡內心堅決地搖了搖頭。

他很擔心這船上的牛奶是弗蘭克的實驗產物。

弗蘭克不甚在意地咕嚕喝了口牛奶道:「我記得夢境裡和你說過那些小東西的事情?」

「是的。」克萊恩切了一塊澆了醬汁的龍骨魚魚肉塞入口中。

這種魚以少刺著稱,很多時候甚至只有一根主刺。在貝克蘭德,牠因品種不同,分屬中、高檔食材,但在奧拉維島東面,在安全航道邊緣,經常能釣到。

弗蘭克呵呵笑道:「我當時的表述有些不準確,牠們真正的作用是讓生物不在哺乳期也能順利產奶,無論雌性,還是雄性,只要服用就能產奶,停止就恢復正常,這樣一來,可憐的乳牛們就不「汀。」

用遭遇那些折磨了，這樣一來，男女在養育孩子上就能更加公平，更有利於女性外出就業……」

——等等，你在說些什麼啊！

克萊恩差點沒能維持住格爾曼·斯帕羅這個人設。

這一刻，他覺得真正瘋狂的代名詞不是格爾曼·斯帕羅，而是弗蘭克·李。

「他竟然還是一名支持男女平等的傢伙，只不過方法有些可怕。」

「也是，大地母神教會和女神教會一樣，認為女性應該擁有和男性一樣的社會地位，不過，他們更加重視繁殖生育，將這視為最神聖的事情。」

「七大教會裡，風暴教會和戰神教會最偏向男性，太陽教會次之，知識與智慧之神教會的畫風則和其他教會都不一樣，屬於智商歧視，蒸汽教會中立，甚至因為工業發展需要更多的勞動力，一直配合女神教會鼓勵女性外出工作。」克萊恩腦海內一下閃過了七大教會的區別。

他抬頭看了弗蘭克·李一眼，就像對方剛才說的只是一件微不足道的小事。這讓弗蘭克相當高興，忍不住又多喝了口牛奶。

等到海盜們輪班用完午餐，「星之上將」嘉德麗雅再次推開船長室的窗戶，用魔法放大聲音，說道：

「前面一點五海里有一座島嶼，我們在那裡停靠，等待暴風雨過去。」

「在這片海洋裡，每當中午和夜晚交替一次，就有可能出現恐怖的暴風雨，我不確定它什麼時候會來，但我認為還是等它過去了再繼續航行更安全。」

她比之前解釋得詳細了不少，因為這不是突發狀況，還有充裕的時間。

按照嘉德麗雅的吩咐，在航海長奧海上的人們最害怕的事物之一就是暴風雨，自然沒有異議，

第一章 012

托洛夫和水手長妮娜的指揮下，緊張地準備著停靠事宜。

而這讓克萊恩印證了威爾・昂賽汀提醒事項裡的一件事。

──不挑戰有徵兆的暴風雨！

沒過多久，一座覆蓋著巨大樹木的島嶼出現於「未來號」側前方。

超過一百公尺長的帆船調整著行駛了過去，停靠於背風面。

大半個小時過去，天空忽然昏暗，鉛色的雲層一朵又一朵浮現。

它們彼此重疊，似乎已將周圍海域完全籠罩。

巨大的轟鳴聲裡，刺眼的閃電光芒中，遠處一道颶風捲了過來。

它上接雲層，下連海面，比傳說裡的任何巨人都要誇張。樹枝般的閃電並沒有因為暴雨來臨而停息，不斷地擊打著海面，分裂出細小的電蛇往四周蔓延。

這恐怖的龍捲風帶來了山一樣的海浪。

嘩啦啦的雨點打在未來號的甲板上，讓早就進入船艙或避雨處的海盜們有種末日已至的感受。

這樣的暴風雨並沒有維持太久，大約一刻鐘後，海浪平息，颶風消散，正午的陽光又統治了天空。

「你們可以到島上活動一下，但不能往深處走，必須處在火炮射程內。」嘉德麗雅給了海盜們一個短暫的放鬆機會。

克萊恩牢記著「水銀之蛇」威爾・昂賽汀的提醒，毫無探索島嶼的欲望，離開「未來號」後，他只在沙灘上來回走動，享受腳踏實地的感覺。

沙灘，陽光，樹木⋯⋯很有度假的味道了。

克萊恩好笑地想著，眼角餘光突然掃到了一個高速移動的黑點。

它正從懸崖邊緣飛奔過來，那黑點越來越大，竟然是一道人影！

就在克萊恩不遠處踩沙子的「星之上將」嘉德麗雅也注意到異常，半轉過身體，取掉了鼻梁上架著的沉重眼鏡。

那人影越來越近，穿著白襯衫、黑馬甲、黑褲子，是個身材中等，金髮三七分的碧眼青年。

——安德森！倒楣的安德森！

克萊恩一下子就認出了對方。

來者竟然是夢境世界裡那個可怕的安德森。那位說同伴往前探索，再沒有回來，卻自陳是探索隊伍一員的安德森！

這時，安德森抬起了右手。

「——風暴！」

沒有猶豫，身為格爾曼・斯帕羅的克萊恩掏出一枚符咒，念出了一個古赫密斯語單字。

那由白錫製成的符咒立刻變得刺手，像是長出了一片片細小的刀刃。

隨著靈性的灌注，半空風聲一下激盪。

克萊恩面無表情地向安德森扔出了手中的符咒。

「——嗖嗖嗖！」

一道道凝成青色的鋒利薄刃射向了目標，就像來了一次次排隊的槍斃。

安德森正帶著笑容舉高右手，似乎想開口說點什麼，但耳畔一下子響起了低沉神祕的咒文和讓人頭皮發麻的風聲。

他目光一凝，直接倒向旁邊，連做翻滾，狠狠地就像前方是燒紅的鐵板。

「嗖、嗖、嗖！」

風刃插入沙灘，切割出了一道道明顯的縫隙，但還是差了一點，未能命中目標。

「停、停止！」安德森一邊身形矯捷地翻滾躲避著，一邊高聲呼喊道，「我沒有敵意，我沒有惡意！」

「安德森·胡德……」「星之上將」突然吐出一個名字，抬手攔住了已掏出一把符咒的格爾曼·斯帕羅。

她認識這一位安德森？

克萊恩沒有魯莽念出開啟咒文，沉聲說道：「他已經異變了。我在夢境裡遇到過他。」

他對遇見倒楣的安德森並不意外，因為既然海盜們在夢境裡處於同一個區域內，彼此離得很近，那與他們相隔不遠的安德森必定也在「未來號」的附近。

「沒有、沒有！」安德森哭笑不得地站了起來，投降般舉起雙手，「我認得你，你問了我很多問題。當時，我就想開個玩笑，真的，開個玩笑，活躍一下氣氛，你不覺得環境一下子變得很恐怖的體驗非常棒嗎？」

「如果我也去探索了，我怎麼還會好好活著？」

「這正是我擔心的問題……」克萊恩並沒有相信對方的解釋。

015 ｜ 倒楣的安德森

安德森聳了下肩膀道：「我一說出口，就準備解釋，我在開玩笑，並打算向你求救，希望你們能來這裡帶走我，結果，那一刻夢境結束了……混蛋，這真是太倒楣了！」

符合倒楣的特質……克萊恩嘀咕了一句。

他本打算當面掏出硬幣，用占卜的方式試探對方，忽然聽見「星之上將」嘉德麗雅道：「聽他講一講究竟發生了什麼事情。他在迷霧海很出名，有『最強獵人』的稱號。」

最強獵人！

克萊恩被這個稱號震了一下，經過仔細回想，發現對方並沒有賞金。

也就是說，安德森．胡德在夢境世界裡的自我陳述是真實可靠的，他更是一名寶藏獵人！

可惜，斯帕羅還沒有幹掉任何一位海盜將軍，否則我才是最強獵人。

克萊恩沒有放鬆戒備，日光冷冽地注視著對面。

只要安德森．胡德出現一點異常，他就會立刻扔出手裡的這把符咒，反正開啟咒文都是一樣的，對現在序列的他來說，灌注靈性也是可以同時進行的。

聽到「星之上將」的介紹，安德森認真搖了搖頭：「不，不是最強獵人。」

唷，還挺謙虛的嘛！克萊恩在心裡感慨了一聲。

安德森呵呵一笑，補充說道：「如果『星之上將』妳依舊堅持，最好在前面加一個限定詞……『半神以下』。嗯，半神以下最強獵人。」

……我收回前面那句話。

克萊恩嘴角微不可見地動了動。

見「星之上將」沒有回應，安德森雙手自然下垂道：「這片海域很危險，但也藏著很多寶藏，關於這一點，我相信二位同樣清楚。」

「曾經有不少冒險家，更準確地說是寶藏獵人，進入這裡，尋求奇遇，但大部分都沒能活著出去。呵呵，我說的是大部分，必然存在一些幸運兒，既能收穫物品和材料，又可以順利離開。」

「這次的尋寶團就是由兩位有這方面經驗的寶藏獵人召集的，他們聲稱自己已經摸清楚了安全航道前半程哪些廢墟不能探索，哪些遺蹟可以嘗試，哪些怪物該用怎樣的辦法進行狩獵，哪些失控的邪異生物必須採用哪種方式規避。」

「我對這裡一直很好奇，成功被他們說服，加入了他們的尋寶團。」

「然後呢？」「星之上將」嘉德麗雅略帶深紫的黑色眼眸內早映照出對方的身影。

安德森嘆了口氣道：「開始很順利，真的很順利，我們避開了危險，拿到了不少前面探索者的遺物，並獵殺了一些怪物，收穫了好幾件材料。」

「一切的轉折是在我們發現一座位於被淹島嶼上的奇怪神廟後，那裡有不少保存完好的壁畫，這位先生在夢境世界裡也見過。」

他用下巴指了指克萊恩。

「這不是重點。」克萊恩平靜地回應道。

安德森搖頭苦笑道：「其中一副壁畫非常邪異，描述的是一支朝聖隊伍在分開的海水裡前行。

這支隊伍的首領被刻畫為天使，留著銀色至背心的長髮，五官很柔和。」

「我當時最先抵達那幅壁畫前，伸出右手，習慣性地憑空勾勒了一下各種線條，真的，我，沒

有碰到，隔了至少有五公分。誰知道，畫像中的天使在那一刻似乎睜了一下眼睛。」

——你的最強獵人稱號肯定是因為招惹的事情太多，被逼迫出來的。

克萊恩一點也沒有同情心地無聲嗤笑著。

「銀髮的天使？」嘉德麗雅反問了一句。

「是的，但我不知道這究竟是哪位天使，至少七大教會的各種畫作裡沒有出現過。當然，也許是壁畫作家隨意添加的，未必真實。」

安德森剛要抬手捋一下頭髮，卻發現對面那個穿圓領衫、披棕夾克、戴鴨舌帽的男人正目光冷漠地盯著自己，似乎只要有一點異動，他就會毫不猶豫地發動攻擊。

而此時克萊恩想的卻是另外一件事情：「這傢伙在美術方面很專業啊，至少一般人是沒辦法了解那麼多宗教畫作的。」

未得到有效答案的嘉德麗雅當即側過腦袋，望向克萊恩，目光裡帶上了幾分詢問的意味。

她剛才聽安德森‧胡德說了，格爾曼‧斯帕羅看過那副壁畫。

也許，這有主恩賜的組織成員認得出那是哪位天使。

「星之上將」嘉德麗雅莫名覺得格爾曼‧斯帕羅有可能真的知道答案。

想到「隱者」女士在下次塔羅會上隨口問一問就能收穫答案，克萊恩沒有隱瞞，簡單地說道：

「『吞尾者』烏洛琉斯。」

「『吞尾者』烏洛琉斯？那個「命運天使」？那位天使之王？嘉德麗雅的嘴唇不自覺地抿了抿，眼眸裡的紫色似乎更明顯了一點。

她上一次聽到這個名字還是在塔羅會上，得益於「正義」小姐的告知。

那是她初次知曉天使之王的存在，沒想到才幾個月就在現實世界裡遇到了線索。

「『吞尾者』烏洛琉斯？」安德森有些茫然地咀嚼著這個名字。

克萊恩沒再說話，一副我沒興趣解釋的模樣。

安德森見「星之上將」也沒有開口，只好哈哈笑了一聲，繼續往下說：「當時我還以為是幻覺，因為那副壁畫之後都沒再出現異常。」

「接著，我們的隊伍分裂成了兩個部分，大多數被我的描述嚇到，認為不應該探索那座神廟，剩下三分之一渴求收穫更多的寶藏，向著神廟深處出發了，我們等待了整整一天，等到了三次正午與黑夜的交替，卻都沒有等到他們回來。」

「我們都是出色的寶藏獵人，知道肯定出事了，稍做確認後，不敢再停留，不敢再等待，立刻離開神廟，乘坐船隻原路返航。我們已經收穫足夠多，不想再冒險。」

──等等，你們都沒有去救同伴的打算？嗯，這種臨時召集的冒險團成員，遇到危險後，肯定只會顧自己和最熟悉的幾位朋友。根據我的經驗，你們那些消失的同伴或許正在吃屍體的手指。

克萊恩腹誹了幾句，未曾開口指責安德森。

安德森又嘆了口氣道：「離開那座神廟後，我們發現自身出現一些異變，一方面變得很倒楣，無論做什麼都不順利，就連安靜地喝幾口淡啤酒，都會發現不知誰把酒桶當成了馬桶，往裡面撒了泡尿，嗯，這不是我的遭遇，是我同伴的。」

「另一方面，我們在夢境裡獲得了對自身的控制權，不再是迷迷糊糊，知道了什麼卻又無法展

開行動的狀態。所以，我的部分同伴，大概最初人數的三分之一，好奇地往夢境世界的深處前行了一段距離，呵呵，他們也沒再回來。」

安靜聽著的嘉德麗雅開口問道：「他們現實世界的身體呢？」

「異變成怪物了，殺掉剩下不少同伴，也殺掉大部分水手。」

安德森做了一個明顯的深呼吸：「雖然我們成功幹掉了那些怪物，但由於缺乏足夠的水手，並遭遇了一系列倒楣的事情，沒能在暴風雨來臨前抵達這座島嶼。」

「所以，我們的船沉了，其餘的同伴要麼淹死了，要麼被閃電劈死了，要麼被水裡的怪物吞食了，我沒有全部親眼看到。」

「只有我，相對他們實力強一點、幸運一點，被波浪拋飛，成功游到了這座島嶼上，開始嘗試做獨木舟出去。呵，你也看見了，我最後的那把斧頭碎了，並反映到了夢境裡。」

安德森最後那句話是對克萊恩說的。

真是厄運纏身的尋寶團啊！克萊恩在心裡為對方畫了個緋紅之月。

他認為安德森的描述應該是真實的，他的經歷不像憑空編造的，但他有沒有隱瞞什麼，就不得而知了。

也許，安德森真的去過那座神廟的深處，吃了屍體的手指，卻自認為沒事地出來了，也許，他已經於夢境世界裡探索了不少地方，在某些不知名生物的夢境裡有遭受不明顯的汙染。

安德森・胡德講述完自己的經歷，衝著「星之上將」嘉德麗雅和不知姓名的某某某笑道：「我是否有這個榮幸乘坐『未來號』？我會支付船資的。」

第一章　020

他一副任憑你們開價的樣子。

嘉德麗雅再次側頭，看向克萊恩，似乎在詢問他要不要答應。

也就是說，妳更偏向於答應？妳都不做一下審查嗎？我都得去灰霧之上占卜占卜，才能給出明確的答覆，妳為什麼這麼有信心？

克萊恩從「隱者」嘉德麗雅看過來的這一眼解讀出了些許資訊。

就在他猶豫猜測間，安德森急聲說道：「我對接下來的航路很熟悉！我可以幫助你們避開安全航道上潛藏的危險，可以告訴你們哪些遺蹟不能探索，可以讓你們及時躲過美人魚的歌聲！」

「美人魚的歌聲？」克萊恩的眼睛險些發亮，好不容易才維持住了格爾曼·斯帕羅的形象。

安德森忽有所悟，笑咪咪地閉上了嘴巴，不再多說。

「是的，從這裡再有一天的航行，我是指外界的一天，繞過一處廢墟，轉向⋯⋯」說到這裡，安德森掏出一枚金幣，低聲誦念道：「安德森·胡德有問題。」

他連續重複了七遍，走著占卜的標準流程，但實際上根本沒期待過答案。

這是在試探對方，如果安德森真存在問題，應該會有心虛的表現，畢竟他無法確認格爾曼·斯帕羅的占卜水準，無法肯定必然干擾成功。

「——鏘！」

金幣彈起又落下，克萊恩瞄了一眼，直接將它塞入口袋裡：「沒有問題。」

回頭再去灰霧之上做一下確認⋯⋯克萊恩在心裡補了一句。

嘉德麗雅隨之望向安德森，點了點頭：「我答應你的請求。但出了這片海域後，你身上的物品

必須分我一半,如果你什麼也沒有,那我就什麼也不要。」

安德森沉默了幾秒,重新露出笑容道:「成交!」

找到出路的他明顯放鬆了一點,旋即笑道:「還有,我必須提醒你們一句,雖然我的厄運只局限於自身,但你們也得小心,因為我可能引來怪物,當然,我相信以『星之上將』妳、這位先生和我的組合,安全問題還是能保證的。」

他話音剛落,整個島嶼忽然震動了一下,有煙塵從原始森林內瀰漫而出。

「不會真來怪物了吧⋯⋯」安德森下意識張大了嘴巴。

第一章　022

第二章

囚犯與看守

地表輕微震顫，一個接近三公尺高的身影出現於島嶼原始森林邊緣。

它通體呈灰白色，似乎由一塊塊巨石組成，臉上坑坑窪窪，沒有明顯的眼睛、鼻子、嘴巴和耳朵。

「石巨人……」「星之上將」嘉德麗雅低聲說出了怪物的種類。

而無論克萊恩，還是安德森，都對這種怪物沒有一點了解。

但是，他們都沒有向嘉德麗雅投去詢問的眼神，專注地盯著怪物，一副我很專業的樣子。

嘉德麗雅轉過身體，面對側停的「未來號」，半抬右手，放大聲音道：「瞄準！」

船上值守的海盜們當即調整了左舷幾十門火炮的朝向，讓它們全部瞄準了沉重走來的石巨人。

「轟隆、轟隆、轟隆！」

一枚枚炮彈飛出，落於石巨人四周，塵埃瞬間騰起，遮蔽住好大一片區域。

大地的明顯顫動裡，火光繚繞，碎片四濺，彷彿能摧毀一切事物。

「蹬、蹬、蹬！」

那灰白色的高大身影穿越煙塵而出，竟沒有受到太嚴重的傷害，只是表層裂開了少許。

「星之上將」嘉德麗雅神情不變地說道：「這不是巨人的一種，是屬於石怪。它的核心是『戰神』途徑序列五『守護者』的主材料，所以防禦力非常高。」

迴盪的炮聲裡，克萊恩差點懷疑自己的聽力出了問題。

既然妳了解石巨人的強項，為什麼還要來一次火炮齊射？這不是浪費炮彈嗎？

他半是疑惑半是腹誹地想道。

也許是聽到了他的心聲，嘉德麗雅看著一步步靠近的石巨人道：「我之前沒有遇到過這種非凡生物，所以想做一下測試。」

——這個理由我服了。

克萊恩說不出話來。

這時，一直觀察石巨人的安德森・胡德抬了抬手道：「你們誰有冰霜領域的非凡能力？」

「我。」「星之上將」嘉德麗雅冷靜回答。

見「隱者」女士有辦法，克萊恩遂將到了嘴邊的話語吞回肚中。

對他來說，不是必要，實在不想開啟「蠕動的飢餓」，雖然「活屍」確實有掌控冰霜的能力。

——在這個島嶼上，他大概自己找不到合適的食物！

嘉德麗雅從巫師長袍的暗袋裡拿出一張灰黑色的卷軸，低聲念出了一個古赫密斯語單字：「冰凍！」

無聲無息間，那卷軸被冰藍色的火焰吞沒了，半空旋即下起一道道晶瑩剔透的流光。

它們飛快落到石巨人身上，將目標凍結於內，掛上了一根又一根冰稜。

讓人牙酸的喀嚓聲裡，冰層相繼破碎，石巨人緩慢走出了那片區域，不過，它外表的灰白色深了一點，動作比之最早，也僵硬了不少。

此時，安德森雙手一下抬起，彷彿指揮家在示意觀眾給予掌聲。

石巨人腳底瞬間騰起了橘黃近白的火焰，就像它踩中了某個陷阱。

它的表面迅速騰起一陣水氣，接著喀嚓開裂，出現了一道又一道深深的縫隙。

025 ｜ 囚犯與看守

安德森右臂後拉，掌心凝出了一根熾白的長槍，那槍尖的火焰縮於一點，迸射出刺目的光華。

這根長槍飛了出去，準確命中了石巨人腹部的裂縫，在那裡直接燒融出了一個大洞。

而原本位於沙灘上的安德森‧胡德，似乎早與熾白長槍合二為一，在火光大亮時，詭異地出現於石巨人身後。

他左手握拳，手臂鼓起，一記上勾從大洞位置掏入了石巨人的腹心。

這看起來很簡單的攻擊製造出了誇張的效果，石巨人當即僵硬於原地，內部不斷發出喀嚓的破裂聲，沒用幾秒就坍塌成了一堆碎石。

絕對的致命攻擊。

克萊恩的目光縮了一下，「星之上將」嘉德麗雅平靜立在原地，毫不意外地說道：「『獵人』途徑的序列五叫『收割者』。而且他們擅於發現獵物的弱點。」

「收割者」……收割生命？難怪……

克萊恩幅度很小地點了點頭。

這個時候，安德森蹲了下去，在石巨人殘骸裡尋找了一陣子，然後，他轉過頭來，苦澀笑道：

「這不是真實的怪物。」

——也就是說，沒有收穫！

安德森描述情況時，那堆碎石也以肉眼可見的速度消失了。

你這種倒楣的傢伙就不要開箱子摸屍體了。

克萊恩忍不住在心裡吐槽了一句。

第二章　026

安德森快快返回，止不住地唠叨道：「這片海域最大的問題就是這個，不是每一個怪物都能為你提供財富！」

因為這種具現出來的怪物屬於更高位更強大怪物的一部分，當然，也可能是殘餘力量殘餘氣息的影響。

克萊恩對此早有判斷，經過這段時間的航行，他發現這裡出現了「太陽」、「黑夜」、「風暴」和「觀眾」途徑的非凡痕跡，對之前的一些想法有了更加具體的猜測。

他原本就懷疑這片海域是第二紀古神們遺留的戰場：「風暴」屬於精靈王蘇尼亞索列姆，「觀眾」屬於巨龍王安格爾威德，「黑夜」屬於毀滅魔狼弗雷格拉——隨著小「太陽」一次次提供白銀城的神話記載，克萊恩已初步掌握了第二紀元八位古神各自的權柄有哪些。

不過，始終處於正午的白天和那輛黃金鑄就的「太陽戰車」讓克萊恩對自己的判斷出現了一定的動搖，因為八位古神裡沒有一個掌握「太陽」途徑。

很快，克萊恩聯想到了阿蒙和亞當的父親，那位又有遠古太陽神稱號的白銀城城主甦醒後，經過一次次激烈的戰鬥，收回了古神的權柄。於是留下了這麼一片神戰廢墟。這位造物主甦醒後，經過一次次激烈的戰鬥，收回了古神的權柄。於是留下了這麼一片神戰廢墟。這位造物主

克萊恩腦海內一下浮現出了古精靈遺蹟內看見的那副殘缺壁畫：精靈王蘇尼亞索列姆正與白銀城造物主，也就是遠古太陽神對抗。

他思緒紛呈間，安德森已恢復了笑呵呵的狀態，看著他道：「怎麼稱呼？」

「格爾曼・斯帕羅。」克萊恩簡單報了一個名字。

「格爾曼・斯帕羅？」安德森先是一愣，旋即正常，「我聽過你，差點獵殺『疾病中將』的冒

險家，有最瘋狂獵人的稱號！上個月我乘船經過羅思德群島和奧拉維島時，本打算找你喝杯酒，認識認識，結果你不知去了哪裡。」

「上個月？我在醫院做義工……」克萊恩點了一下頭道：「現在認識了。還有，你儘量不要開口說話。」

安德森強行笑道：「我知道，我的厄運會讓我不好的話語應驗。好了，別看我，我不說了，你可以放下你的符咒了。」

因為出現了石巨人這種怪物，海盜們的放鬆時間被縮短，「未來號」很快重新起航，向這片海洋的深處出發。

途中，克萊恩始終站在甲板上，靠著船舷，觀察周圍的情況，而安德森卻於船上到處溜達，非常擅於交際地和海盜們交流著。

厲害啊，輕輕鬆鬆就摸清楚了船上的情況。

克萊恩瞄了一眼正和幾名海盜在船艙陰影裡喝酒的安德森，由衷地感慨道。

當然，這位「最強獵人」大概不知道他喝的酒裡有不知什麼東西產出來的鎮靜劑。

克萊恩忍住笑意，促狹地想著。

在安德森的幫助下，「未來號」順利繞過了兩處暗藏的漩渦和一片漂浮於海上的宮殿遺蹟，繼續沿著安全航道出發。

大概三個小時後，黑夜又一次來臨。

克萊恩在夢中迅速找回了清醒和理智，睜眼望向四周。

第二章　028

他的視界內一片漆黑，什麼也沒有。

……我不會瞎了吧？

克萊恩條件反射般冒出了這麼個念頭，然後，將右掌探入衣服口袋，拿出了一盒火柴。

這是「魔術師」必備的施法材料。

熟稔地取出一根火柴，刷得劃燃，克萊恩眼前當即浮現出一朵微弱的火苗。

火苗掙扎著擴大了一些，將四周的場景模糊照了出來。

這是一間牢房，鐵柵欄大門虛掩的牢房！

我怎麼會在這裡？既不是「星之上將」旁邊，也不是安德森所在的壁畫大廳……這是一定範圍內的隨機？

思緒轉動間，克萊恩將手一甩，熄滅了差點燒到他指頭的火柴。

他的左掌飛快染上了一層純淨燦爛的陽光，眼眸裡彷彿多了兩輪微縮的「太陽」。

借助「光之祭司」的靈魂，他獲得了隸屬於「神聖之光」的夜視能力。

稍微打量周圍一圈，克萊恩看見自身所處的牢房不算太狹窄，但地面骯髒凌亂，有很多腳印，不知道曾經發生過什麼事情。

「大部分是人類的腳印，少量比較誇張，也許屬於巨人……單人床斷折在角落，靠門邊有把鑰匙……這是誰越獄成功了？」克萊恩來到虛掩的鐵柵欄大門前，謹慎地往外張望。

牢房外充斥著無光的黑暗，黑暗籠罩著一條鋪石板的走道，對面則是冰冷堅硬的牆壁，左右兩側一直延伸，似乎有更多的牢房。

029 ｜ 囚犯與看守

克萊恩收回視線，撿起了地上的鑰匙，並將鐵柵欄大門關得更緊了一點。

他沒有嘗試開門出去，他依舊待在牢房內。

他清楚地記得「命運之蛇」威爾・昂賽汀叮囑他絕對不要探索夢境世界。所以，他打算就在這裡等待正午來臨。

牢房就牢房，反正我出不去。

克萊恩縮至角落，坐到了其中半張單人床上，與周圍的濃郁黑暗似乎融為了一體。

這種極端的安靜裡，克萊恩的腦袋突然偏了一下，因為他隱約聽見有輕微的腳步聲。

那腳步聲空曠幽遠地傳來，頻率緩慢，越來越近。

不會吧，我這哪裡都沒去啊……麻煩卻自己長腿過來了？

克萊恩露出不符合格爾曼・斯帕羅設定的齜牙咧嘴表情，險些倒吸了一口涼氣。

阻止他這麼做的唯一原因是，這樣會有不小的動靜，會讓「麻煩」發現他的藏身處。

不再是青澀值夜者的他迅速做出決斷，屏住呼吸，緩慢站起，幾乎沒發出一點聲音地移動到鐵柵欄大門旁，隱蔽而冷靜地望向腳步聲傳來的地方。

他認為，既然躲藏迴避已不一定管用，那就需要確認好危險相關的情況，以便做出最恰當的選擇。

眼眸裡兩輪微縮的太陽暗蘊，克萊恩等待了幾十秒，聽見那腳步聲越來越沉重，越來越清晰，並伴隨有鐵門被推開且撞到了牆上的匡當動靜。

緊接著，他看見一道高大的身影出現於走廊右側。這身影接近兩百五十公分，穿著一件覆蓋全

身的黑色盔甲，冰冷的感覺宛若實質，似乎是一位巨型騎士。

他氣息內斂，沉默如同深海，眼睛位置閃爍著兩團深紅的光芒，手裡提著把又長又寬的黑色直劍。

「——匡當！」

他推開一間牢房的鐵門，邁步進去，轉了一圈，彷彿在搜尋什麼。

嘶……這是在找某個囚犯？這樣肯定會發現我。

克萊恩猶豫了一下，想著自己是該趕對方尚未靠近，離開牢房，另尋出路，還是暴起攻擊，乾脆俐落地解決掉目標，然後繼續縮在這裡，等待夢境結束。

判斷了一下有多少時間供自己思考，克萊恩快速解下左腕袖口內的黃水晶吊墜，用幾乎只有自己才能聽見的聲音做起了占卜：「剛才那位騎士很強大。」

飛速念了七遍，克萊恩睜眼看見黃水晶吊墜在做順時針旋轉，幅度很大，速度很快。

——這意味著目標是個非常危險的存在！

不再猶豫，也沒有時間猶豫，克萊恩借助「小丑」的非凡能力，控制住自身肌肉，沒產生一點額外動靜地拉開了鐵柵欄大門。然後，他趁黑甲騎士進入另一間牢房的機會，輕手輕腳來到走廊上，縮著身體向左側快速前行。

濃郁的黑暗裡，他一邊傾聽身後的動靜，一邊保持著隱密而迅捷的行動，很快就繞了個彎，抵達疑似出口的一扇對開鐵門前。

他嘗試著推拉著門，克萊恩發現這鐵門並不沉重，只是不知被誰給反鎖住了。

031 ｜ 囚犯與看守

想了兩秒，他拿出在牢房內撿的那把鑰匙，插入鎖孔，不抱太大希望地轉動了一下。

輕微的喀嚓聲傳出，對開鐵門的反鎖被解除了。

這樣也行？雖然是夢境，但也不能隨便撿把鑰匙就是重要道具啊。我原本還打算抽紙成兵，插進門縫，連續切割，一張接一張地切割。

克萊恩半是疑惑半是腹誹地緩慢推開了鐵門，讓他失望的是，鐵門背後不是出口，而是一個堆著許多雜物的大廳。

隨手關門，再次反鎖，克萊恩繞過凌亂堆放的物品，尋找起可能存在的門或路。

幾秒後，他注意到角落裡有一扇不太起眼的黑色木門，於是，小心翼翼靠攏過去，探掌握住門把。

裡面的場景自然浮現於他的腦海，那是一處儲藏室，右側擺著一面全身鏡，右邊縮著一個穿亞麻短袍的身影。

有人？那個逃脫的囚犯？被逼離開舒適區的克萊恩決定有限地把握主動，所以緩慢地擰住門把，推開了黑色木門。

他要大致掌握究竟是怎麼回事，以決定危急關頭是逃還是戰。

「誰？」穿亞麻短袍的身影急促卻小聲地問道，語氣裡充滿了絕望和痛苦。

「一名冒險家。」克萊恩簡單回答道。

他已依靠夜視能力看清楚了那道身影的模樣：這是一位面容飽經風霜的男子，額頭、眼角、嘴邊的皺紋頗深，但頭髮卻烏黑光亮，沒有一根銀絲。

他穿著的亞麻短袍古樸簡單，他的表情因痛苦而有所扭曲，他少見的純黑色眼眸裡是難以掩飾

的詫異和疑惑：「冒險家？你怎麼來到這裡的？」

克萊恩與不知算年輕還是算蒼老的男子保持住一定的距離，站在門口，望著對方道：「詢問別人前先介紹自己是必要的禮貌。」

身為「無面人」，僅憑剛才的短時間打量，他就已經把握住對方的特徵——除了髮色與皺紋矛盾，臉頰上還有道掙獰的陳舊傷疤。

那男子愣了愣，擔憂地瞄了一眼大廳，說道：「你最好把門關上，我們不能被那個惡魔抓住，否則......」

「惡魔？」克萊恩從對方的用詞發現了問題。

他臉龐的肌肉明顯抽動兩下，似乎回憶起什麼不好的事情。

「一個宗教組織？看來不是七神之一的信徒。」克萊恩低語一句，向後伸手，合攏了黑色木門。

如果是信仰七神之一的苦修士，明顯可以直捷了當地講出來，哪怕太陽教會的神官和風暴教會的主教，也不至於在這種危險的地方一見面就打起來。

那男子鬆了口氣，苦澀笑道：「抱歉，我剛才確實不夠禮貌。我叫利奧馬斯特，一個宗教組織的苦修士。」

利奧馬斯特自嘲一笑道：「是的，我崇拜的是最初那位造物主，祂是全知全能的存在，一切偉大的根源，祂是開始，也是結束，祂是眾神之神！」

這......聽到對方崇拜的是最初那位造物主，克萊恩第一反應就是「黃昏隱士會」。

不過，南北大陸內確實還有一些做原始崇拜的小型教派，信仰最初那位造物主的人並不少。

克萊恩斟酌了一下問道：「你們那個宗教教組織的名稱是什麼？你是怎麼來到這裡的？」

利奧馬斯特猶豫了一下道：「蘇尼亞海最東面是我主沉睡的地方，祂的聖山就藏在這裡的某個地方，我率領一支朝聖隊伍來到這裡，試圖見證神蹟，救贖自身。」

「或許是必然的考驗，我們被那個惡魔抓住了，一個接一個地死去......後來，我抓住機會，逃出了牢房，躲在這裡，等到惡魔離開。」

克萊恩想了想道：「你知道那個惡魔叫什麼嗎？他有什麼特點？」

「他？」利奧馬斯特搖了搖頭，略顯困惑地說道，「我並不知道他具體的姓名，但很多朝聖者似乎認識他，稱呼他為『黑之聖者』。」

黑之聖者？一位半神？這是利奧馬斯特的夢境，還是那位半神的夢境？從我的占卜結果看，應該是後者，否則不至於有太大的危險。

克萊恩正要追問利奧馬斯特的夢境屬於哪個組織，並弄清楚「黑之聖者」大致的非凡能力，眼角餘光忽然掃到了這位苦修士對面的全身鏡。

在神秘學裡，鏡子是連接隱密未知世界的通道，很容易帶來可怕的意外，所以，身處危險夢境中的克萊恩謹慎地走了過去，打算用「光之祭司」的能力直接毀掉這物品。

「不，不要！」利奧馬斯特似乎察覺了克萊恩的打算，驚恐地低喊出聲，「如果沒有它，我會，我會立刻死亡！」

啊？克萊恩疑惑地又看了眼鏡子。

雖然這裡的環境異常黑暗，但鏡子內卻清晰映照出了兩道身影，一位是皺紋不少頭髮烏黑的利

奧馬斯特，一個是臉龐消瘦，黑髮棕瞳，頭戴鴨舌帽的格爾曼‧斯帕羅。

就在這個時候，就在克萊恩沒有任何動作的時候，鏡中的格爾曼‧斯帕羅緩慢轉動腦袋，衝著他露出了一個陰沉沉的笑容。

鏡面忽有漣漪盪開，一隻手往外伸出。

克萊恩只是眨了一下眼睛，那個與他一模一樣的格爾曼‧斯帕羅這個樣子，所以，你沒有嚇到我。如果，鏡中呈現黑暗染上了明顯的陰森感！

很嚇人……可惜，我並不長格爾曼‧斯帕羅這個樣子，所以，你沒有嚇到我。

並鑽出的是周明瑞，我恐怕會直接嚇醒。

克萊恩冷靜地望著對方，抬起了左手，上面已流淌起一層陽光。

對面陰森的格爾曼‧斯帕羅笑了，同樣抬起左手，讓手套浮現出尊貴卻邪異的深黑。

——這是對應「腐化男爵」的能力！

我的複製體？克萊恩想了想，面無表情地又抬起了右手。

他的掌中正握著一根不知從哪裡冒出來的乳白色短權杖，權頭鑲嵌著一圈青藍色的「寶石」。

「海神權杖」！

雖然夢境裡的行為必須符合邏輯才能達到想要的效果，但克萊恩懷疑這個虛幻的世界無法影響灰霧影響那片神祕的空間，所以，他剛才嘗試著簡化了一下儀式流程，告訴自己「海神權杖」是在類似靈界獨特區域的地方保存，自己什麼時候想要，什麼時候就能取出。

嘗試的結果讓克萊恩欣喜，夢境世界果然沒辦法分辨靈界獨特區域和灰霧之上的區別，在「海

035 ｜ 囚犯與看守

神權杖」確實屬於他本人的前提下，這件半神級的封印物被「取」出來了！

真的可以，要不然就得和對面惡戰一場了。

克萊恩暗中舒了口氣，他同樣相信那面鏡子沒辦法複製與灰霧相關的部分。

陰森森的格爾曼・斯帕羅略顯呆滯地望著對面，本能地跟隨著抬起手，但右掌內卻空空蕩蕩。

然後，他看見無數道銀白的閃電激射而出，將自己一層層包裹，讓他一個接一個消耗掉「紙人替身」卻沒辦法跳出這個區域。

一個巨大的雷球照亮了因狹窄而沒辦法躲避的房間，旋即帶著鏡中的格爾曼・斯帕羅一起消失不見。

不知為什麼，克萊恩這一刻覺得自己莫名沉靜了不少，就像進入了賢者時間。

他轉過頭，重新望向利奧馬斯特道：「你加入的那個宗教組織究竟叫什麼？」

利奧馬斯特瑟瑟發抖地回答：「極光會⋯⋯」

——極光會？

克萊恩一陣愕然，忍不住挑了挑眉頭。

就在這個時候，外面發出匡當一聲巨響，反鎖的對開鐵門似乎被人踢開了。

「咚、咚、咚！」

沉重如同敲鼓的腳步聲直接往角落行來，好像已經發現了克萊恩和利奧馬斯特的藏身處。

克萊恩懷疑是剛才那個閃電風暴的動靜讓「黑之聖者」有所察覺。

他沒辦法隱藏了。

克萊恩手握「海神權杖」，一腳將儲藏室的黑色木門踢飛了出去，踢向了「黑之聖者」！

木門翻滾間，他看清楚了目標的樣子：那位身穿黑色全身盔甲的騎士不知什麼時候已推高了面甲，露出一張皺紋頗深的臉孔，露出烏黑光亮的少許髮絲，露出臉頰上的陳舊疤痕。

他與利奧馬斯特長得一模一樣，就連細微處的特徵都完全吻合。

——唯一的不同在於，他的眼睛冒著深紅的光芒。

克萊恩驚了一下，本能就側過身體，不將背部留給儲藏室內驚恐顫抖著的利奧馬斯特。

他已無法肯定這名穿亞麻短袍的「囚犯」沒有問題了。

這個時候，穿黑色全身盔甲，長著利奧馬斯特相同臉孔的騎士眼中深紅大亮，雙手舉起了那把幽沉寬大的直劍。

「蹬！」

他一個跨步，向前做出了劈斬，速度快得讓克萊恩的眼睛差點無法捕捉。

同樣側對著他的克萊恩下意識抬起了「海神權杖」，讓頂端的青藍色寶石同時亮起。

「嗚！」

實質的颶風憑空而起，一層又一層地環繞住克萊恩，將他保護在了風眼位置。

「——刺啦！」

黑色流光劈來，狂風一層又一層崩解，向著四周激射而出，打得整座大廳搖搖晃晃。

「轟隆！」

黑沉大劍之下，颶風發出爆炸般的聲音，化作衝擊波浪，淹沒了這片區域，將堆放的雜物們全

037 ｜ 囚犯與看守

部掀起，帶到了半空。

這激烈的碰撞明顯動搖了夢境，克萊恩精神霍然恍惚，不由自主滾動兩圈。

他從自己房間的床上摔至甲板，摔得睜開眼睛。

「撲通！」

那名「黑之聖者」真的很強……或者說，我沒在現實世界真正用過「海神權杖」，所以於夢裡無法還原它全部的威能……等等！這還是黑夜！

克萊恩突然注意到了一個問題：此時，窗戶位置並沒有正午的陽光照進來！他的甦醒源於夢境裡的激烈對抗，而不是自然變化！也就是說，他必須立刻馬上趕緊入睡，否則就很有可能在這黑暗的夜晚消失不見，無人能找到！

念頭一閃間，克萊恩右手撐地，身體彈起，飛向自己的睡床，穩穩地躺到上面。

然後，他觀想無數個疊加的光球，快速進入夢境。

這個過程裡，克萊恩的目光有掃過窗戶，隱約看見外面的夜色深沉清冷，安靜寧和，沒有一點邪異的味道。

與此同時，他模糊覺得較遠處有一片籠罩海面的迷霧，而迷霧之中，有一座建築風格非常古老的尖頂教堂，它通體呈黑色，不存在鐘樓，頂端有一隻隻漆黑的烏鴉正盤旋徘徊，彷彿在祭奠什麼，哀悼什麼。

這座教堂四周散布著不少建築，有普通的兩層民居，有簡陋的木屋，有懸著招牌的麵包房，有以水車為動力的灰白磨坊。一位位路人行於大街小巷，身形影影綽綽，難知具體。

第二章　038

海市蜃樓？夜晚危險的源泉？所有失蹤的人都是沒了心智，去了那裡？

克萊恩在夢中清醒過來，腦海內下意識閃過之前積累的疑問。

接著，他強行收斂思緒，從「靈界特殊區域」內取出「海神權杖」！

他記得之前脫離夢境時正在和「黑之聖者」激戰。

略顯黯淡的金色光芒照入了克萊恩的眼睛，一切豁然開朗。

他目光所及不再是穿黑色全身盔甲的高大騎士，也不再是一身亞麻短袍的利奧馬斯特，而是一排正對著夕陽的落地窗。

那窗戶非常潔淨，在外面陽光的照射下，透出難以言喻的純粹。

窗戶旁邊，是一張張原木色的長桌和一把把褐色的靠背椅，更遠一點的地方則有一排排書架，上面擺滿了各式各樣的書籍。

圖書館？大書庫？每次進入這個夢境世界，都會隨機到一定範圍內的不同地方？

克萊恩謹慎小心地左右觀察了一陣子，確認這裡暫時很安全，沒有所謂的「黑之聖者」，也沒有奇奇怪怪的各種邪惡生物。

他握著「海神權杖」，先行來到落地窗邊，眺望起外面的環境。

當先映入他眼簾的是覆蓋對面山峰的恢弘建築群，那巨大的宮殿、雄偉的尖塔、高聳的城牆全部凝固在黃昏裡，極有視覺震撼力。

哪怕已不是第一次看到，克萊恩依舊屏住呼吸，安靜地欣賞了這奇蹟般的景色好幾秒。

他旋即移動視線，望向懸崖這邊，看見了黑色修道院的高牆，看見了巨石旁的枯黃樹木，但卻

因為有遮擋，無法確認「星之上將」嘉德麗雅是否還在原地。

果然，在一定範圍內，沒有離開這片區域。我這是深入了黑色修道院？

克萊恩若有所思地收回目光，一步步走到那些書架旁。

他暫時沒時間去思考之前夢境裡的「黑之聖者」和利奧馬斯特究竟是怎麼回事，因為必須先確認當前的處境。

靠近書架之後，克萊恩發現上面擺放的書籍們都有自己的名字，不是正常夢境裡模糊不清的那種。

《生命的靈性》、《符咒之書》、《內心的花朵》和《內外宇宙與真實星空》，這都是神祕學領域的圖書。

克萊恩謹慎伸手，抽出了那本《符咒之書》。

他快速翻看了一下，發現這本書上的內容自己大部分都掌握了，但也有小部分屬於他從未接觸過的類型。

可以確認，這不是我的夢境體現。

這是「隱者」女士的？她被追逐著灌輸的那些知識在黑色修道院的圖書館裡具現了出來？

克萊恩沒有往外探索的欲望，拿著這本《符咒之書》回到落地窗旁，找了個位置坐下，就著黃昏的光芒，認真翻閱起來。

在夢裡，你甚至可以學習！

他一邊自我吐槽一邊掏出紙筆，寫寫畫畫。

就在他沉迷於此時，光芒突然變亮，燦白統治了他的視界。

克萊恩自然眯眼，被外面照入的陽光灑得暖洋洋的。

「我才看了幾頁，正打算快速瀏覽一遍，之後用『夢境占卜』的方法回想……」

克萊恩懊惱坐起，感覺自己錯失一次學習的大好良機，因為他無法確定下次還會不會隨機到黑色修道院的圖書館裡。

他扶了扶頭髮，戴上帽子，下至甲板，邊觀察環境邊回味起之前的那個夢境。

「那個監牢有很高的機率也在黑色修道院裡……嗯，可能是地底部分，換句話說就是，『黑之聖者』和利奧馬斯特就在附近不遠的某個遺蹟或廢墟內。」

「難怪『水銀之蛇』威爾‧昂賽汀讓我不要嘗試探索，那些地方真的充滿危險。至於『黑之聖者』和利奧馬斯特為什麼會長得一模一樣？」

「這個夢有點詭異，還有那面全身鏡也很神奇邪異，竟然複製格爾曼‧斯帕羅出來……」

回憶到這裡，克萊恩開始從自己經歷過的事情中尋找例子，用對比的方式確定思路。

這就是所謂的依靠經驗。

很快，他有了聯想，聯想到了自己在貝克蘭德時曾經借助「心魔蠟燭」，幫鳥特拉夫斯基神父除掉了「過去的他」——一個分裂出來的人格！

「難道利奧馬斯特本人就是極光會的『黑之聖者』？由於某些原因，他出現了人格的分裂，善良的他和邪惡的他分離了開來？那個深沉封閉的黑暗監牢就是他內心的夢境映射？」

「對了，那面全身鏡！利奧馬斯特說過，如果它被毀滅，他也會隨之消失，而我看鏡子時，裡

041 ｜ 囚犯與看守

面的格爾曼・斯帕羅也確實形成了實體，偏向邪惡的一面！」

「難怪我幹掉那個鏡中格爾曼・斯帕羅後，會出現賢者時間般的感受，原來是因為清除了內心的一些惡念和邪意。」

「嗯，那面全身鏡在現實世界裡未必是鏡子形態。這片海域明顯有『空想家』的非凡殘留，具現出了許多非真實卻能殺人的怪物。而這屬於『觀眾』途徑，所以，存在讓人善惡分離、人格分裂的遺蹟完全符合邏輯。」

「呵呵，『黑之聖者』利奧馬斯特是極光會的高層，原本肯定很邪惡，但那個遺蹟或那件物品啟動了他相反的那面，也就是內心潛藏的善念，讓他的人格出現了分裂，於是導致他被困在了附近某個地方。」克萊恩覺得自己大致弄清楚了事情的真相，並隱約有點遺憾。

可惜，第二次沒能進入相同的地方，否則依靠「海神權杖」和利奧馬斯特的善良面，真有可能擊敗他的邪惡面——「黑之聖者」，而那夢境世界的傷害是會延續到現實的。

這樣一來，就會出現一個非常了解「極光會」的善良聖者，能很好地打擊這個邪教組織。

克萊恩無聲地吸了一口氣，半轉過身體，看向剛從船艙出來的安德森・胡德。

「你夢中去了哪裡？我竟然沒看到你。」這位「最強獵人」自來熟地開口問道。

克萊恩暗自皺眉反問：「為什麼要被你看到？」

安德森愣了一下道：「離開夢境時在哪裡，再次進入時不是應該還在哪裡嗎？我隨機出現於一定範圍內的某些地方有別的因素？我自身的特殊？」

克萊恩發現問題比自己想像得更加複雜，他斟酌著說道：「我進入夢境後在別的地方。」

「奇怪……」安德森皺了皺眉,似乎也很困惑。

不等克萊恩開口,他若有所思地再次說道:「還有一件奇怪的事情。」

「什麼?」克萊恩配合問道。

安德森環顧一圈道:「我上次在那個大廳假裝做獨木舟的時候,聽見深處有開門的聲音和往外的腳步聲,但抬頭看過去時,卻什麼都沒有發現。」

「我原本以為是這條船上的人,後來覺得不太像。」

壁畫大廳深處的門有誰打開過,並且出來了?當時在附近的失控者或非凡生物?並且他還擁有夢中行動的能力?

聽完安德森・胡德的講述,克萊恩符合邏輯地做起了推測。

思緒電轉間,他忽然有了個新的想法:那會不會是之前注視甲板注視自己的神祕眼睛的主人?有這個可能!如果那個神祕人真的一直潛伏在船上,跟進了這片海域,那他必然也會在黑夜降臨時沉睡,出現於夢境世界。

「隱者」女士完全不知曉他的存在,還是默許了他的行動?這是她敢於接下我委託不害怕此地危險的底牌?不,這不能肯定,至少不能肯定壁畫大廳深處開門的那位就是船上的神祕人……

克萊恩眸光幽深地看著安德森,反問道:「為什麼覺得不像?」

剛才安德森・胡德提及,他原本懷疑開門者是「未來號」的一員,後來覺得不太像。

安德森呵呵笑道:「我剛才在夢境裡拜訪了船上的每一個人,發現他們都不具備在那個世界自由行動的能力,除了你。」

「可惜我當時是在外面推門。」克萊恩冷靜地說道。

安德森聳了一下肩膀，說道：「我知道，所以我並沒有懷疑你，這片海洋到處都藏著危險，活躍著各種難以想像的怪物，也許那個開門的傢伙就是之前的石巨人，或者一條夢到了無數財寶的腐爛巨龍。」

「你看，我順利游到了那個島嶼上，後來雖然各種倒楣，但至少撐到了你們抵達。」

「是，我是引了怪物，讓那個石巨人出現，可我們很輕鬆就解決了它不是嗎？還有，我登船都好幾個小時了，什麼事情都沒有發生，這不說明……」

說到這裡，他靠至船舷，望著外面覆蓋金色陽光的海洋，微笑感慨道：「我發現我從暴風雨帶來的沉船危機裡逃脫後，厄運在一點點消除，哈哈，很明顯，它不是固定的，永久的。」

「這傢伙不知道臉黑就少說話嗎？好想打他！要不是之前在灰霧之上占卜出你沒有異變，沒被大佬附身，我都想把你沉到海裡去，嗯……」「獵人」途徑的序列八是「挑釁者」，他當時肯定很輕鬆就消化掉了那份魔藥。

安德森話音未落，克萊恩已冷硬地打斷了他：「閉嘴！」

「好、好，我閉嘴，閉嘴。」安德森抬了一下雙手，一點也不惱怒地苦笑道。

克萊恩由衷地覺得，安德森在「挑釁」這方面比達尼茲不知強了多少。

見他沒再提供夢境世界開門者的線索，克萊恩沉默幾秒，突然轉身，走入了船艙。

他這是發現自己在一件事情上疏忽大意了。

既然被厄運籠罩的安德森上了船，那就說明之後遭遇襲擊遭遇危險的可能性會激增，所以，有

第二章 044

必要做點準備。

回到房間，克萊恩邊拿出阿茲克銅哨和威爾·昂賽汀紙鶴，邊進入盥洗室，布置起自己召喚自己的儀式，然後將「火種」手套、太陽胸針和「夢魘」的非凡特性從灰霧之上帶到了現實世界。這樣一來，即使危險突發，他也有機會及時調整「裝備」，做有針對性的挑選。

他沒有立刻更換隨身攜帶的物品，而是將這些放入行李箱，放到了生物毒素瓶的旁邊。

做完這一切，克萊恩放鬆了不少，收拾好其餘物品，離開房間，前往甲板，害怕錯過美人魚的蛛絲馬跡。

他剛走出船艙，就看見弗蘭克·李蹲在旁邊，表情又震驚又茫然。

「發生了什麼事情？」克萊恩心頭咯噔了一下。

他害怕這名瘋狂的「雜交學家」的實驗出問題，導致「未來號」眾人陷入可怕的生態災難裡。

弗蘭克呆滯搖頭道：「我不是給你說過那些小東西嗎？它們原本需要安眠一段時間才有可能生長和繁殖，」

蹲著的弗蘭克抬頭上望道：「它們剛才完成了大規模的繁殖，還發生了異變。這、這簡直是神蹟！」

「結果什麼？」克萊恩的臉色已變得凝重。

這讓正在甲板上和海盜們吹噓自己狩獵過多少海盜卻全然沒注意周圍聽眾的眼神已發生變化的「最強獵人」安德森有所察覺，好奇地停止講述，靠攏了過來。

「然後呢？它們去了哪裡？還在你的『實驗室』內嗎？」克萊恩直覺地認為這不是好事。

弗蘭克用兩秒鐘的時間消化問題，挽起袖子，露出體毛濃密的手臂。他敲了敲面前的甲板，露出疑惑的笑容道：「它們鑽進了這裡，好像在、在改造『未來號』……」

沉悶的敲擊聲中，甲板上突然湧出了一股疑似牛奶的乳白噴泉，濺了弗蘭克·李滿頭滿臉。

他舔了嘴邊的液體一口，驚喜出聲道：「『未來號』、『未來號』產奶了！」

與此同時，船舷邊緣的海盜們驚恐地指著下方的火炮位道：「炮口、炮口吐奶了！」

安德森看得目瞪口呆，甚至忘記了提問，並習慣性地跺了跺腳，成功地看見另一股牛奶噴泉往上湧出。

克萊恩險些控制不住嘴角的抽動。

自從登上「未來號」，自從船隻來到斷口，開始下墜，他就感覺發生的很多事情都變得極不科學，甚至超越了他的神祕學知識範圍。

這……這不合理……

一個個念頭飛快在克萊恩腦海內閃過，讓他敏銳地抓住了一個問題。

他當即望著弗蘭克·李，沉聲問道：「你的小東西們在感染了『未來號』後，會不會繼續感染船上的人？」

提問的同時，克萊恩的右掌已探入衣服口袋，根據形狀的不同，挑選出了「浮空符咒」，準備著飛到半空，遠離感染。

弗蘭克認真想了想道：「理論上來講，會……」

他話音未落，一道人影就竄了出來，一腳踢到了他的屁股上，踢得他連翻幾個跟頭，撞出了一

第二章 046

來者正是穿亞麻襯衫，披深藍夾克的妮娜。

她怒瞪趴在甲板上的弗蘭克‧李，呼吸急促地罵道：「還不快點解決你那些見鬼的小東西！」

「好、好吧。」弗蘭克‧李拍了拍屁股，快快說道。

這個時候，克萊恩已掏出符咒，低聲念道：「風暴！」

他認為自己不能小看了弗蘭克‧李的搞事能力，懷疑對方接下來可能會讓災難擴大化，所以，先飛到半空再說。

青藍色的火焰籠罩了白錫製成的符咒，狂風瞬間產生，於克萊恩腳底和身邊盤繞，托著他飛離甲板，飛到四五公尺高的地方。

安德森先是一愣，旋即探出手掌，試圖抓住克萊恩，但他慢了一拍，未能成功，只能眼睜睜看著格爾曼‧斯帕羅升起，而自己留在原地。

這位普普通通英俊的獵人表情扭曲地搖了搖頭，又想笑又想把對面的「未來號」大副先生肢解成八塊。

此時，弗蘭克已取出一瓶暗綠色的粉末，抓了一把，邊誦念巨人語咒文，邊將它們灑向四周。

那些粉末剛一接觸到甲板，立刻滋生出青綠色的藤蔓，藤蔓瘋狂地長著，很快就沒取牛奶、汲取那些「小東西」，將整個甲板整座船艙纏繞於內。

只是十來秒的工夫，「未來號」就變成了一片藤蔓森林。

「呼，解決了。」弗蘭克先衝著妮娜笑了笑，旋即臉色突變道，「它們、它們也異變了！」

047 ｜ 囚犯與看守

这時，一名海盜搖晃著走了過來，語帶驚懼地喊道：「我、我頭上長了一個西瓜！」

克萊恩循聲望去，只見那位海盜的頭頂鑽出一根根青綠色的藤蔓，其中一根結有似乎已快成熟的西瓜。

「這就是所謂的異變？這簡直太瘋狂了，該死的瘋狂！」安德森脫口感嘆道。

他旋即眼眸微轉，沉聲開口：「這附近的海洋有問題！」

半空的克萊恩也做出了同樣的判斷。

如果沒有外來因素的干擾，弗蘭克·李的實驗產物和非凡能力不會同時異變！

「——茲拉！」

一根根藤蔓被撕裂，船長室的窗戶打開了。

「星之上將」嘉德麗雅出現於那裡，用巫術放大過的嗓音道：「弗蘭克，停止一切嘗試。這裡也許殘留著大地母神的氣息。」

大地母神？

克萊恩愕然望向「隱者」女士，感覺自己之前關於這片海域的神戰猜測也許要被全部推翻！

「噢，仁慈的母親啊。」弗蘭克雙手交叉，做出懷抱嬰兒的姿勢。

接著，他趴了下去，虔誠地親吻那些藤蔓。

「星之上將」嘉德麗雅默然看著這一幕，周身瞬間繚繞起璀璨的星芒，並讓整艘「未來號」隨之發亮。

她屈起手指，輕輕一彈，讓一團無色的火焰落在了船長室窗戶旁的藤蔓上。

第二章　048

那些藤蔓當即被點燃,無聲無息化成了灰燼。

無色的火焰安靜蔓延著,肆掠著,卻沒有傷害到一個水手,而「未來號」發出的亮光幫助它成功抵禦住了燃燒。

沒過多久,藤蔓森林全部消失了,只剩下海盜頭頂長出的那個西瓜,當然,連接的藤蔓也已燃盡。

「呼,這、這簡直是惡魔降臨啊!」

之前那名海盜上前兩步,抱起了自己腦袋上長出來的那個西瓜。

「不要打開!」「星之上將」嘉德麗雅的提醒聲剛有迴盪,那海盜就半是洩憤半是好奇地用蠻力弄開了那個西瓜。

撲通一聲,那名海盜直接暴斃,再沒有搶救的餘地,他身上的非凡特性則以超乎尋常的速度開始凝聚。

西瓜裂成了兩半,裡面是布滿溝壑的乳白色「大腦」,周圍流淌著鮮紅如血的液體。

真是邪異,瘋狂啊。

克萊恩暗嘆一聲,準備落回甲板。

就在這個時候,他看見一隻巨大的手掌突然從海平面下探出,拍在「未來號」的側面。

這手掌五指極長,接近半公尺,通體呈荒蕪平原般的灰黑色!

克萊恩無聲嘶了一下,忍不住望了眼安德森·胡德。

——這傢伙剛才還說上船以來什麼事情都沒有發生!

049 ｜ 囚犯與看守

旅行家
—The Most High—
詭秘之主

第三章
恐怖的生命力

灰黑色的巨大手掌抓在船邊，飛快地往上攀登，將海面之下的部分一寸一寸拉了出來。

克萊恩透過蔚藍的水波，先是看見了一大片灰黑的陰影，接著就被蠕動的肉塊占據滿了全部視界。

那個怪物彷彿由無數發灰髮黑的屍體胡亂拼湊而成，兩隻巨大的手掌後是枯萎如同乾柴的手臂，手臂則源於一具疑似巨人的死屍。這個巨人的獨眼緊閉，脖子上黏連著另外幾個腦袋，而那些腦袋又往外延伸出布滿鱗片的魚身、蜥蜴般的殘軀、人類扭曲的屍體，它們一層連一層，一層接一層，構建出了浮島狀的肉塊。

從不同的屍體上，從拼接的縫隙間，一股股黃綠色的氣體瀰漫而出，擴散往四周，似乎要籠罩這片區域。

「咳、咳咳咳！」

僅僅聞到了些許氣味，甲板上就有不少水手劇烈咳嗽了起來，咳得近乎直不起腰。

看到這一幕，弗蘭克·李毫不猶豫就要掏出皮帶暗格裡的材料，施展對應的非凡能力，誰知，「星之上將」嘉德麗雅的聲音搶先響在了他的耳畔：「弗蘭克，停止！去幫助妮娜指揮水手，和他們一起調整船帆！」

「為什麼？」弗蘭克·李下意識反問了一句。

「在這片區域，『大地母神』權柄內的超自然事物會出現異變，包括你的能力。」嘉德麗雅說話間，雙掌已然前伸，按在了書桌某個位置。

「未來號」上的象徵符號、魔法標識們當即層次分明有先有後地亮起，讓整艘船化成了璀璨的

第三章 052

星海，這與嘉德麗雅周身繚繞的深空光芒們似乎一一對應。

瀰漫的黃綠氣體被星光阻隔在外，克萊恩則從接近邊緣的地方漂浮向了自己房間的窗口，咳嗽的海盜們症狀得到紓解，在水手長妮娜和大副弗蘭克的率領下，聽從航海長奧托洛夫的指揮，快速調整起一面面風帆，試圖讓「未來號」以更快的速度脫離附近海洋，不再被異變的效果影響。

可是，那灰黑色的龐大怪物已纏住船隻前面部分，水下的軀體又不知連接著哪裡，硬生生地拖住「未來號」，讓它前行艱難。

與此同時，四周彷彿出現了無形的高山，將遠處颳來的海風阻隔於外，讓「未來號」無論怎麼調整船帆，都無法借到力量。

「面對這樣的狀況，就需要一個備用的蒸汽動力系統，可惜，『未來』沒有……」

「嗯……它還能借星光飛躍，但這對『隱者』女士似乎消耗極大，而且很難把握住方向和進度，在這片海域以那種方式飛行，只要沒被幸運眷顧，高機率衝入更危險的區域，呃，船上還有安德森這個極端倒楣的傢伙……」克萊恩漂浮於自己房間的窗邊，眺望著各處情況。

他並不緊張，因為無論「星之上將」嘉德麗雅，還是「最強獵人」安德森，都尚未展現真正的實力。

當然，也包括我……克萊恩在心裡補了一句。

他準備先回艙房，戴上「火種」手套——附近沒有「食物」，用這件神奇物品比用「蠕動的飢餓」更合適，後者需要留著使用的機會應對更危險更複雜的局面，然後被扔到灰霧之上冷靜。

053 ｜ 恐怖的生命力

至於身上物品遺失的負面效果，克萊恩已經有方案，打算等下更換裝備時，將錢夾、阿茲克銅哨、冒險家口琴等物品放入行李箱，只留「蠕動的飢餓」、魚人袖釘和海神領域的各種符咒，並密切注意前兩者，防備著它們遺失。

而根據概率來講，最可能被「火種」手套弄丟的就是符咒，因為它們數量最多。

克萊恩對此並不擔心，不同效果的符咒他製作了好幾個，完全可以用一個，扔一個，丟一個！

再說，風暴領域對應的金屬是錫，這很便宜，不值錢，非凡效果又是「海神權杖」賦予，沒有額外花費金錢……

克萊恩邊嘀咕邊伸手推開了自己房間的窗戶。

就在這個時候，肉塊拼接成的巨大灰黑怪物又往上攀登了不少，隨著它的臨近，甲板上忙碌著的水手們頭髮瘋狂滋長，很快就超過了腰部。

這並不是最可怕的情況，最令人驚悚的是，其中一團亞麻色的髮絲似乎有了自己的生命，左右交錯，纏繞捆綁起自己的主人。

一叢叢頭髮相繼出現類似的變化，「未來號」表層的璀璨星海未能完全阻隔這種影響，對部分剃了光頭的海盜來說，他們並沒有因為獨特而幸運，他們的鼻毛在以肉眼可見的速度繁殖，堵塞了呼吸的通道。

船長室窗口，「星之上將」嘉德麗雅不知什麼時候已抬起雙臂，手中多了一張用光滑魚皮製成般的卷軸。

「麻痺！」

隨著這古赫密斯語咒文的迴盪，隨著卷軸的無聲燃燒，一道淺綠色的光華從中激射而出，命中了怪物出現於船舷邊緣的巨大手掌。

那無數屍體拼接成的蠕動肉塊沒有任何停滯，一掌拍到了璀璨的星海上，拍得輝芒四濺，船隻搖晃。

嘉德麗雅眼眸內的深紫顏色一下濃郁，她未再拿出新的卷軸，直接往前推了一下右掌。

拗口神祕的咒文從這位海盜將軍口中吐出後，她周身繚繞的璀璨星芒就一道接一道飛離，降臨於那恐怖的灰黑怪物身上。

星芒瞬間凝縮，製造了一個巨大的透明琥珀，它將蠕動的肉塊們全部包裹進去，限制在了原本的位置。

「囚籠！」

這個時候，「最強獵人」安德森右掌已多了把漆黑無光的短劍，上面看似有層層疊疊的邪異花紋，但卻只是幻覺。

趁著可怕怪物被「星光囚籠」困住的機會，安德森體表冒出了一層熾白的火焰。

火光往前飛閃，躍出船舷，落向了那由無數屍體拼接成的灰黑肉塊。

接著，熾白的輝芒在表層迅速游走，彷彿正進行極限作畫。

騰的一聲，焰火沖天，安德森手提漆黑短劍，躍回了甲板。

那個龐大的怪物依舊凝固在那裡，似乎失去了所有生命力。

「喀嚓、喀嚓、喀嚓！」

055 | 恐怖的生命力

它的體表出現一道道深不見底的傷口，於一秒間分裂成數不清的小型肉塊。

「收割者」的攻擊力真是誇張啊！

已經調整好身上物品的克萊恩剛重臨窗邊，就看到了這一幕。

忽然，他的眉頭微不可見地皺了一下。

就在這時，異變突生，那些分裂出來的肉塊各種舒展開「手腳」，以鋪天蓋地的姿態，彈射向「未來號」甲板。

這灰黑的龐大襲擊者似乎永遠也殺不死，將它砍成了多少塊，它就能變成多少個怪物。

無聲無息間，船長室正對的甲板上躍起了一團灰黑的肉塊，它直奔「星之上將」而去，要包裹住對方的腦袋。

一道身影從陰暗處浮現，擋在了嘉德麗雅前方，正是「無血者」希斯.道爾。

他的嘴巴張開，兩側一直分裂，從鼻子位置一直到胸腹間，很快形成一個血肉緩慢蠕動的「漩渦」。

那「漩渦」吸住灰黑的肉塊，然後迅速內捲，將它包在體內。

希斯・道爾陰影般落到甲板上，身體搖晃幾下，最終恢復正常，而怪物分裂出來的那個灰黑肉塊徹底消失不見。

這怪物最可怕的是它變態的生命力，如果能將這種特異偷到就好了。

又用了一次「浮空符咒」的克萊恩飄出窗戶，往前伸出了戴黑色手套的右掌，並張開五指。

他眼前所見的景象隨之改變，一團團不同顏色的絢麗光彩代替了相應的人和物。

第三章　056

這些光彩不斷變化著，急速閃爍著，讓人難以把握住內含的規律。

借助這種視角，克萊恩發現那些灰黑的肉塊共享著一些光彩，看似分裂，實為一體。

他旋即冷靜地合攏右手五指，抓住其中一團光華，向右側轉動腕部。

霍然間，克萊恩看見那道黃綠色的光華被抽走，半融入了自己的右掌。

這是「劇毒之霧」對應的象徵。

他竊取走了灰黑怪物的「劇毒之霧」，這就是「火種」手套的作用！

與此同時，克萊恩發現自己「傷害轉移」的非凡能力丟失了，不見了。

十二個小時內，只能竊取同一目標一次。

克萊恩有所明悟地看到籠罩「未來號」，腐蝕璀璨星海的黃綠霧氣飛快稀薄，不再明顯，散落各處的灰黑肉塊則有了變乾變暗的跡象。

海盜們藉此獲得了喘息的機會，而「星之上將」嘉德麗雅將一枚金色的胸針戴到了自己古典長袍的前方。

這胸針彷彿由黃金鑄成，形狀是一隻拖著長長尾羽的鳥類。

周圍的氣氛突然變得沉穩安寧，所有的慌亂與緊張都莫名消失不見，就連克萊恩都受到無法描述的影響，覺得自己成為沒有情感的活屍。

眼見關鍵時刻即將來臨，前方海洋上卻駛來一艘船。

它同樣是帆船，同樣巨大，顏色以黑沉為主，泛著陰綠。

它慘白的主帆上則描繪有一朵盛開的漆黑鬱金香。

這是「地獄上將」路德維爾的旗艦，「黑色鬱金香」號！

——它是這片海域的常客！

「黑色鬱金香」號，「地獄上將」路德維爾。

這是前有狼後有虎啊，這會不會太倒楣了一點？

漂浮在半空的克萊恩最先發現越來越近的船隻，忍不住側頭俯視正提著漆黑短劍認真審視怪物的安德森。

安德森頗感疑惑地快速回望一眼，邊戒備著隨時可能彈射過來的灰黑肉塊，邊開口說道：「你的眼神很奇怪，又發生了什麼事情……」

他話音未落，條件反射般地閉嘴，旋即有所察覺，一個側躍接翻滾，避過那些讓他指甲快速生長的怪物分裂體，飛快來到另一側的船舷旁。

挺腰伸脖，安德森忽地嘶了一聲：「地獄上將……」

這可不是什麼善良的傢伙，作為本身就是以濫殺聞名的海盜將軍，對借助別人危機謀取自身利益肯定不會有任何心理負擔。

當他權衡之後，發現可以利用強大怪物的襲擊，幹掉「星之上將」，幹掉「未來號」上所有人，收穫極其豐厚的戰利品後，必定會動手！

我的厄運並未減弱，只是換了種形式，零存整取？安德森表情扭曲地不知在哭還是在笑。

與此同時，克萊恩腦海內也浮現出了相應的情報……「地獄上將」路德維爾，僅魯恩一國的賞金就達到了五萬五千鎊！

他旗艦「黑色鬱金香號」上活著的海盜並不多，絕大部分事情由他驅使的不死生物和靈界生物負責。

他濫殺，卻對殺戮沒有變態的喜好，只是在認真完成將生靈投入地獄的工作。他與靈教團有著千絲萬縷的關係，據說擁有一枚古代死神遺留的戒指。

克萊恩和安德森凝望「黑色鬱金香號」的時候，「星之上將」嘉德麗雅衣袍上的黃金胸針開始綻放純淨明亮卻不刺眼的陽光。

船長室的前方，一道身影模糊呈現，迅速拉長。

它充滿死寂安寧的幽靈氣息，卻又散發出陽光般的和煦溫度。

這是一個異常違和的存在，就像由「太陽聖水」構成的怨魂，擁有誇張的速度飛了出去，擁抱住了一個灰黑色的肉塊。

這「太陽怨魂」張開雙臂，以極其誇張的速度飛了出去，擁抱住了一個灰黑色的肉塊。

油脂被焚燒般的聲音滋滋響起，「太陽怨魂」與那灰黑肉塊彼此抵消，同時泯滅，再無痕跡殘留。

「星之上將」眼眸深紫流淌，胸針金黃明亮，於船長室窗戶外飛快製造出一個又一個「太陽怨魂」，讓它們撲向侵入「未來號」的灰黑肉塊們。

而這個時候，「無血者」希斯・道爾保護著弗蘭克、妮娜和其他水手，用吞噬消化的方法對抗擁有極強生命力的怪物肉塊。

「黑色鬱金香號」的速度比克萊恩預想得更快，不過幾秒的工夫，就進入了「未來號」的警戒

059 | 恐怖的生命力

範圍。

泛著陰綠的黑沉沉帆船降低速度，停止在邊緣，似乎不太清楚這邊究竟發生了什麼事情。

突然，克萊恩看見「未來號」對應的半空浮現出一隻近乎透明的眼睛，它有著慘白的瞳孔，正俯視著下方，一眨不眨。

這⋯⋯通靈者版望遠鏡？

愣了一秒後，克萊恩右手拔出左輪，瞄準那隻屬於靈界生物的眼睛。

這一刻他有些猶豫，作為瘋狂冒險家格爾曼・斯帕羅，直接開槍是最符合人設最沒有問題的選擇，但此時「地獄上將」路德維爾還沒有表現出敵意，若貿然擊殺他的「望遠鏡」，將讓局勢不可避免地走向更混亂更危險的發展！

克萊恩短暫的遲疑中，那隻近乎透明的虛幻眼睛消失了。

越來越清晰。

它的上面，一具具或未穿衣物或披著皮甲的白色骷髏忙碌著操縱風帆，挎著長劍的蒼白活屍正來回巡邏，用染著陰綠火焰的眼眸打量四周，幽影、怨魂、各種古怪的靈界生物時而飛舞盤旋，時而鑽入船身，在舷側突顯出眉眼不太分明的透明臉孔。

克萊恩的靈視裡，「黑色鬱金香號」上只有一個活人，那就是立在前甲板上靜靜望著這邊的船長打扮男子。

他戴著繡白骷髏插羽毛的誇張三角帽，身穿鑲花邊的白襯衫和繁複華麗的棕色短外套，固定住白色緊身褲的牛皮色腰帶上則懸掛有一把細細的刺劍。

遠處的「黑色鬱金香號」繼續前行，嘉德麗雅背後

這男子的臉上覆蓋著張銀白色的面具，五官與輪廓皆被隱藏於內，那象徵眼睛、鼻子、嘴巴位置的孔洞四周，冰冷的線條讓人望而生畏。

這與傳聞裡的「地獄上將」路德維爾的形象完全吻合！

他的大副、二副、三副、水手長們呢？

克萊恩先是詫異於「黑色鬱金香號」上只有一個活著的人，繼而飛快釋然。

正像「未來號」將三副、槍炮長和眾多的水手送到自家海盜團別的船隻上，「地獄上將」路德維爾沒讓「脆弱」的下屬們跟隨，反正他可以驅使不死生物和靈界生物操縱船隻。

就在這時，「黑色鬱金香號」明顯轉動，右舷的幾十門火炮對準了這邊。

隨著「地獄上將」路德維爾摸了摸銀白的面具，轟隆的聲音接連發出。

一枚枚炮彈飛來，或還未靠近，就落入海水，炸起一片浪花，或直接躍了過去，掉到更遠的地方。

——這是一次校準式射擊！

很快，「黑色鬱金香號」開始了第二輪炮擊。

克萊恩正要啟動「蠕動的飢餓」，利用「腐化男爵」的「扭曲」能力讓炮彈們改變目標，轟炸向更遠的地方，卻看見安德森‧胡德抬起右手，往前推出。

一隻隻橘黃色的火鴉瞬間凝聚，盤旋著飛了出去，精準攔截了每一枚炮彈！

「轟隆、轟隆、轟隆！」

061 ｜ 恐怖的生命力

半空火光耀眼，碎片飛濺，就像連續放了幾十次煙火。

不得不說，「縱火家」的能力在海上真是挺管用的，神祕版彈道導彈防禦系統。

不過，這也是因為安德森是「最強獵人」，已經達到了序列五這個層次，換做達尼茲，肯定沒辦法一一攔截，能引爆一半就算他厲害。

唉，我用「操縱火焰」的能力時，一次只能對付一枚……

克萊恩感嘆之中，「黑色鬱金香號」停止炮擊，速度再次變快，縮短著與「未來號」的距離。

而隨著它的靠近，兩條巨大帆船間染著金色陽光的海面飛快變黑，黑得不像墨汁，倒如同最深最沉無月無星的夜晚。

這幽邃深暗的海洋裡，一個個半透明半虛幻的猙獰生物爬了出來，一具具蒼白的屍體伸出了它們掛著腐爛肉條的手掌，一朵朵或深紅或陰冷的火焰浮現，組成了一對又一對眼睛。

霍然之間，這裡彷彿變成了地獄的入口，各式各樣的不死生物擁擠著浮上海面，潮水一樣前仆後繼地發起了衝鋒。

安德森回頭看了眼正泯滅著灰黑肉塊的「太陽怨魂」們，知道「星之上將」正處於對付那恐怖怪物的關鍵階段，只能嘶了一聲，抬頭對半空的格爾曼·斯帕羅苦笑了一下。

他正要將雙手按在船舷上，製造往外蔓延的赤紅火焰，以阻止不死生物大軍的侵襲，卻愕然看見格爾曼·斯帕羅猛地轉身，飛回了船艙。

跑、跑了？不會吧……

安德森的表情明顯呆滯了一下，他旋即露出齜牙咧嘴的表情，身體快速前傾，探出雙掌，按在

第三章　062

船艙上。

無聲無息間，一片赤紅的火焰憑空騰起，席捲往前方。

這時，他眼前突然掉下了一個符咒，耳畔則響起了一個古赫密斯語單字：「風暴！」

——呃？

安德森本能抬頭，看見穿圓領衫、棕夾克的格爾曼‧斯帕羅被一陣狂風捲著，急速飛向「黑色鬱金香號」。

他、他這是要自殺嗎？這種瘋狂我理解不了……安德森嘴巴半張，一陣迷惑。

「嗚！」

克萊恩借助符咒的效果，在風的眷顧下，飛掠到了「黑色鬱金香號」靠前方的上空。

「地獄上將」路德維爾隨即抬頭看了他一眼，銀白面具的眼洞內兩團蒼白的火焰正靜靜燃燒。

「黑色鬱金香號」上盤旋的幽影、怨魂和那些偏死亡領域的靈界生物們當即蜂擁上飛，衝向敵人。

他們大張嘴巴，發出無聲的尖叫，吐出鑲嵌著一張張微縮人臉的細長舌頭，顯得極為興奮。

克萊恩面無表情地看著它們，左掌探入衣服口袋，解除了一個方形鐵盒的「靈性之牆」。

然後他拿出裡面和幾根火柴綁在一起的阿茲克銅哨，將它扔向了「黑色鬱金香號」的後甲板。

霍然之間，透明的，陰冷的，模糊的怨魂幽影們全部停住了，就像被凍結的蟲子。

接著，它們毫不猶豫地掉轉身體，極速飛向「黑色鬱金香號」的後面，長得奇形怪狀的靈界生物們緊隨其後。

063 ｜ 恐怖的生命力

不到一秒，操縱船隻調整火炮的骷髏和活屍們也背叛了「地獄上將」，前甲板區域頓時空空蕩蕩，只剩下路德維爾一人。

克萊恩按著帽子落到了甲板上，落到了路德維爾面前。

他身體微微弓起，鬆開了按帽子的右手，目光鎖定了戴銀白面具的「地獄上將」。

「啪！」

「未來號」上，安德森·胡德雙手按住船舷，看見「漆黑海洋」下湧出的不死生物大軍潮水般退去，爭先恐後地你撞我踩地奔向「黑色鬱金香號」的後甲板，看見格爾曼·斯帕羅右手按帽，從天而降，穩穩落於「地獄上將」路德維爾的對面。

這樣的場景在或深紅或陰綠的光芒映照下，在怨魂幽影和各種奇怪靈界生物的襯托下，有種難以言喻的美感。

酷！不愧是最瘋狂的冒險家。

安德森由衷地讚了一聲，旋即想到了另外一件事情。

格爾曼·斯帕羅飛過去之前，好像扔了一張符咒在自己的面前，而且還專門示範了開啟咒文！

他的意思是……

安德森視線下移，在腳邊發現了那張白錫製成的符咒。

「黑色鬱金香號」上，身體微微弓起，目光鎖定敵人的克萊恩內心並不像他表面那麼冷酷和平靜。

第三章　064

安德森這傢伙快點用符咒飛過來啊，我一個人有很高的機率會搞不定，甚至是非常的危險。

眸子內映出銀白面具和兩團蒼白火焰的同時，克萊恩油然地無聲地祈禱了一句。

因為安德森・胡德提及的夢境世界深處的開門者，他謹慎地放棄立刻向自己祈禱，然後去灰霧之上用「海神權杖」回應的選項，並告誡自身不到絕境盡量不要暴露這方面的問題。

他相信「蠕動的飢餓」加「火種」手套加「魔術師」各種非凡能力加「海神領域」的不同符咒，能讓自身擁有與「地獄上將」路德維爾一戰的實力，而阿茲克銅哨對不死生物和偏死靈領域靈界生物的吸引力，可以幫助他廢掉「強大通靈者」最厲害的手段──對「死神」途徑的序列五來說，只要不超過必要的限度，面對一定數量內的中序列敵人時，始終都在以多打少！

不過，克萊恩並不認為這種局面下的自己就一定能贏「地獄上將」路德維爾，甚至幹掉對方，這一是因為主戰場在「黑色鬱金香號」上，參考「星之上將」對「未來號」的應用，有腦子的都知道情況並不那麼樂觀，二是「地獄上將」路德維爾為目前最資深的海盜將軍，背靠「五海之王」和「靈教團」兩大勢力，身上的神奇物品乃至封印物不會比克萊恩遜色多少，或許還有所超過，另外，很多傳聞指出，他擁有一枚古代死神遺留的戒指！

再加上本身序列確實要比「地獄上將」低，克萊恩不僅沒有狩獵即將成功，瘋狂冒險家扮演更進一步的激動，反而內斂緊繃，不敢大意，只盼著那厄運纏身的「最強獵人」盡快飛過來。

「星之上將」嘉德麗雅和她的海盜們騰出清除拼湊怪物的時間與空間，實力在同一層次的兩人聯手，才有不小的希望擊敗或者抗衡住失去了死靈大軍的路德維爾，給

念頭一閃而過，克萊恩毫不猶豫地展開了進攻，讓「火種」手套竊取來的「劇毒之霧」飛快往外擴散。

沒人能看出他的內心有那麼多的輾轉和擔憂。

戴著誇張三角帽和銀白面具的「地獄上將」路德維爾也在同一時刻抬起了始終緊握的左拳，張開五指，用掌心對準克萊恩。

瞬息間，前甲板被觸目驚心的黃綠色霧氣籠罩了，而路德維爾身前，虛幻光芒先是爆發，旋即以一點為圓心，飛快旋轉，往內塌陷，構建出一扇略顯模糊的對青銅大門。

這青銅大門表面布滿各式各樣的神祕花紋，有種無法描述的深沉與死寂感。

吱呀一聲，大門搖晃著裂開了一道縫隙。

縫隙之後是看不透的無垠黑暗，如同那最深最沉的夜空。

一雙雙難以名狀的眼睛就那樣藏在深邃的黑暗裡，密密麻麻，到處都是，卻又無法看見具體的樣子。

一條條沒有皮膚的血淋淋手臂伸了出來，一根根突顯出嬰兒臉孔的青黑藤蔓延伸了出來，一隻隻裂有嘴巴長滿牙齒的手掌抓了出來。

它們尖叫著，大笑著，哭泣著，喊鬧著，爭先恐後地抓攝起外面的一切。

這帶來了恐怖的吸力，陰冷到能凍僵人骨髓的颶風憑空颳起，將一件件事物推向了那些詭異的事物，推向了青銅大門的縫隙處！

黃綠色的「劇毒之霧」一下子被清空，克萊恩不由自主地就前傾身體，踉蹌著蹬蹬而行。

第三章 066

他左掌的手套當即變得漆黑，既有夜晚的邪異，又有星空的尊貴。

克萊恩的棕眸隨之張開，一片幽暗，他的左臂往旁邊張開，做出了一個「請」的手勢。

席捲著前甲板的可怕吸力突然改變了朝向，將正奔往後甲板的白骨骷髏和腐爛活屍一個接一個「抓」起，丟向大門縫隙處，任由它們被長著嬰兒臉孔的青黑藤蔓纏住，被血淋淋的手臂抱住，拖向青銅大門後無數眼睛所在的區域。

「扭曲」！

「腐化男爵」的「扭曲」！

克萊恩「扭曲」了神祕大門的目標，用「黑色鬱金香號」上的骷髏和活屍代替了自己。

就算是這樣，他依舊被龐大吸力的餘波影響著，以至於步伐艱難，無法發揮敏捷快速的優勢。

他戴著的那頂鴨舌帽已被颶風吹起，於半空打旋，飄飄蕩蕩地追隨前方慘遭吸附的不死生物而去。

這個時候，戴著誇張三角帽的「地獄上將」路德維爾又抬起了右臂，向前伸出了手掌。

他上身的右側迅速虛幻，似乎已屬於幽靈與怨魂，他的胳臂和小臂不斷延伸，一下就越過了不算近的距離，掌心蒼白地抓向敵人。

「嗚！」

颶風的聲音霍然消失，輕微的低泣聲傳入克萊恩的耳朵，讓他身體發麻，血液似被凍僵。

隨著那蒼白的手掌越來越近，他就彷彿被怨魂惡靈附體，難以做出有效應對，只能眼睜睜地看著死亡來臨，絕望地感受到自己的生命力在越來越快地流逝。

067 ｜ 恐怖的生命力

沒有任何反抗,路德維爾的蒼白虛幻右掌抓住了克萊恩,將他捏成一個薄薄的紙人。

紙人沾滿陰綠的腐蝕痕跡,很快就被沒有絲毫停息的颶風撕扯成了粉末。

青銅大門的側前方,克萊恩的身影瞬間浮現,左掌的手套已染上純粹陽光般的色彩。

他當即站直身體,張開雙臂。

一道繚繞著金色火焰的神聖光柱從半空落下,打在了那滿是神祕花紋的青銅大門上!

陽光陡然爆發,刺得克萊恩險些無法睜開雙眼,而「地獄上將」路德維爾「製造」出的可怕大門不僅本身搖搖晃晃,模糊了不少,就連內部傳出的誇張吸力都有所減弱,長著嬰兒臉孔的青黑藤蔓與血淋淋手臂更是憑空蒸發了大半。

不過,更多的怪異手臂更多的扭曲生物已湧至門縫處,試圖擠出來。

他連忙側撲,不斷翻滾,避開了颶風餘波和噬魂手掌。

一次,兩次,三次,他身形猛地一彈,斜著躍出,「蠕動的飢餓」不知什麼時候變得彷彿黃金所鑄。

克萊恩正要繼續利用「光之祭司」的「神聖之光」淨化那扇青銅大門,「地獄上將」路德維爾的蒼白巨掌已瘋狂抓了過來。

克萊恩的眼眸內先是映照出了「地獄上將」的銀白面具,映照出了他眼洞內的蒼白火焰,旋即於深處亮起兩道明亮的閃電。

「審訊者」,「精神刺穿」!

就在這個時候,路德維爾左手食指戴著的一枚方型黑沉戒指浮動了些許微光。

克萊恩的腦海內當即出現了一幅畫面：那是一個由人類、精靈、巨龍、魔狼、巨人、海怪、吸血鬼等生物腐爛腦袋組成的巨大王座，它每個微小的側面都有怨魂、幽影和惡靈的透明面孔突顯，充滿憎恨、怨毒和不甘。

霍然間，克萊恩的腦袋就像是被人用斧頭劈了一下，可怕的痛苦沒有一點延遲地占滿了他的思緒。

他的「精神刺穿」不僅沒發揮作用，反倒影響了他自身，成倍地影響！

若非經歷過更極致的痛苦，克萊恩現在肯定已翻倒於地，哀號著掙扎，可就算這樣，他也短暫失去了反抗能力，表情扭曲地半弓起腰背。

抓住這個機會，路德維爾銀白面具的嘴縫處，正常生靈完全聽不懂的語言緩慢吐了出來，四周一下變得越來越黯淡，既朦朧，又虛幻。

——這是來自地獄來自冥界的死亡之語！

克萊恩剛有緩和一點，就發現自己的靈體不受控制地往上浮起，與身軀一寸一寸分離。

而那青銅大門的恐怖吸力對靈來說，更加無法抵抗。

不，不行！

趁靈體還沒完全脫離身軀的機會，克萊恩勉強控制著右臂抬起，張開了戴著「火種」手套的五根手指。

不同的光華瞬間交疊著浮現於他的眼前，不斷變化著，飛快閃爍著。

沒有任何的猶豫，克萊恩抓住其中一團流淌著陰綠的蒼白光華，扭動手腕，將它抽離。

069 ｜ 恐怖的生命力

在這場戰鬥中，他心裡最想竊取的是製造青銅大門的非凡能力，但卻難以保證一定成功，只能祈求女神庇佑。

那光華一下飛出，落入了「火種」手套裡。

然而，這並不是克萊恩最想要的那個非凡能力，不過也不算差。

路德維爾銀白面具後的嘴巴張合不定，卻再也發不出那艱澀、拗口，只要活著的生靈都必然聽不懂的語言。

與此同時，克萊恩張開了嘴巴。

第四章
面具之後

一個又一個彆扭的，艱澀的，刺耳的，完全無法聽懂的單字從克萊恩口中緩慢吐出，讓青銅大門恐怖吸力製造的颶風一下變得沉靜，讓周圍本就黯淡的環境越來越深幽。

直到此時，他才知曉「地獄上將」路德維爾剛才使用過的這種非凡能力叫「亡者之語」，能直接繞過血肉之軀的保護，針對靈體。

它屬於「通靈者」能力的進階，將直接的，靈之間的溝通上升為一種驅使，乃至一種奴役活著的生物沒辦法聽懂的語言在前甲板上迴盪，「地獄上將」路德維爾不可避免地僵立於原地，他海盜船長打扮的身軀表面迅速浮現出了一層透明的部分。

他的靈在被虛幻的力量拉拽！

這時，路德維爾左手食指戴著的那枚方型黑沉戒指亮起了淡淡的幽光。

那被強行拖出少許的靈體立刻回歸身軀，兩者重新合二為一。

——錚！

路德維爾右手抽出了腰間懸掛的那把細細的刺劍。

它通體呈鐵黑色，尖端吸聚周圍光亮，化為了黑沉一點。

這位「地獄上將」猛地一個跨步，帶著狂暴的勁風，霍然拉近了雙方的距離，他手中的細劍隨即迅捷如同閃電般刺出！

那扇布滿神祕花紋的青銅大門依舊屹立於原本所在的位置，沒有因為路德維爾收回左掌，展開動作而消失，這就與克萊恩之前在莎倫小姐那裡見識過的依靠神奇物品使用出來的類似能力出現了區別！

第四章　072

「嘆!」

黑沉的刺劍以無法躲避的姿態戳穿了克萊恩。

克萊恩的身影迅速乾癟,變成了一張薄紙,紙面枯黃乾脆,似乎已被風化萬年。

青銅大門帶起的颶風吹過,紙人徹底粉碎。

半空之中,克萊恩從幽邃裡躍出,掌中已握住一大把「海神」領域的符咒。

「風暴!」

急促拗口的古赫密斯語單字迸發,白錫薄片各自燃燒,將自己獻祭給「海神」,也就是說,只要克萊恩願意,他可以收回絕大部分材料,多次循環,直至這些金屬再也無法承受靈性。

「嗚!」

青色的風刃激射而出,周圍的海面騰起了和船艙等高的沉重波浪,因為克萊恩沒嘗試也來不及分辨符咒的種類,這些攻擊覆蓋式襲向路德維爾的同時,也有相應的超自然效果出現於這位「地獄上將」的身上,水下呼吸、自由行動、浮空之風和抵抗壓力等目前根本沒什麼作用的影響一層又一層疊加了起來。

路德維爾突地張開嘴巴,發出無聲的尖嘯,那即將拍到他身上的海浪和數不清的風刃短暫凝固於了半空。

緊接著,這位「地獄上將」舉起了左手,他食指上那枚方型黑戒隨之流轉出邪異陰森的光芒,並瞬間變亮。

「嗚!」

073 ｜ 面具之後

那扇充斥著不可名狀感覺的青銅大門一下膨脹，變高變寬了一倍。

沉重的吱嘎聲裡，門縫裂得更開了，本就恐怖的吸力頓時攀升至超越想像的程度。

青色的風刃，漆黑的海浪，半空的克萊恩同時湧向大門，投奔徐徐展開的怪異藤蔓與手臂們。

克萊恩正要驅使「光之祭司」的靈魂，用「神聖之光」硬碰青銅大門一下，以獲得喘息的機會，卻看見一團半人大小的熾白火球從另外一個方向飛了過來。

這火球本身的速度疊加了大門產生的誇張吸力，從克萊恩旁邊不遠越過，砸到了神祕大門的縫隙處。

「——轟隆！」

熾白的火浪四濺，雨水般落往周圍不同區域，但卻只能讓那扇對開的青銅大門搖晃幾下，黯淡一些。

克萊恩抓住機會，啪地打了個響指。

他衣服口袋內分開存放的幾根火柴當即燃起，赤紅的焰浪迅速將他的身體覆蓋，消融化去。

青銅大門側方的一團火焰騰起，克萊恩從裡面躍了出來。

他一眼就看見安德森・胡德正姿態有些彆扭地漂浮於半空，掌中緊握著一根熾白的長槍。

這位「最強獵人」終於趕到，只是看起來不太習慣飛行。

「地獄上將」路德維爾抬頭看到這一幕，銀白面具眼洞位置的蒼白火團明顯跳動了兩下。

很顯然，他完全沒想到「未來號」上，除了「星之上將」嘉德麗雅，還有兩位海盜將軍級的強者，而且都攜帶著相當不錯的神奇物品或封印物。

就在這時，路德維爾猛地抬手按在自己臉上，出人意料地摘掉了那張銀白的面具。

深沉的、蒼白的光芒霍然從那面具之後噴薄而出，讓路德維爾左手食指戴著的黑沉方戒瞬間擴散出無窮無盡的死寂。

這死寂湧入青銅大門，將它推離了甲板，推到了半空。

這布滿神祕花紋的大門融合了無窮無盡的死寂，飛速膨脹到超過三十公尺高。

它以海面為基座，屹立於那裡，就像連通著另一個世界，不同於當前的世界。

「匡當！」

青銅大門陡地敞開，無法言喻的黑暗奔湧而出，包裹住「黑色鬱金香號」的前甲板。

克萊恩見狀，顧不得攻擊，忙掏出正確的符咒，快速給自己使用。

一陣狂風捲來，將他推出了「黑色鬱金香號」的上空。

這艘巨大的帆船在黑暗的牽引下，十公尺十公尺地駛入了青銅大門，駛向另一個世界。

「地獄上將」路德維爾立於船頭，仰望著半空，臉龐被蒼白的光芒覆蓋，看不清具體的樣子。

他的視線先是掃過克萊恩，繼而落到安德森·胡德身上，似乎要記住這兩個獵人，可卻沒有再嘗試攻擊，似乎被周圍的黑暗限制住了。

安德森愣了愣，接著毫不猶豫就投出了手裡的熾白火焰長槍。

這長槍直奔路德維爾而去，但一進入黑暗與死寂包裹的區域，就無聲無息消失不見。

路德維爾這是準備逃了？真果斷啊！

克萊恩先是一愣，旋即想起阿茲克銅哨還在「黑色鬱金香號」上。

075 ｜ 面具之後

眼見巨大的帆船已近半通過青銅大門，進入了另一個世界，而自身完全沒有辦法阻止，克萊恩邊丟出根火柴，邊啪地一聲打了個響指。

進入五十公尺範圍的後甲板上，在撕咬拉扯著彼此的不死生物間連續轉手的阿茲克銅哨旁邊，與它綁在一起的火柴霍然亮起，騰起了赤紅的火焰。

火焰之中，克萊恩的身影浮現於那裡，探手抓住了阿茲克銅哨。

這是他為回收銅哨做的準備。而且，為了預防意外情況，也就是火柴有被不死生物抓扯下來，他還在銅哨表面塗了一層易燃的太陽精油。

「啪！」

身處無數死靈包圍中的克萊恩，根本沒時間收回抓住銅哨的手，立刻就又一次打出了響指。

這個時候，一隻隻或透明或腐爛或蒼白或虛幻的手掌已抓到了他的身上。

克萊恩之前丟出的那根火柴於半空燃起，騰躍出了一蓬炎流。

他的身影很快浮現於這團火光內，但臉色發青，嘴唇變白。

被數不清的幽影、怨靈和其他不死生物抓了一下的克萊恩此時發自靈體深處地感覺寒冷，難以控制住身體，撲通一聲下墜，掉入了已重染金芒的海中。

——隨著「黑色鬱金香號」基本駛過青銅大門，之前宛若地獄入口的海面已恢復正常。

克萊恩下沉了幾公尺，被嗆了口又苦又澀的海水，終於緩了過來。

還好準備充分……念頭一閃間，他突然覺得不對。

佩戴著魚人袖釘的他有十分鐘的被動水下呼吸能力，不該嗆水才對！

克萊恩猛地側頭，看向腕口，只見那枚蔚藍色的袖釘不知什麼時候已脫離了組織。

丟了……被「火種」手套弄丟了……我剛才一直在「黑色鬱金香號」上……

克萊恩撲騰了幾下，浮出水面，正好看見巨大帆船的尾巴融入黑暗，青銅大門徐徐關閉。

他本能地往前游了幾公尺，最終停止下來，從剩餘的符咒裡甄選出一枚，給自己加上了水下呼吸的非凡效果。

半空的安德森・胡德看到這一幕，暗自咋舌道：「這傢伙真瘋啊！竟然還想追殺……」

就在這個時候，「未來號」上星芒紛落，凝成一道長橋，延伸了過來。

「星之上將」嘉德麗雅終於解決掉之前那個擁有頑強生命力的灰黑怪物。

可惜啊，「地獄上將」再遲疑一下，不那麼及時逃跑就好了。

安德森無聲嘆息，穩穩落到了星橋上。

目睹格爾曼・斯帕羅飛來，他正要打聲招呼，讚對方幾句，卻看見了一張冷酷沉默的臉孔。

安德森直覺地避讓開來，乾笑了兩聲，任由格爾曼・斯帕羅越過自己。

沿星橋返回至「未來號」上時，克萊恩已收斂住了種種情緒，看到弗蘭克・李迎了過來，朝自己豎了豎拇指，說道：「你是我這一生到現在為止見過最瘋狂的傢伙，你竟然敢獨自登上『黑色鬱金香號』，單挑『地獄上將』，而且還活著回來了！」

——對不起，論瘋狂，我遠遠不如你。

克萊恩默默回應了一句。

此時，許多頂著長髮或蓬蓬頭的海盜也相繼表達了自己的驚訝與讚嘆。

這樣的氛圍裡，克萊恩閉了閉眼睛，感覺「無面人」魔藥徹底消化了。

弗蘭克‧李未察覺格爾曼‧斯帕羅的異常，笑呵呵地又補了一句：「我剛才都想給你提供點幫助，丟些種子過去，可惜，我沒辦法扔那麼遠。」

丟些種子到「黑色鬱金香號」上？這片海域有「大地女神」殘留的氣息，相應領域的非凡事物都會發生異變，敵我不分，同時攻擊。

他剛要斟酌說辭，讓回應符合格爾曼‧斯帕羅的人設，忽然看見不遠處陰影裡的希斯‧道爾突顯了出來，彎腰嘔吐。

當時我也在「黑色鬱金香號」上啊！還好你沒扔……

克萊恩霍然想起了「未來號」之前的慘狀，想起了死去海盜頭頂長出的西瓜。

這位「無血者」先是乾嘔，接著雙膝漸軟，跪到了甲板上。

「嘔、嘔！」

他終於吐出了一灘黃綠的液體，裡面有一塊半腐蝕狀態的灰黑色肉塊在輕搐般蠕動。

「嘔、嘔、嘔！」

希斯‧道爾連續吐出了好幾灘類似的事物。

看到這一幕，克萊恩覺得噁心之餘，放心了不少。

他原本擔憂希斯‧道爾這「薔薇主教」亂「吃」東西會被汙染，現在看來，對方應該只是包容隔絕，未做真正的消化。

不愧是沒瘋的「薔薇主教」……克萊恩無聲感嘆了一句。

第四章 078

他眼角餘光正打算從那些嘔吐物上移走，腦海內忽然閃過了一些念頭……「蠕動的飢餓」已經被開啟，一天之內必須「餵食」一次，而這裡沒有外人，沒有理想的惡棍……之前死去的那個海盜不行，雖然他的同伴們未必會看重屍體，但「蠕動的飢餓」是要吞噬靈魂的。

不知道這些肉塊能不能充當下「食物」，至少它們原本屬於有旺盛生命力的，被「大地女神」氣息影響了的屍體。

想到這裡，克萊恩上前兩步，走至希斯·道爾附近。

他不忍目睹那幾灘嘔吐物，視線本能地投向了另外一側，投向了船舷外映著陽光的壯麗大海。

然後，他往灰黑肉塊位置伸出了左掌。

「蠕動的飢餓」沒有一點變化，未在手套正中裂開嘴巴。

看來它不想吃……只能先勉強用著，應對潛在的危險們，若接近一天還沒有找到合適的食物，就把它丟到灰霧之上。

克萊恩無奈地收回手，抬頭望了眼船長室方向。

「星之上將」嘉德麗雅身前的黃金胸針再次綻放光亮，凝出「太陽怨魂」，將希斯·道爾嘔吐出的那些肉塊一一淨化。

這位海盜將軍的臉色和表情都沒什麼變化，但似乎有點疲憊，眼中的深紫光彩越來越明顯。

確定船隻已重新啟航後，克萊恩不再停留，準備回房間更換掉溼透了的衣物。

安德森看了他一眼，靠攏過來，好奇地張開嘴巴。

「閉嘴！」克萊恩搶先開口。

這次的事件讓他丟失魚人袖釘，所以，他對厄運纏身的某人越來越看不順眼，就差定義為「蠕動的飢餓」的食物。

「⋯⋯好吧。」安德森抬了抬雙手，「我安靜地喝酒。」

克萊恩沒再理睬他，進入船艙，回到了自己房間。

盥洗室內，他拿出一枚「造水符咒」，念動古赫密斯語單字，弄了一整個浴缸的清水，然後脫掉全部衣物，躺了進去。

冰冷的感覺與溫暖的陽光讓他放鬆了不少，拿起剛才從書桌帶來的紙筆，寫下一條占卜語句：

「魚人袖釘的位置。」

默念七遍後，克萊恩完全躺下，枕著浴缸前部，進入了夢境。

灰濛，斷續，虛幻的世界裡，他看見了甲板，看見了一個身軀已腐爛幾處的活屍，蔚藍色的魚人袖釘就鑲嵌在那活屍左腰位置的血肉裡。

甲板之外，一片漆黑，讓人完全看不清船隻究竟在哪裡。

果然丟在了「黑色鬱金香號」上。

克萊恩睜開眼睛，做出判斷：「希望『地獄上將』不要發現，這樣一來，我就可以借助這袖釘鎖定『黑色鬱金香號』的位置⋯⋯」

「發現其實也沒關係，只要路德維爾沒把袖釘丟掉，事情也未間隔太久，我都可以進行定位，不過占卜的地方得從現實換到灰霧之上⋯⋯」

「還有，等一下必須做個占卜干擾，預防『地獄上將』借助袖釘定位我甚至詛咒我。另外，他

第四章 080

「那枚戒指真的疑似古代死神遺留的物品,嗯,寫信告訴阿茲克先生。」

克萊恩快速清洗身體,從浴缸內走出。

擦乾淨,換好之前那套魯恩紳士裝後,克萊恩先是調整裝備,漿洗衣物,接著攤開信紙,取出了阿茲克銅哨。

立在書桌旁,望著上面的事物,克萊恩伸出的右手忽有遲緩。

他眸光閃爍了幾下,又將阿茲克銅哨收起,放入小型鐵盒內,用「靈性之牆」隔斷了氣息。

他準備出了這片海域,離開了「未來號」,再召喚信使。

「這次損失不小,還好終於消化完了『無面人』魔藥,可以專心等待美人魚出現了……」

「嗯……這片神戰遺蹟的實際情況和我預想得不太一樣啊,竟然有『大地母神』的氣息。」

「這肯定不是之後留下的,否則一位神靈不可能控制不住自己的氣息。」

「第二紀元的八位古神也沒有一個執掌大地領域的權柄啊……」

「祂們的附屬神靈裡,倒是有疑似的,比如巨人王后,『豐收女神』歐彌貝拉,比如依附吸血鬼始祖莉莉絲的『生命女神』……」

克萊恩苦於對這片神戰遺蹟了解太少,還是確實並非第二紀的事情?」

「這是一場有從神參與的神戰,只能以猜測為主,臆想為輔。」

他收回思緒,重新裁剪起紙人,並在上面畫滿了屬於「愚者」的變化與隱密符號。

「啪!」

克萊恩提起紙人,抖甩一下。

081 ｜ 面具之後

火焰憑空而生，將紙人燒成了灰燼。

這樣一來，他已經能初步得到想要的效果，若想更好，則必須去灰霧之上做次響應，利用「黑皇帝」牌撬動神祕空間的力量，配合「紙天使」提供庇佑。

依靠阿茲克銅哨和威爾·昂賽汀紙鶴對可能存在的窺視進行干擾後，克萊恩重新進入盥洗室，有條不紊地完成操作。

收拾好房間，他戴著「蠕動的飢餓」和「火種」手套，緩步前往甲板區域，準備認真地觀察四周環境，不放過任何有關美人魚的線索。

他剛離開船艙，就看見安德森·胡德靠著木製酒桶席地而坐，表情沉靜，氣息內斂，如在思考與感傷。

他真信守著承諾，一直安靜地喝酒？

克萊恩咕噥了一句，從安德森前方經過。

安德森緩慢抬起頭，宛若夢囈地問道：「這裡的酒，是不是，有問題？」

克萊恩愣了一下，認真回答道：「是的。」

安德森說不出話來。

這傢伙太過倒楣，非凡能力的應用出現了失敗的結果，以至於沒能察覺到酒有問題……

克萊恩動了一下嘴角，往前方而去。

前甲板上，不少水手正圍在一起，看著妮娜代行「風暴之主」牧師的職責，為剛才死去的海盜舉行簡短的葬禮。

第四章　082

一點也不複雜的祈禱後,妮娜環顧一圈道:「里維爾的心願是死後埋葬在家鄉港口的山上,那裡有最美麗的落日。他希望得到火化,這樣死後不會受到侵擾。」

「風暴在上,願他安眠。」水手們大部分都信仰「風暴之主」,紛紛以右拳擊左胸道。

看著這一幕,克萊恩沒有靠近,立在遠處,靜靜旁觀。

等到葬禮結束,海盜里維爾的屍體在卷軸幫助下變成了骨灰,克萊恩暗嘆一聲,在心裡畫了一個緋紅之月。

接下來大半天,陽光依舊明媚,天空始終正午,「未來號」繞過幾處遺蹟和廢墟,越來越深入這片海洋。

安德森不知什麼時候已恢復正常,來到了克萊恩身旁。

他眺望了一眼,指著前方被淹沒於水下的建築群道:「越過這個遺蹟,左轉行駛大概十海里,就有機會遇到美人魚了。」

總算……克萊恩正要回應,天空忽然黑暗,陽光陡地消失,又是一個夜晚來臨。

沒再多說,他返回房間,躺到了床上。

很快,他在夢境中清醒,眼前是潔淨的落地窗、排列整齊的長桌椅子和擺滿書籍的書架。

這一次,他回到了之前離開夢境時的地方,回到了那個圖書館。

黃昏的光芒照射進來,為所有事物蒙上了一層淡金,克萊恩略感疑惑地前行,走到了上次瀏覽過的書架旁。

不出意外,他又看見了《符咒之書》等神祕學典籍。

083 | 面具之後

克萊恩剛打算抽出圖書,快速翻閱,目光突然掃到了對面書架,掃到了一本黑色封皮的圖書:

《羅塞爾筆記三》!

大帝的日記?整本的日記?克萊恩下意識就要伸手。

這個時候,他腦海內一下閃過了那雙注視著甲板注視著自己的神祕雙眼,閃過了安德森·胡德提及的壁畫大廳深處的開門者,閃過了自己之前不正常的夢境地點轉移情況。

克萊恩收回目光,依舊抽出了那本《符咒之書》。

他來到長桌區域,坐了下來,開始快速瀏覽。

突然,他聽到一陣噠、噠、噠的腳步聲從圖書館深處靠攏過來。

克萊恩的精神瞬間緊繃,緩慢地抬起了自己的腦袋,最先映入他眼簾的是一雙黑色的皮靴,隨著視線的上移,克萊恩大致觀察清楚了腳步聲的主人。

這是一位女士,穿著一條便於活動的米色長褲,踏著一雙不短的黑色皮靴,但上身套著的卻是一條淺棕色及膝裙,裙襬斜斜散落,展現出幾分不羈與瀟灑。

這樣的穿著搭配瞬間讓克萊恩有種夢回地球的感覺,因為無論魯恩,還是因蒂斯,甚至弗薩克、費內波特、倫堡、馬錫、東西拜朗等國家,都沒有流行過類似的風格。

克萊恩抬頭的速度變快,終於看見了對面女士的模樣。

她有一頭自然披下的栗色長髮,挺直的眉毛恰到好處地延伸著,雙眼蔚藍而深邃,彷彿濃縮了一片海洋。

她有著出眾的美貌,可最引人矚目的卻不是這一點,她行為舉止間自然流露的尊貴和那種長久

處於高位的大人物氣質更讓人印象深刻，克萊恩下意識間甚至想埋低腦袋，避開視線的交觸。

而且她很高，和我的克萊恩·莫雷蒂狀態差不多……克萊恩油然在心裡補充了一句。

徹底消化「無面人」魔藥後，他越來越認識到自我是性格、經歷、認知和各種人際關係的組合，外貌與身材屬於可以隨意改變的類型。所以，只要清楚地知道自己是誰，他不介意用「狀態」這個詞來形容之前每個身分的體貌特徵，反正「無面人」的每一次改變都是能固定下來，無需額外維護的那種，也就是說，哪怕現在沒有了相應的非凡能力，他依舊可以維持格爾曼·斯帕羅的外形。

正因為這樣，他完全能讓克萊恩·莫雷蒂真正地長高一截。

那位給人俯視感的女士一步一步走到了克萊恩對面，拉開椅子，坐了下來。

「我們又見面了。」這位女士用柔和但不帶絲毫感情的語氣說道。

這聲音這說話的方式，有些耳熟啊。

克萊恩靈光一閃，隱約把握到了熟悉感的來源。

對方行來的一幕幕當即迴盪於他的腦海，最終定格於那雙黑色的皮靴！

這……是她！

他以靈體狀態潛入王國博物館，取走「黑皇帝」牌時，在現場遇到了一位半神，對方坐在高大書架間的木製樓梯頂層，穿黑色皮靴的雙腳垂了下來，懸於半空！

他變回夏洛克·莫里亞蒂身分，被惡魔犬追得大喊救命後，於途中遇上了青綠色豌豆藤交織成

的森林之路，迫不得已跟隨馬車，一路駛到半空，看見窗外有豌豆藤連成的吊床般座椅和一雙穿黑色皮靴的腳！

是她！她怎麼會出現在這個夢境世界，出現在這片海域？而且、而且，還說「又」見面了，我現在是格爾曼・斯帕羅啊！

念頭紛呈間，克萊恩表情淡漠地回應了對方：「我們之前並沒有見過面。」

半神又怎麼樣？只要不是天使，在這個夢境世界裡，我都可以利用「海神權杖」對抗！！克萊恩默默給自己鼓了一下氣。

那位眉毛修長的女士坐在對面，微抬下巴，凝視了克萊恩兩秒道：「是嗎？俠盜『黑皇帝』先生……」

轟的一下，克萊恩腦海內的思緒就像被雷霆直接劈中，炸成了無數小片，凌亂，混雜，找不到重點。

她、她知道我是俠盜「黑皇帝」？

她認出我是當初在王國博物館盜走褻瀆之牌的那個靈體？

這、這怎麼可能！

等等，她為什麼直接稱呼我俠盜「黑皇帝」，如果換成「夏洛克・莫里亞蒂」，我會更加震驚，甚至難以掩飾表情的變化……

一個個想法閃過，克萊恩本能控制住臉龐肌肉，平靜開口道：「我不明白妳在說什麼。」

那位穿搭不同於當前任何潮流風格的女士沒有重複自己的話語，也未解釋什麼，轉而用平鋪直

第四章 086

述的口吻說道：「你的格爾曼·斯帕羅這個身分，是我提供的。」

克萊恩瞬間頭皮發麻，只覺自己在對方面前一點祕密都沒有。

格爾曼·斯帕羅這個身分是拜託莎倫小姐通過她的渠道偽造的，這位女士、這位半神就是她的渠道？

對了，莎倫小姐提過，她的圈子裡有人在調查俠盜「黑皇帝」的真實身分，承諾滿足完成者一個合理的要求，材料方面的限制是高序列以下。

根據莎倫小姐的描述，委託者大致形象是一百七十公分以上，身材比例很好，栗色長髮，愛穿黑色皮靴……

嘶，這不就是對面那位嗎？我當時就懷疑她是我在王國博物館內遇到的那位半神，而且她很清楚我拿走的是「黑皇帝」牌。

一個個想法飛快閃過，克萊恩短暫竟不知該如何開口，只好保持沉默。

「你在羅思德群島期間，納斯特·所羅門的『黑皇帝號』也出現於那片海域。」

「我想你應該知道這意味著什麼，俠盜先生。」

見對方不僅揭穿了自己的身分，還給出了思路和證據，克萊恩只好動了動嘴角道：「非凡特性聚合定律。」

他對面的女士表情頓時柔和了一點，彷彿帶上了些許笑意：「你果然是俠盜『黑皇帝』。」

……原來妳不敢肯定啊……妳只是羅列了線索，表現出了自信的態度。

087 ｜ 面具之後

她剛才怎麼能那麼篤定？她還有沒展現出來的佐證？

克萊恩一陣懊惱，異常疑惑。

那位長久居於高位般的女士未就此多說，望向書架，說道：「你是透過他的日記發現那張書籤是『黑皇帝』牌的？」

日記……這位女士也知道所謂的羅塞爾筆記是日記。

克萊恩愣了愣，未做回答。

「你剛才沒去拿那本筆記，是因為察覺到了什麼？」那位女士再次問道。

這……克萊恩突然想明白了件事情，決定不答反問，讓自己不再那麼被動，不再只能跟著對方的節奏走。

他望著對面女士蔚藍深邃的雙眼，直接開口道：「妳就是『未來號』上暗中窺視我的那個神祕人？」

美麗卻讓人不敢親近的女士坦然回答說道：「是的，嘉德麗雅都不知道我已經悄然上了『未來』，而你竟然能發現……『小丑』的危險預感？」

經過這段時間的觀察，結合之前的資訊，她基本上可以肯定我是「無面人」，是「魔術師」了……從她的口吻看，她和「星之上將」很熟悉啊。

「摩斯苦修會」的高層，或者那位「神祕女王」？

克萊恩點了一下頭道：「對。」

那位女士又抬了抬下巴，嘴角略有勾起：「正常的『小丑』，不可能有這種程度的危險預感，

第四章 088

哪怕已經序列五了。

又被她發現了一點特殊……這……她對「占卜家」途徑很了解的樣子。

果然，是有了灰霧力量的少許影響，我才能擁有非危險情況下的直覺預感？

克萊恩不給對方再次開口的機會，沉聲問道：「安德森·胡德聽到壁畫大廳深處有開門聲和腳步聲，這屬於妳？」

「你是指那位厄運纏身的獵人？」對面的女士若有所思地問道。

「嗯。」克萊恩點了一下頭。

「確實是我。」對面的女士停頓了一秒，「告訴那位獵人一個預言，最致命的危險往往藏在最平常的生活裡。」

什麼意思？克萊恩見對方沒有解釋的意思，斟酌著又問道：「讓我出現在『黑之聖者』夢中的人是妳？」

「對面的女士攏了下栗色的長髮，嗓音柔和卻淡漠地說道：「這並不難猜測。經過這個夢境，我確認你拿走了卡維圖瓦那條海蛇的遺物。」

「你也像上次那樣，以靈體狀態出現，在亞恩·考特曼面前取走物品，直接消失？嗯，你還攜帶了『黑皇帝』牌。」

克萊恩沒去回應這個話題，轉而問道：「妳是『神祕女王』？」

「很多人這麼稱呼我。」對面的女士表情平淡地回答。

真的是……這位女士的賞金高達六十五萬鎊，僅魯恩一國！

089 | 面具之後

克萊恩無聲吸了口氣道：「女士，妳找我有什麼事情？」

「神祕女王」用蔚藍的眼眸看了他好幾秒，然後才道：「我希望你將羅塞爾大帝自創的那種文字的解讀方式分享給我，我可以滿足你絕大部分的要求。」

克萊恩沒承認也未否認，呵呵笑了一聲道：「難道妳可以給我對應的高序列魔藥配方？」

「神祕女王」氣勢內斂但氣質不減地看著他道：「你的命運在霍納奇斯山脈的主峰。」

這……

克萊恩莫名震驚，他眼眸微轉，思忖問題間，「神祕女王」站了起來：「當你需要一些幫助或者幾張『褻瀆之牌』的線索時，告訴我答案。」

她轉過身，向著潔淨寬敞的圖書館深處行去，一步，兩步，身影越來越淡，很快消失。

整座圖書館隨即崩潰，克萊恩一陣恍惚後，發現自己回到了那個布滿華美壁畫的大廳。

安德森瞠目結舌地看著他，愕然脫口道：「你從哪裡進來的？」

第四章 090

第五章

靈體之線

聽到安德森的問題，克萊恩一時也不知該如何回答，總不能告訴對方，自己是從疑似屬於「神祕女王」的夢境裡掉出來的。

他漠然看了倒楣的「最強獵人」一眼，抬起右手，指了指上方。

「這樣啊……」安德森有所明悟地點了一下頭。

你，究竟想到了什麼？我自己都不知道自己在表達什麼意思。

克萊恩微不可見地動了下嘴角，岔開話題，回憶著說道：「我剛才遇到了一個人……」

「不是我們認識的？不是『未來號』的一員？之前從這個大廳深處開門走出來的那位？」安德森突然興奮。

這傢伙，一點都沒有「最強獵人」的架子啊，簡直就像報社的熱點記者。

克萊恩腹誹一句，未做回答，直接說道：「她讓我轉告你一個預言。」

「她……什麼預言？」安德森有些詫異。

如果我現在用的是克萊恩·莫雷蒂這個身分，那我會回答你一句「對不起，忘記了，她只說了一遍」。

克萊恩一邊想像著不會發生的惡作劇，一邊嗓音低沉地說道：「最致命的危險往往藏在最平常的生活裡。」

安德森認真聽完，嘶了一聲道：「這句話簡直太對了！我剛才喝酒差點喝成傻子，誰能想到，『未來號』上絕大多數船員喝的都是有問題的酒！」

他又琢磨了幾秒，不太放心地問道：「就這樣？你、你有沒有遺忘什麼細節，或者關鍵性的詞

第五章 092

語?」

我看你是在挑釁⋯⋯

克萊恩沒去理睬安德森‧胡德,走至壁畫大廳的門口,眺望起外面的弗蘭克和妮娜等人。

之前在圖書館時,他先是因為「神祕女王」突如其來地指出他是俠盜「黑皇帝」,難以避免地落入了被動,繼而嘗試打亂對方的節奏,不跟著她的指揮棒走,所以,精神一直高度緊繃,思緒全部放在了如何應對與言語交鋒之上,沒時間也沒機會復盤整個過程,挖掘未能思考出詳細細節,現在終於有這個空閒了。

「首先,最重要也是必須立刻想清楚的一個問題是,『神祕女王』對我的身分對羅塞爾日記究竟了解到了什麼程度。」

「嗯,她認為我掌握的是羅塞爾大帝創造的那種文字的解讀方式,而非文字本身,雖然這兩種意義區別不是太大,卻足以證明我和大帝穿越者的身分是她想不到也沒任何線索指向的那一層。」

「莎倫小姐不是剛進入神祕學圈子,剛接觸複雜事情的新手,她找人幫我偽造身分的時候,不可能向對方透露委託者誰,而且我提供的照片用的就是格爾曼‧斯帕羅這個形象⋯⋯」

「也就是說,『神祕女王』並沒有夏洛克‧莫里亞蒂等於格爾曼‧斯帕羅的結論,對,如果她已經瞭然,正像我之前想的那樣,更好的稱呼方式是『黑皇帝』夏洛克‧莫里亞蒂先生,這對我心理防線帶來的衝擊將三倍五倍於直接叫俠盜『黑皇帝』。」

「站在她的角度,她是怎麼從那些零散的線索裡找到有用資訊的呢?」

「她知道那張書籤是『黑皇帝』牌,於是將幽靈般的俠盜『黑皇帝』與王國博物館內盜走『褻

093 | 靈體之線

瀆之牌」的奇怪靈體聯繫在了一起，然後，因「五海之王」納斯特突兀出現於羅思德群島海域，根據非凡特性聚會定律猜測俠盜「黑皇帝」可能也出現於拜亞姆，出現於群島。

「經過調查，她發現了格爾曼・斯帕羅這個熟悉的身分，並從他和俠盜「黑皇帝」活動軌跡的一致做出猜測並一路追趕過來，潛入『未來號』，近距離觀察我。」

「這很符合邏輯，但部分地方存在一定的巧合，『五海之王』納斯特想出現在哪裡就出現在哪裡，或許他只是懷念起『紅劇場』內的某位女士，就讓船隻穿越靈界進入羅思德群島海域，或許拜亞姆恰好有『黑皇帝』途徑的高序列非凡材料，對他散發著強烈的吸引力。這根本沒辦法直接聯想到俠盜『黑皇帝』。」

「當然，『神祕女王』做這樣的聯想，也不是不可以理解，也許她對重要事情的線索，寧可弄錯，也不放過，呵，這是個好習慣，就是會讓自己很累。」

「還有她很高的機率不是一開始就鎖定了格爾曼・斯帕羅，但在羅思德群島海域，在『慷慨之城』拜亞姆，瘋狂冒險家格爾曼・斯帕羅的名聲相當響亮，她只要聽到這個姓名，再對照下時間，就可以做出基本的判斷了。」

「唉，做人還是低調點比較好，幸運的是，扮演終於結束了，後續可以讓格爾曼・斯帕羅這個身分消失了！」

克萊恩將整件事情理了一遍，覺得自己差不多弄清楚了問題所在。

不過，他還有另一個想法另一個猜測：那就是「星之上將」嘉德麗雅接格爾曼・斯帕羅上船的時候，太高調了，唯恐別人不知道瘋狂冒險家與她有合作一樣！

第五章　094

「也許,她在做一定的暗示,然後『神祕女王』就來了,知道了格爾曼‧斯帕羅,弄清楚了我在海上的活動軌跡,於是有了對比有了判斷,說是詐我,其實相當篤定!」

克萊恩單手插入口袋,走出壁畫大廳,目標直指黑色修道院外的「星之上將」嘉德麗雅,打算趁對方半夢半醒的機會,直接詢問答案。

到了這一步,他其實已經放鬆了不少,因為「神祕女王」那裡明顯只知道格爾曼‧斯帕羅等於俠盜「黑皇帝」等於為某個大人物效勞的非凡者,並不涉及更隱密的事項。

「就算她將『黑皇帝』牌失竊當晚出現於附近的大偵探夏洛克‧莫里亞蒂也關聯在一起,問題也不是太大。

「從很早之前開始,我就在將夏洛克‧莫里亞蒂與『世界』等同,與『愚者』的眷者等同,格爾曼‧斯帕羅屬於這層身分的延伸。」

「呵呵,這就是為類似情況做的準備啊,我一直覺得不能把別人當傻子,一個人只要有活動,有軌跡,有人際交往,總會暴露點什麼,所以,提前為這些聰明人準備了這層身分,日常生活也嚴格遵循著相應的設定。」

「而大人物的眷者能初步看懂羅塞爾日記是完全可以理解和接受的事情,屬於特定存在的正常恩賜。」

「嘿,想不到吧,面具之下還是面具!」

思緒紛呈間,克萊恩也覺得灰霧的幫助和自己的謹慎發揮不小作用,要不是提前察覺到有人注視,並本能遵從了心的意志,他也許就會在「神祕女王」注視下召喚出信使。

095 ｜ 靈體之線

信使本身不會暴露什麼，就怕「神祕女王」有辦法跟蹤它，找到阿茲克先生，從對方近年的行蹤裡挖掘出我克萊恩·莫雷蒂這層身分。

克萊恩穿過插了不少巨箭的廣場，走出黑色修道院，看見「星之上將」嘉德麗雅依舊抱膝而坐，凝望黃昏下的絕美景色。

克萊恩躍上巨石，來到枯黃樹木旁，邊眺向對面山峰的恢弘建築群，邊狀似平常地問道：「在拿斯，妳展現星橋，搭出上船的道路，包含著別的目的？」

嘉德麗雅的腦袋上靠了一點道：「我不告訴你！」

克萊恩一時竟不知該怎麼應對。

他原以為夢境世界裡的「星之上將」會很誠實，沒想到是這樣的局面，當然，這也是一種誠實，只不過誠實的是性格。

沉默兩秒，克萊恩決定詐對方：「妳想借助這種方式，將我值得關注這個資訊告訴某位？」

嘉德麗雅呼了一口氣，抱膝而坐的姿態未有改變：「差不多。主要是告訴別人，如果我出了較嚴重的問題或是表現出明顯的異常，你是一條線索。」

果然……克萊恩在心中感嘆了一聲。

他能理解「星之上將」為自保做了些小動作，但身為「愚者」，這是必須敲打的行為。

不過不能直接借這件事情發作，會顯得「愚者」太保護眷者，姿態不夠高……

嗯，「星之上將」肯定不只做了這一個小動作，可以將這一系列行為作為一個整體，含糊點敲打一下。

克萊恩迅速有了想法，對這次夢境世界的遭遇不再有太多慌亂。

至於「神祕女王」的提議，他根本沒做考慮。

羅塞爾大帝的日記裡記載了穿越和地球的事情，如果教導「神祕女王」解讀方法，被她發現這一點，她能做出更多更致命的猜測！

她顧忌我身後連「海神權杖」都能隨意借出的大人物，不會做太強迫的行動，若真有事情找我幫忙，或者被她拿捏住了別的要害，可以答應幫她翻譯幾頁她想知道內容的關鍵日記，但絕不能教她中文，嗯，即使翻譯也要摻雜水分，換用相近詞彙，只保證重點意思是對的，這樣一來，她就沒辦法藉此反向破解。

克萊恩收回視線，隨口問了「星之上將」嘉德麗雅一句：「傳聞妳和『神祕女王』已經決裂，但據我觀察，不是這樣。」

嘉德麗雅迷茫的表情突然有了生動的變化，她抿了抿嘴唇道：「我有什麼資格和她決裂？我只是一個被放逐的人。」

被放逐……

克萊恩正要再問，刺目的陽光照入，使他自然甦醒了過來。

看著外面燦爛的天空，無聲自語道：「真是一場可怕的夢境。」

收起感慨，克萊恩翻身下床，來到甲板區域，繼續觀察周圍，等待美人魚出現。

一個小時後，他終於聽到細細的、縹緲的歌聲從遠處隨波盪來。

美人魚？

097 ｜ 靈體之線

克萊恩心中一喜，湧現出了久違的激動。

離開貝克蘭德近四月，經歷了不少事情後，他終於抵達了這次「旅行」的目的地，滿足了晉升序列五「祕偶大師」需要的最後一個條件。

他心裡看待而產生的焦躁和煩亂情緒在進入這片海域後本身就一直在不斷增長，「未來號」上發生的種種看似荒誕可笑，細想卻異常驚悚的事情和這神戰遺蹟內黑夜、正午、夢境三種狀態分別蘊藏著的危險與未知，更是讓他始終緊繃著精神，煎熬地度過每一小時每一分鐘。

現在，這些情緒這些壓力終於有了宣洩釋放的機會！

呼……克萊恩緩慢吐了口氣，直接返回船艙，進入了屬於自己的那個房間，他按照預定的流程拿出了阿茲克銅哨、威爾·昂賽汀紙鶴，用它們干擾可能存在的「神祕女王」窺視。

將古老怨靈的殘餘靈性、六翼石像鬼的眼珠、龍紋樹的樹皮、裝蘇尼亞金色泉泉水的金屬瓶從行李箱內取出，展開於書桌後，他進入盥洗室，反鎖住房門，熟練地布置起祈求賜予的儀式。

弄好這個儀式，他沒急著去灰霧之上響應，而是又額外布置了個儀式，自己召喚自己的儀式。

逆走四步，低誦咒文，克萊恩來到灰霧之上，響應了召喚儀式，藉此以靈體狀態來到現實世界，將「火種」手套帶回了那片神祕的空間。

做完前置工作，克萊恩沒有放鬆，來到愚者的位置，具現出紙筆，快速寫了條占卜語句：「前方唱歌的是美人魚。」

取下黃水晶吊墜，他用占卜的辦法確認了情況：「未來號」前方唱歌的正是美人魚！

第五章 098

平復了一下心情，克萊恩招手讓那個鐵製捲於盒從雜物堆裡飛出，落到了斑駁古老的青銅長桌上。

啪的一聲，他打開蓋子，看見那個沒有瞳孔的「全黑之眼」依舊安靜地躺在裡面，極致的瘋狂和危險隱約可感，卻宛若沉眠。

靜靜凝視了兩秒，克萊恩拿起「火種」手套，緩慢地將它戴於右掌。

完成這一切後，克萊恩沒再猶豫，向前伸出右掌，張開五指。

他眼前看見的畫面霍然浮上了各式各樣的光團，灰白、銅綠、深紅和黑沉構成了這片神祕空間的主基調。

而「全黑之眼」內，蒸騰的，張牙舞爪般的鐵黑光芒正纏繞著剩餘所有的顏色。

無需依靠本身的靈性直覺，僅憑自身對事物的了解，克萊恩也能清楚地認識到代表「真實造物主」精神汙染的就是這鐵黑色的光芒！

高度戒備中，他五指合攏，抓住了目標，隨即擰動腕部。

那鐵黑色的光芒一下被抽離，融入「火種」手套，克萊恩耳畔頓時又響起了虛幻的，邪惡的，可怕的，似曾相識的，難以名狀的嘶吼聲。

這摧毀著他的思緒，磨滅著他的精神，帶來了腦袋即將炸裂的痛苦，但很快就被灰霧的力量壓制，徹底平靜。

克萊恩沒能力多想，依循預定的方案和演練過多次的動作，左掌抓住「火種」手套，將它褪了下來，丟到了宏偉宮殿的石質地磚上。

099 ｜ 靈體之線

緊接著，克萊恩有些麻木地抓起不再有問題的「全黑之眼」，快速回應了祈求賜予的那個儀式，將這「祕偶大師」遺留的非凡特性通過虛幻的大門傳遞去了位於鹽洗室內的祭壇。

他不敢有任何的耽擱，只是瞄了一眼已染上鐵黑色，五指扭曲，掌心撕裂，充滿邪異感的「火種」手套，就用靈性包裹住自身，模擬出急速下墜的感覺，返回至現實世界。

如果讓「蠕動的飢餓」全程目睹「火種」手套的遭遇和結果，不知道它會有什麼感想。

克萊恩睜開眼睛，抓起祭臺內的「全黑之眼」，直奔外面房間的同時，心裡油然閃過了這麼一個念頭。

停於書桌前，克萊恩從側方拿出原本屬於「未來號」廚房的鋼鐵奶鍋，將八十毫升蘇尼亞金色泉的泉水倒了進去。

淡金色的液體緩緩蕩漾，清澈而透明，讓人下意識就感覺嘴巴發乾，想痛快喝上一杯，以解除渴意。

龍紋樹的樹皮、六翼石像鬼的眼珠、古老怨靈的殘餘靈性一一被克萊恩放進鍋裡，激起了不同的反應，最終，藥水基劑的顏色變成了暗金，但看起來輕飄飄的，沒有一點重量。

到了這個關鍵的節點，克萊恩反而變得異常平靜，沉穩拿起那無瞳的黑眼，將它沉入基劑裡。

他已經可以確認，「真實造物主」的精神汙染沒辦法穿透灰霧，重歸「全黑之眼」內，而這是能夠預見的。

「全黑之眼」瞬間被暗金色的液體淹沒，水面隨即冒起一個又一個氣泡。

每一個氣泡破裂，藥劑就黑上一分，十來秒後，所有的變化全部終止。

第五章　100

奶鍋內，魔藥成形，呈全黑色，裡面似乎有無數條肉眼看不太清楚的細小蟲子在飛快游動。

克萊恩掏出金幣，用占卜的方法快速做了一個確認。

得到成功的啟示後，他舒了口氣，將這「祕偶大師」魔藥倒入提前準備好的金屬瓶，塞進衣服口袋。

他沒有急，也沒有亂，按照預定的流程，飛快處理地鹽洗室內的祭壇，拿回了阿茲克銅哨和威爾・昂賽汀紙鶴。

直到這個時候，他才腳步略快地離開船艙，來到甲板。

此時，「未來號」上的象徵符號、魔法標識和奇異花紋已層次分明地亮起，組成璀璨的星之海洋，將美人魚的歌聲做了最大程度地削弱。

——傳聞美人魚的歌聲會讓人類失去理智，變得痴狂，從而跳下所在船隻，成為美人魚們的食物。

克萊恩下意識抬頭，望向了船長室對應的窗戶。

「星之上將」站在那裡，周身繚繞著點點星芒，回看的目光頗為複雜。

這是想起夢中說過的話和展現的態度了？

克萊恩腹誹一句，表情淡漠地說道：「我要一艘小船。」

「已經準備好了。」嘉德麗雅不見意外地指了指舷位置。

格爾曼・斯帕羅僱傭「未來號」時，就已經提過他的目的是尋找美人魚。

很快，克萊恩離開了「未來號」，離開了璀璨星海的保護，踏足小船，置身大洋。

歌聲縹緲傳來，似乎直接鑽入了他的靈體，讓他渾身發麻，難以遏制地想要聽到更多。

這對克萊恩來說，程度還遠遠不夠，而且他的靈性直覺告訴他，必須再靠近一點，讓歌聲更清晰一點，才能滿足儀式的需求。

「風暴！」

克萊恩掏出枚白錫製成的符咒，召喚來一陣可以控制的大風推動小船，往前行駛。

不知過了多久，美人魚的歌聲突然變大，清楚地就彷彿正在克萊恩耳邊淺吟低唱，那每一個音符都能敲動靈體，每一段旋律都讓人沉醉並嚮往。

克萊恩恍惚了一下，險些跳進海裡，游向這美妙歌聲的來源。

他竭力控制住自己，發現前方不遠處有許多礁石，一道道身影正坐於邊緣，曼聲輕唱。

這些生物長著人類的腦袋，眉眼清純裡透著幾分豔麗，她們胸口被暗紅色的鱗片覆蓋，她們下半身是碩大的魚尾，很有節律地拍打著礁石。

不同的美人魚有不同的長相和不同的魚尾鱗色，對人類來說，有種異樣的美感。

克萊恩放開了對小船的控制，抬起右手，就要探入衣服口袋，取出魔藥。

就在這時，一條條美人魚察覺到他的臨近，紛紛望了過來。

然後，這些又被稱為海妖的生物一個個驚慌失措地停止了歌唱，噗通噗通躍入水裡。

不要走啊！

克萊恩右手無力地虛抓了兩下。

不是說好用歌聲吸引人類當食物嗎？怎麼人類來了，你們反而跑了？我也不是什麼壞人，我就

來聽個歌而已⋯⋯這個時候，克萊恩心裡充滿了我靠的情緒。

他很快發現，美人魚的歌聲並沒有完全停止，在這片礁石較遠的位置，還有幾條美人魚背對這邊，在風浪背景下未發現同伴們的逃離，依舊大膽地歌唱著。

克萊恩精神一振，略作思考，拿出了另一張符咒。

這是「海神」領域讓水下生物對使用者親近的符咒！

「風暴！」

咒文聲裡，青藍色的火焰包裹了白錫薄片，讓它憑空消失在了現實世界。

見剩餘的「美人魚」雖然察覺了自己，但不再膽怯逃跑後，克萊恩當即拿出裝「祕偶大師」魔藥的金屬瓶，擰開了蓋子。

抓緊時間，以防意外！

咕嚕，略顯苦澀的魔藥帶著陳腐的感覺湧入克萊恩的嘴巴，沿著他的食道，直奔他的胃袋。

霍然間，克萊恩發現自己變得異常僵硬，就像回到了廷根，回到了被封印物「2—049」那奇異木偶操縱時的狀態。

他試圖活動關節，裡面卻彷彿灌滿了鉛水。

與此同時，他感覺一條條細小的蟲子鑽進了自己每一個細胞內，鑽進了靈體內。

他的思緒開始變緩，腦海內映照自身狀態的能力也逐漸失效。

美人魚的歌聲悠揚傳來，挑動著那種渴望，積蓄著狂熱和痴迷，讓克萊恩保持住了最後的情緒，並借助這種引誘一點點擺脫著僵化遲緩的狀態。

103 ｜ 靈體之線

他的眼前迅速浮現出淡漠的灰白霧氣，他的耳畔則響起了虛幻的「霍納奇斯……弗雷格拉……」，和他晉升「占卜家」、「小丑」、「魔術師」時相比，這囈語明顯變得斷斷續續，似乎正被什麼干擾著排除著。

霍納奇斯……弗雷格拉……」，這囈語明顯強了不少，能間斷性突破灰霧與現實糅合力量的阻隔與成為「無面人」時不同，囈語明顯強了不少。

了……我的思考能力，恢復了！

克萊恩心中一喜，嘗試著抬起手臂，關節位置的艱澀仍在，但已越來越弱！

與此同時，克萊恩「看見」了自己現在的樣子：膚色黃褐，就像是纏著陳舊繃帶活埋了多年的人偶；一顆顆肉芽藏於皮膚之下，蠕動著，分離著，融合著。

克萊恩當即於腦海內勾勒出無數光球，用「冥想」平復著這種的狀態。這個過程中，美人魚的歌聲依舊迴盪於他的耳畔，讓他的關節和肌肉出現抽動，緩慢退去僵硬。

不知過了多久，克萊恩睜開雙眼，身體已徹底正常。

他吸了口氣，無聲感慨道：「終於……終於序列五了！」

「終於是『祕偶大師』了！」

高空陽光猛烈，大海映著金色，克萊恩的眼裡除了這些，還有數不清的虛幻黑線。

它們從不遠處美人魚的身上，從他自己身上，從附近海域不同的地方，伸了出來，細而繁多，密密麻麻，對應不同的部位，並蔓延至無窮遠處，抵達了虛空的盡頭。

這極有密集美感的奇詭一幕對克萊恩而言，並不陌生，他幾次借用「全黑之眼」的力量並長期

第五章　104

依靠對方塑造「世界」這個假人時，都能看見類似的畫面。

這就是「祕偶大師」非凡能力的源泉！

從魔藥裡得到的知識告訴克萊恩，這些虛幻的黑色細線叫「靈體之線」，可以通過操縱它們直接影響目標的精神體、星靈體、心智體和以太體，然後借助「以太體」這座橋梁，控制對方的身軀。所以，「祕偶大師」的所有非凡能力都是在「靈體之線」上做文章。

一是借助每個生物都存在的「靈體之線」，找出隱藏的目標，是「魔女」隱身術和「隱修士」陰影躲藏能力的剋星，當然，克萊恩不清楚有沒有能將「靈體之線」也掩蓋住的辦法。

二是像操縱木偶一樣掌控目標，讓他思維遲緩身體僵硬動作滯澀，這屬於強行控制，很難有能力對抗，基本只能依靠自身靈體的強度來擺脫，對已經處於序列五這個層次的「祕偶大師」來說，半神之下幾乎不用擔心什麼。

三是經過時間的推移，掌控的加深，「靈體之線」可以將目標徹底變成自己的傀儡，在一定的距離內，躲於幕後，操縱對方去戰鬥，這種方式下，傀儡能夠使用原本的非凡能力！

「這真的奇異，詭祕，可怕啊，簡直是幕後黑手的專屬，難怪羅薩戈稱『靈體之線』上的操縱為高序列以下最難對付的能力之一……」

「不過這需要時間，掌控不是一下就能徹底達成的，必須一步一步加深至最終完成，要想初步控制，當前狀態的我大概需要二十秒。」

「但隨著魔藥的逐漸消化，耗時會明顯縮短，等到『祕偶大師』徹底消化，也許能到五秒之內，嗯，在產生效果前，目標幾乎沒辦法察覺，有一定預言能力的或許可以……」

105 ｜靈體之線

「一旦初步掌控了目標的『靈體之線』，他就會立刻出現思維的遲緩、動作的滯澀和身體的僵硬，然後一步步往木偶、傀儡的方向發展。」

「如果『祕偶大師』有同伴，在這個過程裡，就可以輕鬆解決掉被強行控制住的目標，嗯，如果敵人靈體強度不算太高，『祕偶大師』有一定的餘力，甚至可以分心掏槍或使用神奇物品，自己配合自己。」

「若控制的過程中未被外來的力量打斷，五分鐘後，目標就將成為我的傀儡，從某種意義上講，他已經真正死亡，事情再也無法逆轉。等魔藥徹底消化完，轉化傀儡需要的時間肯定會大幅度縮短。」

「我當前能操縱的傀儡上限是一個，之後暫時沒辦法判斷，但肯定會有所增長，上限看起來不會超過三個。」

「這除了需要時間，還有距離的限制，我目前僅能看見一百公尺範圍內的『靈體之線』，而要想操縱它們，必須進入對應目標的五公尺內……」

「操縱傀儡時，本體與它的距離暫時不能超過一百公尺，之後肯定能增長。」

「嘿，傀儡除了能保留自身的非凡能力，還可以正常使用神奇物品和封印物等東西，並且消耗的是它的靈性，而非我的，當然，我操縱它這個行為本身就很耗費靈性。」

「這能力很適合我啊，遇到非常危險又不得不去探查的情況，可以讓傀儡上，雖然損失掉它會很心疼，但也好過我自己當場身亡。」

「呵呵，那個『祕偶大師』羅薩戈來對付我前，肯定有過別的行動，以至於沒有了傀儡。嗯，

第五章　106

他肯定也未徹底消化『祕偶大師』魔藥，所以，沒辦法在等待開門的工夫裡，進入面對面交談的環節。

「總的來說，不愧是序列五的非凡能力！而且，前面幾個序列的能力也增強了百分之五十，甚至更多⋯⋯」

「真是越來越期待了，不知糅合了這麼多奇詭能力的序列四會有什麼樣的質變。唉，我都不清楚它的名稱是什麼⋯⋯」

克萊恩結束了對自身情況的檢視，感慨了一番。

他隨即依靠當初給「靈視」設置開啟和關閉方法的經驗，為看見「靈體之線」的能力做了約束，免得看見不該看見的事物。

左手拇指掐食指第一個關節兩下開啟，重複一遍關閉，右手也可以⋯⋯他收回思緒，望向前方，看見剩餘的幾條美人魚已轉了過來，正好奇地用水汪汪的蔚藍眼睛打量他。

考慮到如果沒有她們的歌聲，沒有那簡單的儀式，自己剛才已經失控，成為類似「2—049」的封印物，克萊恩友善地衝她們笑了笑。

那些美人魚受符咒力量的影響，也輕啟嘴唇，展露略顯羞澀的笑容。

隨著她們或淡紫或深紅的嘴唇張開，克萊恩看見了她們的牙齒⋯尖銳如同狼牙，一根接一根，白森森，明晃晃，滴落著黏稠的液體。

克萊恩愣了一下，發現這比真正的怪物還讓他難以接受。

他原本已經做好心理準備，視美人魚是下水道裡的那種，所以，不管對方形態如何瘋狂如何恐

怖，他認為自己都能承受得住。

可是，情況有些出乎他預料，美人魚們外表明明是美麗誘人的女性，尾巴也有異類的美感，牙齒卻如此猙獰如此噁心，這對比實在太過鮮明，讓克萊恩不忍直視，差點移開眼睛。

揮了揮手，他飛快掏出「海神」領域的符咒，再次製造大風，推著小船往「未來號」返回。

途中，克萊恩不由自主回味一下剛才的感覺：「原來美人魚的歌聲是一種中和，一種平衡。」

「否則絕大多數『無面人』沒辦法抗拒『祕偶大師』魔藥對自身『靈體之線』的腐化，直接就會失控。呵，海蛇卡維圖瓦這種幸運兒不在討論範圍內，牠才會相對弱小。」

「理論上來說，只要有類似效果的聲音或非凡能力，都可以代替美人魚的歌聲，但不是親身經歷過的人，根本沒辦法分辨細微處的差別，所以，不是『占卜家』途徑的高序列強者，很難提供有效的建議。」

想法紛呈間，小船回到了「未來號」附近，克萊恩借助繩索，輕鬆上至甲板。

安德森・胡德立在船舷邊緣，呵呵笑道：「原來你找美人魚是儀式需要，並非想獲取相應的材料。」

「這很清楚。」克萊恩簡短回應。

安德森聳了聳肩膀道：「不，並不清楚，正常人都會猜美人魚是你需要的材料，因為這配不上序列四的儀式，可誰知道，海盜將軍級的冒險家格爾曼・斯帕羅只有序列六。」

什麼叫「只」有？克萊恩忍住了操縱安德森「靈體之線」的衝動。

第五章　108

沒去理睬那自帶挑釁光環的最強獵人，他進入船艙，準備返回自己房間。

剛靠近船長室，吱呀的聲音傳來，房門在他的眼前打開。

「星之上將」嘉德麗雅未戴那副沉重的眼鏡，眸子內深紫略有流淌地看著格爾曼‧斯帕羅道：

「祝賀你順利晉升。之前、之前的夢境裡，我是不是說了什麼？」

「妳自己很清楚。」克萊恩面無表情地回應道。

嘉德麗雅沉默了兩秒後道：「你詢問了我和『神祕女王』的關係？」

說話的同時，她忍不住環顧起四周。

這是透過我較為突兀的問題，猜到「神祕女王」可能已經上了「未來號」？和聰明人說話真是需要小心啊。

克萊恩點了點頭，越過對方，走向自己的房間，走廊內一片安靜。直至他打開房門，邁步進去，嘉德麗雅的聲音才從船長室內傳出，迴盪於整條船隻：「返航。」

房間內，克萊恩等待了幾分鐘才重新進入盥洗室，再次布置儀式，將因為沒有食物，越來越躁狂的「蠕動的飢餓」丟到了灰霧之上。

做完這件事情，他沒急於離開，將手一招，讓地上扭曲變形的鐵黑色「火種」手套飛起，落至面前。

研究片刻，克萊恩將「火種」放入鐵製捲菸盒內，丟到了雜物堆裡。

雖然這昂貴的手套已經廢掉，但克萊恩始終堅信廢物也有可以利用的地方。

緊接著，他慢悠悠褪掉已經安靜的「蠕動的飢餓」，同樣將它放入了雜物堆。

109 ｜ 靈體之線

呼……克萊恩平靜兩秒，離開巨人居所般的宮殿，往灰霧之上這片神祕空間的深處行去。

上次探索時，他有發現一座通往天國般的光明「階梯」，懷疑對方的層數與自身的序列有關，所以剛一晉升就來做個確認。

走了一陣，克萊恩眼前終於出現了那純粹由光芒構成的神聖階梯，與之前相比，它憑空多了一層，共有五階。

果然……克萊恩沒有意外地感慨了一聲。

然後他攀登這為巨人準備般的階梯，來到了頂層。

此時，他距離半空凝浮的那片灰霧已沒有多遠，似乎再來一層階梯，就可以攀登上去了。

克萊恩下意識抬頭眺望那裡，隱約看見了一點東西。

那是……克萊恩眼眸內映照出了一個近乎完全透明的事物。

它彷彿什麼東西的外殼，時而縮回去一點，消失於克萊恩的視界裡，時而被無形的風吹著般往外探出，展現些許輪廓。

以它為錨點，再往上眺望，則有一抹深綠近黑的顏色靜靜屹立。

像是黑森林內樹木的顏色。

克萊恩嘀咕了一句，完全沒辦法想像那「顏色」那「事物」究竟象徵什麼，只能大膽猜測這可能與進一步掌控灰霧之上這片神祕空間有關。

沒嘗試做無用功，他跳下似乎能通往天國的階梯，返回了自身具現出來的那座宮殿內。

考慮到「神祕女王」的存在，克萊恩略作收拾，就離開灰霧之上，重歸自己房間的盥洗室內。

第五章　110

處理好首尾，他一步步走至行李箱前，將「太陽胸針」翻了出來，佩戴於雙排扣長禮服上。

經過這麼一番折騰，他現在能使用的能攜帶的神奇物品種類又回歸了貝克蘭德時的狀態，但是，他已經序列五，已經擁有半神以下最難對付的能力之一，已經是真正意義上的非凡世界強者。

「正常來說，我應該很激動很高興，但其實並沒有，甚至還沒終於找到美人魚那一刻興奮……因為於我而言，只是踏出了復仇的另一步，真正想達到的目標還在遠方。」

「接下來，總結守則，消化『祕偶大師』魔藥，尋找對應序列四的配方和材料，嗯，這些事情得離開這片海域後再做，依次請教阿茲克先生、威爾·昂賽汀、『魔鏡』阿羅德斯。」

「呵呵，這幾天放鬆下身心，精神繃得太緊會斷掉，會導致失控跡象的出現……」

克萊恩轉身望向房間內的全身鏡，只見自己身高將近一百八十公分，黑髮棕瞳，臉龐消瘦，輪廓分明，穿著白襯衫、長禮服，打著領結，戴著禮帽，配著暗金色的太陽鳥胸針，表情平靜，目光深暗。

靜靜看了一陣，他抬起雙手，理了理兩邊袖口的鈕釦，拍了拍黑色長禮服。

閃電劃破天際，照亮了前方層疊的灰暗建築。

背負雙劍的「獵魔者」科林·伊利亞特指著對面道：「那就是下午鎮。」

他疏於打理的花白頭髮在吹過曠野的風中不斷搖晃著。

這麼快……手提「颶風之斧」的戴里克頗覺意外地感慨了一句。

他旋即釋然，認為這在情理之中，因為巨人王庭本身就處於白銀城附近區域，下午鎮更是連接

111 ｜ 靈體之線

借助照亮黑夜的閃電,他看清楚了下午鎮的模樣,它依山腳而建,自然地分成了上中下層,說是鎮,其實不比白銀城發現的多數廢墟小。

在這裡,灰色的石頭壘成了不同的房屋,有的整塊挖空,接近十公尺,有的和戴里克目前的居所一樣,矮小得彷彿能讓正常人類碰到屋頂。這些建築緊湊排列,鋪陳開來,部分已經坍塌,部分依舊堅挺,只是都染上了陳腐衰敗的痕跡。

和課本描述的完全不一樣……戴里克油然回想起了歷史課上學到的知識。

根據白銀城的記載,下午鎮是分隔現實與神話的大門,雜居著人類和巨人,這裡有夜晚,也有白天,但全部的白晝都處於「下午」狀態,無論大霧,暴雨,還是冰雪來襲,都無法遮掩那較為猛烈的陽光,可此時,這裡陰暗,灰沉,即使被閃電照亮,也缺乏光明感,毫無生氣。

握緊斧柄,眼眸「內蘊」兩輪微縮太陽的戴里克行於探索小隊側面,跟隨「首席」科林一步一步進入了下午鎮。

這裡已在初次探索裡被清理過一次,街道上布滿腐爛的肉塊和乾涸膿液留下的痕跡,四周靜悄悄的,沒有一點聲音。

「小心,這裡有不少藏於黑暗裡的奇異怪物。」臉有陳舊傷疤的科林·伊利亞特沒有輕慢,反手抽出了背負的雙劍之一,劍身銀光內斂。

這裡是神話的大門?造物主遺棄這片土地時,連神話都遺棄了嗎?

戴里克忍不住想像了一下當初那場巨變裡下午鎮的遭遇,直覺地認為很可能與白銀之國不同。

第五章 112

他還未來得及更仔細地觀察周圍，尋找可能存在的線索，忽然聽見另一側的隊友發出急促的呼喊聲：「有東西！」

戴里克側頭望去，只見那十公尺高的巨石房屋表面，長出了張透明的臉孔。

這臉孔布滿數不清的裂縫，它們很有規律地往中央位置盤繞著，形成了一個類似漩渦的獨眼或者嘴巴。

漩渦裡颶風宛若實質，呼嘯著噴薄了出來，內裡晨曦般的光芒密密麻麻，彷彿一枝又一枝光明之箭。

「──噗噗噗！」

它們打中了好幾位探索小隊的隊員，可卻像是命中了厚實的城牆，只能發出沉悶而密集的聲音，很快消失於陰沉的環境裡。

不知什麼時候，白銀城「首席」科林・伊利亞特已屈膝半蹲，將手中的銀色直劍插入腐朽的灰石地面。

他為前排的隊員們提供了最強有力的守護！

與此同時，其餘的探索小隊成員很有條理地展開了攻擊，光之風暴和赤紅火球有先有後地命中了那怪物。

緊接著，戴里克召喚來的聖光也落在了那獨眼般的漩渦上。

爆炸聲裡，那本就布滿裂縫的巨石轟然倒塌，透明的臉孔慘叫著蒸發不見。

這場戰鬥雖然輕鬆，戴里克卻一點也不覺得高興。

113 ｜ 靈體之線

他在塔羅會裡有聽「倒吊人」先生、「正義」小姐他們討論過非凡者戰鬥的案例，結合白銀城與黑暗深處各種怪物進行對抗積累起來的經驗，擔憂地發現白銀城掌握的途徑有限，在半神以下，缺乏有效的控制手段，剛才的情況正好印證了這一點。

還好，有怪物死後形成的封印物彌補……戴里克沉默地想著，旋即聽見「首席」吩咐道：「按照出發時的安排，三到四人一組，探索並清理不同區域。」

「是，首席！」探索小隊成員們大部分都有豐富的經驗，很快就完成了分組。

戴里克這一組共三人，除了他，還有一起去過那座廢棄神廟的約書亞、海因姆，前者是序列七的「武器大師」，並有一隻可以操縱火焰的神奇手套，後者最近已成為序列六的「黎明騎士」，身材竄高了一截，達到了兩百三十公分。

以「戰士」，也就是「巨人」途徑為主要力量的白銀城平均身高是一百八十公分——包含六歲以上的小孩。

即使非凡特性未有遺傳，被改變的正常基因也會一代又一代積累，戴里克雖然年紀不大，但也接近了一百八十公分，而且還有長高的空間。

按照分配的目標，戴里克、約書亞和海因姆以三角形的戰鬥隊列進入左側一條巷子，探索每一棟還能夠進入的房屋。

或許是之前清理過的原因，他們一直未碰上什麼怪物，心裡不知不覺就放鬆了一點。

「聽說『六人議事團』想在這裡建一個營地，把下午鎮變成我們的據點。」左掌戴著赤紅手套的約書亞審查完一棟房屋的大廳後道。

第五章　114

海因姆點了點頭，俯視著兩位同伴道：「真正的目標好像是……」

他指了指斜上方。

「巨人王庭？」戴里克頗感詫異地反問道。

不是尋找小傑克他們到來的海邊嗎？不是需要繞過巨人王庭嗎？戴里克心裡充滿了疑惑。

海因姆搖了搖頭。

他目光一掃，指著地下室入口道：「我們先把這裡探索完。」

戴里克「嗯」了一聲，仗著有夜視和「發光」能力，不怕黑暗，搶先進入了地下室，海因姆提著蒙獸皮的燈籠，和約書亞一起緊隨其後。

這棟房屋的地下室頗為寬敞，裡面有一灘又一灘發黑的乾涸痕跡，血腥的味道不知歷經了多少年，依舊殘存少許。

戴里克環顧一圈，覺得這裡似乎舉行過祭祀儀式。

在很久很久以前……他默默補了一句，發現了祭臺般的石桌、留下一截的蠟燭，越來越肯定自己的猜測。

下午鎮的居民怎麼會偷偷躲到地下室舉行祭祀儀式？巨人王庭統治時，他們都是巨人王的信徒，後來又歸屬於創造一切的主。

這棟房屋的主人在偷偷崇拜別的神？

一個個疑問浮現，戴里克靠近了祭臺，只見那石桌上原本雕刻滿文字，但已被自然與不自然的因素近乎全部破壞。

115 ｜ 靈體之線

經過仔細辨認，戴里克從中找出了三個名字：「烏洛琉斯」、「梅迪奇」、「薩斯利爾」。

烏洛琉斯？這不是「命運天使」的名字嗎？

「愚者先生」提過，梅迪奇也是位天使之王，薩斯利爾是另外一位？

戴里克忽感興奮，又覺恐懼，連忙回頭，想招呼同伴一起觀看。

可他目光所及，地下室入口空空蕩蕩，一片黑暗，本該跟在後面的海因姆和約書亞不見了！

第六章 交換情報

不見了？一片黑暗？

面對突如其來的變化，戴里克的第一反應不是驚恐，而是交握雙手，抵於嘴前。

一道道頗為明淨的光芒從他體內溢出，驅散了周圍深沉的黑暗，照亮了地下室每一個角落。

在戴里克生活的環境裡，黑夜是最可怕的存在，他們一旦離開白銀城，必須保持時刻有光芒照耀的狀態，哪怕短暫失去，間隔也不能超過五秒。

戴里克初入探索小隊，沒有經驗的時候，就險些因此犯錯，葬送自己，幸虧不遠處就站著「首席」。

光芒緩慢而持續地蕩漾著，戴里克提起緊握「颶風之斧」的右手，謹慎地打量起四周。

他發現除了海因姆和約書亞這兩位本該已跟著自己進入地下室的隊友消失不見，石板、牆壁上大灘大灘的發黑痕跡也不知什麼時候已變得血紅，溼淋淋的像是剛才潑上。

這讓熟讀探索教材並冷靜下來的戴里克不由想到一個可能，那就是出問題的並非約書亞和海因姆，而是他自己！

「我只是靠近了那個祭壇，默念出了那三個名字……正常來說，即使天使，也必須有完整格式的準確尊名，才能收到別人因誦念或抄寫產生的『祈禱』，而且據說還有範圍的限制……不知道天使之王們是不是也必須這樣。」

「呃，這三個名字之一是開啟祭壇隱藏力量的鑰匙，我用能撬動自然的巨人語默念導致問題被引發？不，這不對，必須念出口才有效，哪怕這是天使之王們的真名，之前都沒出過問題……」

戴里克疑惑不解又有些惴惴不安地轉過身體，回到了祭臺旁，回到了那張石桌前。

第六章　118

他愕然看見石桌上的文字和符號比之前清晰完整了不少，就像儀式主持者才剛完成繪刻一樣。

這些文字共分三種，一種是巨人語，一種是巨龍語，還有一種是戴里克不認識的，不過他懷疑是「倒吊人」先生、「正義」小姐他們口中的古赫密斯語，因為這段時間塔羅會的交流裡，他有初步掌握一些單字，這與石桌上的那種文字相當接近。

巨人語和巨龍語表達的內容非常一致，它們都在重複著那三個名字和對應的稱號。

「命運天使」，烏洛琉斯。

「紅天使」，梅迪奇。

「暗天使」，薩斯利爾。

緊隨稱號與名字的則是一個戴里克很熟悉的詞組——「救贖薔薇」！

薩斯利爾真的是一位天使之王，叫做「暗天使」，祂和「命運天使」、「紅天使」是「救贖薔薇」的創立者？不知道「愚者」先生對祂有什麼了解……

祂肯定很了解……古赫密斯語應該也是同樣的意思……在已經改信「創造一切的主」的下午鎮裡，有居民在偷偷崇拜主身邊的三位天使之王。

他再想到這裡，戴里克忽然背脊發涼，覺得自己似乎摸到當初造物主遺棄這片土地的真相的邊緣。

他再次抬頭，只見牆上地上血紅依舊，海因姆和約書亞還是沒有影蹤。

再次默念沒有作用了，也許這本身就沒有發揮過作用。

戴里克吸了口氣，提著「颶風之斧」，謹慎地向地下室入口行去，希望能找到問題的根源，確認究竟是哪邊出了狀況。

一步，兩步，三步，他彷彿一根巨型蠟燭，挪移著回到了上方大廳。

這裡陰影濃厚，灰沉幽靜，腐爛的椅子和殘存的石桌無聲安放，與之前沒什麼區別。

戴里克還是未找到約書亞和海因姆，只好精神高度緊繃地走向窗邊，看是否能遇見別的探索小隊成員。

「啪、啪！」

輕微的腳步聲裡，他靠近了本該存在窗框的大洞，前傾身體，望向外面。

數不清的灰暗建築緊湊鋪開，或高或低，階梯式往上。

半空閃電頻率很低，許多窗戶處一點又一點燭火映出，昏黃搖晃，長久不滅。

這……戴里克忍不住吞了口唾液，有種下午鎮從未遭遇巨變，這裡的居民依舊平靜生活著的感覺。

提著獸皮燈籠的海因姆無需彎腰就通過了地下室入口，好笑地對旁邊的約書亞道：「這棟房屋肯定屬於人類，但他們一家必然有『巨人』的血脈，身高應該和我差不多，嘖，我們上上次去的那座廢墟城市，就連進大門都得低頭！」

「巨人」血脈不是指一定有巨人的血統，而是代表因服食這個途徑的魔藥產生並遺傳給了後代的身體特徵，高大是主要表現之一。

約書亞抬頭看了海因姆一眼，呵了一聲：「那是你，我不需要。」

「但你用不了多久應該就能晉升了，到時候，不會比我矮多少。」海因姆笑著說道，並用眼角餘光注視著靠近祭臺的戴里克，預防意外發生。

第六章　120

約書亞想了想道：「其實我很奇怪，首席是序列四的『獵魔者』，應該像普通巨人一樣，有三四公尺高了，為什麼看起來很正常，也就比我高半個腦袋？」

海因姆下意識環顧一圈道：「據說首席有巨人形態。」

「巨人形態？變成巨人後，他的衣服會不會全部撕裂。」

「除非他的衣服和褲子是神奇物品。」海因姆和約書亞相視一笑。

他們正要和戴里克分享這個笑話，但轉頭望去後，卻發現那個少年不見了！

本該在祭臺前方的戴里克不見了！

海因姆和約書亞的表情一下變得凝重，一個抬起又闊又大的直劍，一個伸出了戴赤紅手套的左掌。

他們小心翼翼靠攏祭臺，仔細檢查了一遍，未發現任何可疑的痕跡。

約書亞正要嘗試辨認石桌上殘存的文字，卻被海因姆拍了下肩膀道：「不要看，我回想了一下，戴里克消失前就是在看上面的文字。」

「我們去找『首席』過來。」

「嗯。」約書亞點了下頭。

他沒慌亂急促地離開，再次環顧一圈後，拇指中指一搓，點燃了祭臺上剩下的那截蠟燭。

這將保護戴里克，讓他不會陷入真正的黑暗！

——白銀城的探索小隊在那些城邦廢墟裡有過類似的遭遇，一位隊員看似忽然失蹤，其實只是被某種力量隱藏，依舊在原地，但他附近的隊友們急切著尋求幫助，慌忙提著燈籠離開了那片區

121 ｜ 交換情報

帶有的靈性信號。

他們沒等待太久，科林·伊利亞特就從另一棟房屋的頂部跳下，穩穩落地。

「戴里克……」科林若有所思地點了一下頭，越過兩人，當先走入了對應的那棟房屋。

海因姆立刻將剛才的事情簡單陳述了一遍，末了道：「我們沒能發現戴里克消失的原因。」

他手中的銀色直劍已塗抹了一層淺灰的油膏。

「發生了什麼事情？」這位「獵魔者」沉聲問道。

他已基本肯定，出問題的是自己！

不過他沒有探索這奇怪下午鎮的衝動，甚至都不敢打開房門。

他緊了緊握「颶風之斧」的右手，收回眺望城鎮的目光，轉身走進地下室，重新站到祭壇前。

戴里克並不算太緊張，也沒有明顯的慌亂，因為他並不認為自己遭遇的是嚴重問題。

只要不是直接爆發的危險，都算不上嚴重……戴里克無聲吸了口氣，微埋腦袋，虔誠低語道：

「不屬於這個時代的愚者；灰霧之上的神祕主宰；執掌好運的黃黑之王……」

正在窗邊欣賞神戰遺蹟風景的克萊恩不得已又進入了盥洗室，擺好干擾物品，逆走四步來到灰

外面燭火點點，昏黃溫暖，戴里克卻彷彿墜入了所謂的冰窟，心底的寒意止不住地冒出。

域，於是那可憐的傢伙就被真正的黑暗吞沒了，再也無法被找到，若非後來又有隊員陷入同樣的境地，幸運地被當場救出，別人甚至不會知道前者的確切「死因」。

蠟燭亮起，昏黃的火光灑向了四周，海因姆和約書亞隨即離開，來到巷內，釋放了每個人都攜

第六章　122

他坐至青銅長桌最上首的高背椅，伸出右手，蔓延出靈性，觸碰向象徵小「太陽」的那團深紅星辰。

霍然間，祈禱的聲音變得異常清晰，對應的畫面呈現於了克萊恩的眼前。

他首先看見了依舊有些模糊的小「太陽」，然後發現他所處的環境有點不對！

「太陽」周圍是流淌著的難以言喻的黑暗，黑暗裡有一隻隻不同形狀的眼睛正默默注視著他，這些眼睛密密麻麻，隱隱約約，深暗內斂，如同不請自來的圍觀者，而小「太陽」毫無察覺。

下午鎮這麼危險？克萊恩對「太陽」同學最近要做的事情非常了解。

他想了想，直覺認為那黑暗非常詭異，不夠真實，所以放棄了用「海神權杖」回應小「太陽」的選項，改為將對方拉入灰霧之上。

克萊恩靈性一展，卻感覺那深紅星辰似乎陷入了沼澤裡，讓自己拉人的行為變得相當吃力。

這是又惹上哪位天王之王了？

克萊恩念頭轉動，讓下方的灰霧和這片神祕空間盪起漣漪並傳遞了過來。

晉升序列五之後，不依靠「黑皇帝」牌，不借助對應的儀式，他都能些微撬動灰霧之上的力量了！

無聲無息間，克萊恩輕鬆完成了拉人，「太陽」戴里克的身影隨即出現在屬於他的那張高背椅上。

與此同時，克萊恩隱約看見小「太陽」身體周圍流淌的奇怪黑暗破碎了。

123 | 交換情報

「獵魔者」高度戒備地進入了地下室，身後緊隨著海因姆和約書亞。

他們看見昏黃的燭光前，戴里克·伯格的身影就像圖畫一樣，飛快勾勒了出來。

灰霧之上，一根根石柱撐起的宮殿內，「太陽」戴里克快速將自己的遭遇向「愚者」先生彙報了一遍。

「暗天使」薩斯列爾……這些天使之王的名字或稱號似乎都已經被歷史的長河淹沒，幾乎不再為人知曉啊，若不是小「太陽」他們在神棄之地有發現，若不是直接遇上了疑似「紅天使」本尊的古老惡靈，我甚至一個天使之王都不清楚，頂多聽說下阿蒙家族，卻無法深入至「瀆神者」。

這位「暗天使」如今在哪裡？是否還活著？祂依舊是「救贖薔薇」的頂層之一？

克萊恩一陣感慨，害怕小「太陽」就這方面的事情問東問西而自己無法回答，克萊恩瞬間停止思考，悠閒靠著椅背說：「你的困境已經解除，你的同伴即將找來。」

說話間，他根本不給小「太陽」囉嗦的機會，直接切斷聯繫。

至於小「太陽」的異常被人發現，該怎麼解釋的問題，克萊恩根本不屑於提醒對方編造理由。

奇怪消失後再奇怪出現，並伴隨各種奇怪的情況不是很正常嗎？

此時的戴里克非常感激「愚者」先生沒有更多地詢問自己，因為他害怕從那個不一樣的下午鎮脫離後，自身會暴露於致命的黑暗裡或被隱藏的怪物盯上，所以迫切地希望能盡快掌握住身體當前

第六章　124

處境，以做出最有效的應對。

不過，若「愚者」先生真提出了問題，他也會認真而耐心地描述相應情況。

意識回歸身體，戴里克對四周的感官迅速恢復。

他睜開眼睛看見前方是一截快燒到底部的蠟燭，燭蕊正頂著一小團被風吹得搖搖晃晃的火焰。

緊跟著，他發現「首席」不知什麼時候已站在了自己側方，高大的海因姆和戴著紅手套的約書亞一臉戒備地落後兩步。

他們這樣看著我有多久了？

戴里克雖然已經在灰霧之上想好理由，但此時依舊有些心虛和緊張。

科林法令紋很重的臉上沒什麼表情，望著戴里克·伯格，嗓音如常地問道：「剛才你遭遇了什麼事情？」

戴里克沒立刻作答，那會顯得他早就編織好說辭，他按照「倒吊人」傳授的小技巧，故意停頓了幾秒，邊回憶邊描述般斷斷續續道：「進了這地下室，就看到了祭壇，我懷疑是祭壇上面殘留的單字和符號，認出了三個名字，其中有『命運天使』烏洛琉斯……這時，燈籠的光芒一下熄滅了，等我回頭看過去的時候，海因姆和約書亞也不見了，我製造光源，走出地下室查看，發現外面同樣、同樣是下午鎮，不過那裡很多房屋內都還亮著蠟燭，就像、就像還生活著人類。」

「我不敢離開這棟房屋，重新回到地下室，嘗試著將之前做過的事情又做了一遍……呃，首席，那個下午鎮裡，祭壇上的文字很完整，共有三種，一種是巨人語，一種是巨龍語，還有種我不認識，不過前面兩種表達的意思都是一樣的，是三位天使的稱號和名字，以及『救贖薔薇』……」

「再後來，我就發現自己回到這邊了。」

他說的全部是真話，甚至很完整，只是隱瞞了如何返回的細節。

戴里克並沒有奢望這能瞞過「首席」，已打算對方追問時含糊不清，將緣由推到自身不了解不清楚的異常上。

這肯定會讓「首席」懷疑，但「倒吊人」先生和「觀眾」途徑的「正義」小姐都說他在類似事情上不會多問，我表現出異常反而會讓他更重視，將我視為平衡洛薇雅長老的棋子。

外面的世界真的好複雜，我最近才能真正理解他們的想法。

戴里克忍不住在心裡感嘆了幾句。

——身處惡劣環境，少一分力量就會危險一分的白銀城在過去很少有類似的事情，即使有，也基本集中於「六人議事團」內部。其餘非凡者在巡邏和冒險裡學會的第一件事情則是合作。

科林輕輕頷首，走到祭壇前，將戴里克描述過的嘗試全部做了一遍，但他並沒有憑空消失，依舊站在原地。

「看來那殘存的力量已完成了它的使命。」這位「獵魔者」低聲自語道。

「都不用我編造理由了……戴里克有些羞愧地想道。

科林想了想，側頭看向戴里克：「梅迪奇和薩斯利爾的稱號分別是什麼？」

「紅天使和暗天使。」戴里克沒有隱瞞。

科林彷彿在思考般輕輕點頭道：「在那少量典籍裡，有提到『紅天使』，但沒有具體的名字，至於『暗天使』薩斯利爾則完全消失在了漫長的歷史中。」

戴里克正想順勢問剩餘的天使之王還有哪些，忽然看見地下室入口處的燭光黯淡一下，似乎有陰影正從外面湧入。

「先離開這裡。」「獵魔者」科林同樣有所察覺，謹慎說道。

提著「颶風之斧」的戴里克當即向海因姆和約書亞靠攏，要與他們組成戰鬥隊形。

可是，他剛邁出腳步，就發現海因姆向側方退了兩公尺，約書亞則抬起了戴赤紅手套的左掌，兩人的臉上是掩飾不住的防備，目光裡盡是打量之意。

戴里克清楚他們的反應很正常，因為探索相關的課程裡都有相應的教導：對剛脫離詭異處境的同伴，多觀察，少接觸！

而我還沒辦法說清楚是怎麼脫離那個奇怪下午鎮的。

戴里克張開欲要解釋，但又沉默地閉上了嘴巴。

他既羞愧，又委屈，緊抿住嘴唇，提著「颶風之斧」，轉身跟在「首席」側後，一步一步離開了地下室。

一行四人迅速來到門口，準備出去，卻愕然看見外面那個建築灰暗層疊的下午鎮似乎變得黑沉了一點。

幾乎是瞬間，不同的房屋內不同的窗戶處，一朵接一朵的燭火映了出來，昏黃的光芒或間隔或相連，安靜而沉默。

克萊恩沒在灰霧之上停留太久，迅速返回盥洗室，收起了相應的物品。

127 ｜ 交換情報

「希望小『太陽』那邊不要再有什麼意外，要不然這頻繁出入盥洗室也不太好啊，知道的人明白這是藏著秘密，不知道的說不定會以為格爾曼·斯帕羅前列腺有問題，這簡直毀人設！」

「雖然我已經徹底消化了『無面人』魔藥，但『祕偶大師』羅薩戈也是一個序列一個提升上來的，他遺留的非凡特性內必然也包含一份『無面人』魔藥。用這非凡特性做主材料的我相當於多喝了一瓶『無面人』，一瓶『魔術師』，一瓶『小丑』，一瓶『占卜家』，甚至不止……」

「唉，之前總結的各種規則現在還是得盡量遵守，以消化掉這些多餘的成分。」克萊恩製造清水，洗了把臉，然後走出了盥洗室。

他剛想著是不是要到晚餐時間了，正打算掏出金殼懷表按開看一眼，眼前忽然變暗，幾乎看不見五指。

又到夜晚了，這間隔很不規律啊。

要是遇到怪物，雙方正在激戰，天一下黑了，這該怎麼辦？

怪物也是生靈，應該也要睡覺，否則有很高的機率會消失於夜晚。

呵呵，雙方打著打著同時躺下，睡上一覺，醒來繼續……這真的不是脖子以下不可描述的故事嗎？

成功晉升後心情較為放鬆的克萊恩吐槽了兩句，快步走向了臥床。

剛躺上去，他突然想到了一個問題：「這裡的黑夜很危險，生靈如果不入睡，會消失不見，徹底失蹤。」

「『神棄之地』，包括白銀城的黑暗同樣很危險，人類若是沒有光芒驅散黑暗，超過五秒就有

第六章 128

「這個很像啊……這會存在一定關聯嗎？」

克萊恩搖了搖頭，借助冥想，進入了夢境。

夢境之中，他剛清醒過來，就發現自己的位置又改變了！

上次他脫離夢境的時候，是在「星之上將」嘉德麗雅抱膝而坐的巨石上，現在卻置身於一個樓梯口。

黃昏的光芒通過高處彩色玻璃照入，讓盤旋往下布滿浮雕的黑色階梯異常華美。

克萊恩本能望向側方，果然看見「神祕女王」就站在通往上層的樓梯處。

這位栗色長髮的女士沒再穿那條下襬前開的裙子，上身是一件有蕾絲有緞帶花朵的白襯衫，配深藍色的簡單外套，下身依舊是米色長褲加黑色皮靴。

不過克萊恩相信，「神祕女王」類似款式的褲子和皮靴可能有一排一個衣櫃甚至一個房間。

「有什麼事情？」克萊恩搶先問道。

「神祕女王」右手摩挲著扶梯，緩步下行道：「自信有的時候是缺點。你太相信那個銅哨和那個紙鶴了，也許有一天，你的危險會因此而來。」

克萊恩被說得有些不安，但沒有表露出來：「我不明白妳的意思。」

「自信有的時候是缺點。」

「神祕女王」重複了一遍：「嘉德麗雅就太相信她給希斯·道爾的那件封印物了，如果我沒有跟上船，妮娜會死，弗蘭克·李會死，她也會死，只有你可能活下來。」

「那件封印物其實不能隔絕充斥這片海域的囈語？所以希斯‧道爾會異變？」克萊恩敏銳解讀出了「神祕女王」暗含的意思。

「神祕女王」點了點頭：「正常情況下，它可以，但是，你知道充斥這片海域的囈語來自於誰嗎？」

不等克萊恩回答，她自顧自講出了答案：「真實造物主。」

「真實造物主」？充斥這片海域的囈語來自「真實造物主」？

聽到「神祕女王」給出的答案，克萊恩一陣詫異，又頗感慶幸。

他慶幸的是正如「神祕女王」說得那樣，如果她沒有登船，哪怕有降低各種意義上聽力的封印物，希斯‧道爾也很難不發生異變。

對其他途徑的中低序列者來說，不直接聽到「真實造物主」囈語的情況下，頂多心情壓抑或狂躁，偶爾做一下噩夢，不會遭受明顯的傷害。

但對於「薔薇主教」而言，他所在途徑的序列０就是「真實造物主」，一直徜徉於這位邪神的囈語裡，即使本人是失聰者，也遲早出問題。

一旦希斯‧道爾發瘋或失控，以這片海域的特殊，船上其他人確實很難倖免。不過，克萊恩相信，只要能撐過突襲，讓自己有機會向「愚者」祈禱，並去灰霧之上用海神權杖給予回應，還是能解決掉問題的。

他詫異的則是囈語的主人和自己猜想的完全矛盾，他原本認為這片海域是第二紀元古神們與白銀城崇拜的那位造物主的戰場，懷疑附屬神靈也就是相應的天使們也有參與，誰知，這似乎從出發

第六章 130

點就錯誤了，因為「真實造物主」最早出現應該是在第三紀元的大災變前後！

不排除囈語是後來遺留的可能……

克萊恩沒盲目做判斷，看著「神祕女王」越過自己，摩挲著扶手上的雕塑，緩慢往下行去。

這位女士背影高挑，胖瘦恰當，身材比例極好，栗色的長髮正簡簡單單披著。

這讓克萊恩莫名覺得眼熟，經過對涉及「神祕女王」事件的回想，終於記起了熟悉感的來源：

他為尋找「褻瀆之牌」參觀羅塞爾紀念展時，有看見類似的背影，當時那背影的打扮頗有些奇怪，明明穿著少女風的黃色蛋糕裙，卻戴著相當老氣的黑色軟帽。

「應該就是『神祕女王』，她也提前去參觀了羅塞爾紀念展。她確信我拿走的是『黑皇帝』牌。」

「大帝的長女貝爾納黛創建了『要素黎明』，對抗『摩斯苦修會』，而從日記看，這位女士很欣賞『為所欲為，但勿傷害』的格言，所以，從這兩點可以推斷，她高機率是『窺祕人』途徑的半神……」

「『窺祕人』的序列四是『神祕學家』……當然，『神祕女王』的名聲已經傳揚大海幾十上百年，她現在肯定不止序列四，嗯，嘉德麗雅離開『神祕女王』後，加入了『摩斯苦修會』。」

「這位女王對能否解讀羅塞爾的日記很在意……」

各種零碎的情報交織在一塊，讓克萊恩霍然有了個猜測——也許，「神祕女王」就是羅塞爾大帝的長女，貝爾納黛·古斯塔夫！

131 ｜ 交換情報

這或許能說明這位女王的穿著打扮有地球風卻又相當奇怪的原因，她受大帝在這方面的喜好影響很深，又沒辦法徹底脫離當前時代的潮流風向，於是綜合出了獨特的，奇異的自我風格。

至於好不好看，那就是另外一回事了，漂亮的人套個麻袋也好看，也是時尚。

克萊恩內心吐槽，表面卻沉默內斂，不慌不忙地跟著「神祕女王」沿華美的樓梯下行。

「神祕女王」沒有回頭，邊走邊說道：「這個夢境世界並不廣闊，只有兩個部分，一是對面山峰的巨人王庭投影，一是這邊的黑色修道院。」

這竟然是「巨人王庭」的投影。

「巨人王庭？」克萊恩腦海內一下浮現出那屹立於凝固黃昏裡的恢弘建築群。

而小「太陽」他們正在真正「巨人王庭」的入口，下午鎮！

「神祕女王」語氣柔和但不含感情地說道：「這是我的猜測，因為它和弗薩克的黃昏巨殿很像。」

而在第四紀的時候，一直有傳聞稱，那位戰神是大災變前存活下來的古老巨人。」

「戰神」途徑就是「巨人」途徑……克萊恩在內心對「神祕女王」的猜測表示了認同。

此時，他記起來小「太陽」提供的神話資料裡，對「巨人王庭」的描述有「永遠處在黃昏」這樣的句子，這和對面山峰那片奇觀的特徵吻合。

從剛才的「真實造物主」到現在的「巨人王庭」，女王透露了兩個極有價值的情報啊。

她這是在向我，不，向我背後那位表示善意，呵呵，我背後只有我自己……

克萊恩平靜回應道：「真正的『巨人王庭』在『神棄之地』。」

他用不甚在意的口吻講出這件事情為的是彰顯自己的價值彰顯背後那位的位格。

第六章 132

「神祕女王」停在了原地，右掌按在布滿華美雕塑的扶手上，半轉身體，望向格爾曼・斯帕羅，不快不慢地說道：「傳聞通往『神棄之地』的道路，就藏在對面的山峰，藏在『巨人王庭』的投影裡。」

所以小「太陽」他們開始探索下午鎮了嗎？但那個小傑克不是說他們出現在海邊嗎？

「巨人王庭」和「巨人王庭」的投影裡各有開關，必須提前打開，才能讓兩片海域連通？

這裡充斥著「真實造物主」的囈語，又藏著「神棄之地」的祕密，殘留著黑夜、太陽、風暴、大地、觀眾途徑的力量，這似乎可以和大災變對應起來了！

大災變後，「神棄之地」與外界隔絕，女神、永恆烈陽、風暴之主、大地母神祂們救世，『真實造物主』出現⋯⋯只有「觀眾」途徑的空想具現對不上。

克萊恩根據目前掌握的情報做起了推測。

「神祕女王」繼續下行，轉而說道：「這邊的黑色修道院看起來並不大，但每一棟建築每一層房屋都代表著這片海域的不同地方，每一扇門後或許都藏著一個生靈的夢境。」

這樣啊⋯⋯克萊恩瞄了一眼樓梯扶手，發現上面的雕塑以人的頭顱為主，粗看華美，細瞧嚇人，於是隨口問道：「這樓梯屬於誰的夢境？」

「靈教團的一位不死者，他來這裡尋找過去那位死神殘留的痕跡，這是人造死神必要的元素之一，卻在囈語裡失控，永遠徘徊於一座水下遺蹟裡，將每一位敢於進入的冒險者轉化為屬於他的活屍。」「神祕女王」平淡解釋道。

爆發於這裡的神戰，死神也有參與？難怪「地獄上將」三不五時就進這片海域冒險⋯⋯

133 ｜ 交換情報

克萊恩一下恍然，對於人造死神這件事情，他並不震驚，因為之前就聽「不老魔女」卡特琳娜·佩萊提過，而且靈教團距離成功似乎還很遠。

此時，「神祕女王」剛好走完階梯，回頭看了他一眼。

緊接著，這位女士拐向走廊，進入了這一層建築。

克萊恩環顧一圈，發現再沒有往下的階梯，這裡似乎就是底層。

「神祕女王」停在了一扇布滿奇異花紋的黑色木門前，探掌握住門把道：「我一直懷疑裡面的夢境是支撐這裡存在的關鍵，黑夜殘留的力量只是提供了這樣發展的可能。」

說話間，她擰動門把，打開了大門。

黑色的大門緩緩往後退去，裡面不是克萊恩想像中的房間，而是一片大海。這大海被刺目的陽光照耀著，水波裡似乎有一大片一大片的濃郁金色。

隨著房門的敞開，克萊恩只覺一股強烈到難以想像的氣息透了少許出來，整棟建築開始明顯搖晃，上方的灰塵，牆面的石磚，相繼落下。

隱隱約約間，克萊恩有種夢境即將破碎的預感。

這時，「神祕女王」後拉右手，將黑色木門又緊緊關閉了，一切又恢復正常。

「即使是我，也不敢進入這裡。」這位神祕世界的大人物如是說道。

「這裡還有某些神靈殘存的某些夢境。」克萊恩平靜說道，一副我背後有人，早就掌握了一定情況的樣子。

「神祕女王」轉過身來，蔚藍的眼眸掃過了格爾曼·斯帕羅的臉龐⋯⋯「這片海域，這個黑色修

第六章　134

道院，藏著很多祕密，我了解的可能不到百分之一。」

她不再說話，就那樣靜靜地看著格爾曼・斯帕羅，彷彿在等待著什麼。

好有壓力……

克萊恩想了想，試探著說道：「妳知道那張『黑皇帝』牌的開啟咒文是什麼嗎？」

「神祕女王」沉默了幾秒，搖了搖頭。

克萊恩看著她的眼睛道：「貝爾納黛。」

整條走廊安靜得似乎連呼吸聲都沒有，「神祕女王」嘴唇動了一下，又重新合攏。

她蔚藍眼眸短暫失去焦距，又很快找回了深邃。

「神祕女王」不快不慢地轉過身，走向黑色樓梯口，嗓音未變地說道：「夢境要結束了。」

克萊恩看著她的背影沿黑色的樓梯一階一階往上，直至刺目的光華將所有畫面淹沒。

135 ｜ 交換情報

旅行家
—The Most High—
詭秘之主

第七章
懺悔者

下午鎮，看到外面房屋內燭火一朵接一朵亮起，死寂的城邦霍然有了生氣，戴里克等人就像墜入了噩夢，精神一下緊繃。

「獵魔者」科林審視了幾眼，凝重說道：「我們在現實世界，祭壇的力量洩漏出來了。」

「獵魔者」那個奇怪的下午鎮入侵了現實的下午鎮？戴里克隱約明白了「首席」的說話，並對出現這種事情的原因有了大致的猜測。

他懷疑「愚者」先生將自己拉出那個奇怪下午鎮的時候，有打破那裡的平衡，讓力量滲透了出來。

這也能解釋「獵魔者」科林·伊利亞特重複他的嘗試後，為什麼沒當場消失。

就在戴里克想著這會帶來什麼樣的變化時，六人議事團「首席」科林已從皮帶的其中一個暗格內掏出了一把閃著微光的粉塵，並將它們灑向半空。

這些粉塵霍然炸開，往上噴薄出銀白的光芒，這在灰暗黑沉的環境裡顯得異常明顯。

戴里克、約書亞和海因姆都很清楚這信號的意思，那就是不要到處亂跑，停留於原地，戒備可能來襲的敵人，等待救援！

毫無疑問，這是針對散布於下午鎮其他地方的探索小組而發的！

「獵魔者」科林在閃電的間歇裡連續釋放了三次信號，然後側身對戴里克等人道：「我們從近到遠，依次與他們會合。路上小心。」

「是，首席！」戴里克已忘記了剛才的委屈，只希望能盡快幫助到同伴。

按照科林的吩咐，他走在小隊的左側，另一邊是戴赤紅手套，提鐵黑直劍的約書亞，相對更強

第七章 138

的「黎明騎士」海因姆落在最後，與正前方的「獵魔者」隔了大約三步。

高空閃電頻率較快地交替著，陰沉的下午鎮時而明亮時而灰暗，各個窗戶處映出的燭火搖搖晃晃，安寧而靜謐。

戴里克已不是當初的那個菜鳥，防備著兩側建築物內可能突然竄出的怪物。

一道閃電過去，世界重歸黑暗，下午鎮的燭光們星星點點，彷彿在等待著需要借宿的旅人。

而海因姆手中的獸皮燈籠光芒昏黃外散，卻無法及遠，還沒有戴里克的夜視能力有效。

它唯一的作用似乎就是驅散周圍的濃黑。

就在這時，戴里克脖頸處忽生涼意，而周圍並沒有冷風颳過！

他下意識未直接回頭，斜跨一步，半轉身體，用眼角餘光望向了後方。

他看見身高將近兩百三十公分的海因姆表情陰沉地盯著自己，劈下了手中又大又闊的直劍！

「——砰！」

戴里克團身翻滾，避開了這一擊，耳畔似乎還迴盪著激烈的風聲。

緊接著，他聽到了「首席」的嗓音：「怎麼了？」

「海因姆襲擊我！」戴里克往「獵魔者」科林的方向翻滾站起。

「我？」海因姆一手提著獸皮燈籠，一手握著大型直劍，滿臉疑惑地反問道。

說話間，這位「獵魔者」眼中突顯出了兩個墨綠色的符號。

科林看了戴里克一眼：「我並沒有察覺他有異常舉動。」

他環顧一圈道：「襲擊者能變化成海因姆的樣子？」

他話音未落，右手緊握的銀色直劍猛地向後一刺！

沉默的碰撞聲裡，昏暗陰沉的環境中浮出了一道身影，他有著花白凌亂的頭髮，有著深深的法令紋，有著滄桑而深邃的淺藍色眼眸，手中也提著一把塗抹了淺灰油膏的銀色直劍，與「獵魔者」科林幾乎一模一樣，唯一的區別是，他表情陰沉，膚色黯淡。

「噗！」

兩把銀色直劍在半空連續碰撞，擊出了火花。

與此同時，科林・伊利亞特沉聲喊了一句：「光！」

光？戴里克本能就抬起雙手，交握著抵於嘴鼻前。

這個刹那，他發現周圍的黑暗裡奔出了三道身影，一個是高大健壯的海因姆，一個是戴著赤紅手套的約書亞，一個是身高不低臉上還殘留著稚氣的戴里克自己！

戴里克沒有慌亂，按照「首席」的吩咐，讓一道道較為明淨的光華從體內釋放了出去。

那三道身影似乎很懼怕這個，一邊抬起手掌，擋在臉前，一邊試圖向側方逃遁。

可是，他們的速度又怎麼比得過光。

明淨的光華照亮了周圍區域，那三道身影被徹底淹沒於內。

他們張開嘴巴，發出了無聲的慘叫，但很快就變淡消失。

光芒奔湧，將激鬥中的兩位「獵魔者」一起納入了明亮領域，其中一個動作立刻變得僵硬和遲

緩，接著失去顏色，完全陰黑。

塗著淺灰油膏的銀色直劍穿透了怪物，卻似乎刺中了無形的空氣，未能造成任何傷害。

「嘆！」

就在這時，深黑的怪物突然自行燃燒，分裂成了一道又一道扭曲的影子，並在光與火焰裡一寸一寸消融。

「獵魔者」科林收回那把銀色直劍，側頭對戴里克等人：「這次的怪物是我們自己的影子。它們的弱點是，明亮的光芒！」

說話間，這位六人議事團「首席」身上湧出了明淨聖潔的晨曦，將整條街道照得如同黎明。這是「戰士」途徑在「黎明騎士」階段就能獲得的非凡能力，「獵魔者」科林之所以一開始不用，是因為效果太明顯，不知道會引出什麼意外，現在，他已經清楚了下午鎮裡那些怪物的打算！

「首席」製造的晨曦如同領域，海因姆放棄了使用類似非凡能力的打算，依舊提著獸皮燈籠，和戴里克、約書亞一起，跟在科林·伊利亞特身後，轉向了另一條街道。

沒用多久，一行四人抵達了一座坍塌了大半的教堂。

這教堂原本有著高塔，整體採用的是古典石柱加磚石拱券，沉重而黯淡。

通過巨人都嫌寬敞的大門，戴里克他們追隨「首席」，來到祈禱大廳，看見這裡的神像已經毀滅，但聖壇上的蠟燭卻不知被誰點燃了。

聖壇前方，一道穿簡樸白袍的身影葡萄於那裡，低聲地做著禱告，讓人無法聽見。

「不是我們的人。」同樣有夜視能力的海因姆伏著個子最高，第一時間發現了異常。

這說明不是我們隊員的影子變成的怪物⋯⋯戴里克在心中幫海因姆說出了潛藏的意思。

而這意味著未知，未知則往往代表著非常危險！

「這裡原本應該有一個探索小組。」科林收斂了自身晨曦的範圍，免得刺激到白袍身影。

海因姆、約書亞和戴里克突地沉默，不發一言，這樣的場景下，那個探索小組沒第一時間出現基本就意味著結局不是太好。

他們念頭轉動間，大廳右側的門口處走出了兩名穿偏緊身黑色衣物的男子，他們正是教堂探索小組的成員之二。

「首席，那些影子，那些影子有問題，拉羅亞被他自己的影子吞噬了！」其中一個探索隊員目光掃到了「獵魔者」科林，當即又激動又害怕地說道。

已經有人犧牲了嗎？

戴里克心情沉重之餘，看見四周散布的晨曦擴張了出去，將那兩位探索小隊隊員囊括入內。

那兩位隊員表情忽然掙獰，身體卻在急速黯淡，僅僅兩秒後，他們就像被光照到的影子，徹底消失不見。

「啪啪啪！」

一根根白骨，一團團血肉從他們體內掉落，點點光芒正緩慢地從這些殘骸內部析出。

科林收回目光，沒有表情地說道：「先去那個聖職人員旁邊，聽聽它在禱告什麼。」

戴里克等人沉默點頭，向著倒塌的神像一步一步出發。

第七章　142

十來步後，他們從斜側看清楚了白袍身影的樣子，這是一位輪廓深刻，流著眼淚的中年男性。

這位聖職人員的臉部幾乎貼到了地磚，口中喃喃自語道：「全能的主啊，我懺悔……誘惑了薩斯利爾，王們頻繁到屬於黃昏的宮殿內密謀。」

「這座城鎮的人們不知什麼時候也發生了變化，他們設立祕密的祭壇，舉行奇怪的儀式，做著您不允許的各種事項。」

「我發現了這一切，但已經太晚，墮落，血腥，黑暗，腐爛，殺戮，汙穢和陰影已流淌著淹沒了這片土地。巨大的災難將從這裡開始！」

這樣的話語一遍又一遍重複，就像一位預言家在用低沉的嗓音述說著必將到來的悲慘結局。巨大的災難將從這裡開始？這片大地被「創造一切的主」遺棄就是從這裡開始？還有，誰誘惑了「暗天使」薩斯利爾？這位聖職人員應該有說出口，因為「我懺悔」這個句子後，有一段剛好可以說完一個名字的空白。

他原本說了，但這個名字卻自己消失了？被誰抹掉了？這位聖職人員之前應該在那個奇怪的下午鎮，平衡被打破後才出現於這裡，否則上次探索時他就被發現了⋯⋯

戴里克短時間內閃過了諸多想法。

這時，他看見「首席」邁開腳步，走到了那位穿簡樸白袍的聖職人員旁邊。

克萊恩從夢中醒來，被窗外照入的正午陽光刺得閉了下眼睛。

他翻身下床，不快不慢地來到了海盜餐廳。

143 ｜ 懺悔者

弗蘭克·李看見他到來，立刻向他招了招手：「格爾曼，我發現了點新東西！」

我靠，又是什麼鬼東西……

克萊恩一顆心當即提了起來：「你的新發明？」

「不，不是。」弗蘭克興奮搖頭道，「我原本想研究這片海域的魚，牠們應該會做夢！我剛才試著去垂釣，結果釣起來一個奇怪的東西。」

奇怪的東西？克萊恩一陣頭痛，表面卻不動聲色地問道：「是什麼？」

「肚子裡長了人類手指的魚！」不等格爾曼·斯帕羅回應，弗蘭克蹬蹬蹬衝出了餐廳，沒用多久，他又飛快跑了回來，手裡多了一條青黑色的怪魚。

這魚長度普通，眼睛位置像人一樣長著眼瞼，肚腹已經被剖開，能看見裡面塞有三根血淋淋的手指。

「這不是我放的，這是牠原本就有的！你看牠的口腔，牠有很高的機率是不會吃這種東西，所以，只能是牠自己長出來的！當然，我目前沒辦法弄清楚長手指對牠本身有什麼作用。」弗蘭克語速極快地說著自己的判斷。

克萊恩瞄了那條魚一眼，斟酌著說道：「也可能是別人塞進去的。」

「……有道理，那牠就不是最獨特的魚了。」弗蘭克愣了一秒，隱約有些失望，「手指屬於血肉，我問問希斯，他是這方面的專家。」

說話間，他已環顧了一圈，找到了縮在角落裡進食的希斯·道爾。

弗蘭克快步靠攏過去，將那條青黑色的怪魚放到了「無血者」面前。

第七章　144

希斯・道爾伸出雙手，按住魚身，就要將臉貼上去。

弗蘭克看著這幅畫面，莫名覺得有點不對。

他很快反應過來，哈哈笑道：「不，這不是給你的食物，你這段時間總是吃魚，身上都有股腥味了。我的意思是，你認識魚肚裡的手指嗎？能找出它原本的主人嗎？」

希斯・道爾停止俯下身體的動作，認真審視了幾秒道：「它們屬於一位『薔薇主教』，至少是一位『薔薇主教』。」

他將那三根手指取了出來，血淋淋地疊在了一起。

短暫的凝固後，手指們像蠟燭一樣融化了，變成了一灘黏稠的血肉。

血肉蠕動著，在餐桌上描繪出了一個鮮紅的單字：「救命」……「救命」……看到這一幕，站在旁邊的克萊恩瞬間有了聯想。

他想起了夢境世界裡的「黑之聖者」利奧馬斯特！

這位「極光會」的聖者在某處遺蹟或廢墟中，受「觀眾」途徑天使或神靈殘留的力量影響，分裂出了一個善良的人格，於是被困在了那裡。

他的善惡人格不斷對壘，時常進行精神層面的交鋒，偏黑暗向的主人格逐漸占據了上風，善良人格只能在心靈世界裡到處躲藏，尋求幫助。

所以，這是利奧馬斯特善良人格的求救嘗試？身為「極光會」的聖者，他很可能是「牧羊人」晉升，有「薔薇主教」的非凡能力並不奇怪。

克萊恩若有所思地點了點頭，覺得自己的判斷應該很接近事實。

「救命？怎麼做？」弗蘭克‧李有點茫然地側頭看向格爾曼‧斯帕羅。

「你應該問你的船長，而不是我……」

克萊恩搖了搖頭：「不用管，這片海域有太多的古怪。」

他給出這個意見的依據是，從之前夢境可以看出利奧馬斯特的主人格有著絕對的優勢，真想去救，就必須做好對付一位半神的準備，雖然那善良人格肯定會進行干擾，但也頂多讓「黑之聖者」的實力在一定程度內降低，但這依舊是半神。

當然，「未來號」上有「神祕女王」兜底，真要嘗試，也不是不可以，但如果真那麼容易解救，輕輕鬆鬆就可以讓利奧馬斯特徹底成為善良的「黑之聖者」，克萊恩相信那位女王肯定早就做了，她之所以不行動，必然有著現實的阻礙。

比如，利奧馬斯特所在的那個地方，讓生靈人格分裂的力量連「神祕女王」都不敢挑戰……

解決了問題，現實世界如果再遇上，我就真人格分裂，成為瘋人院的一員了，最終拿出海神權杖才快速夫斯基神父那裡借來「心魔蠟燭」，才有治癒的希望。

呵呵，也能找「正義」小姐看病，但她現在的實力肯定不夠。

克萊恩回憶之前，自我調侃了兩句。

「嗯。」弗蘭克‧李很相信格爾曼‧斯帕羅，「也許求救的傢伙早就已經死掉……」

說到這裡，他目光突然發亮，盯著希斯‧道爾說：「可以消除這些血肉原本的精神烙印嗎？」

「能。」希斯‧道爾簡潔回應。

弗蘭克・李的嘴角一點點咧開，笑得像是一個兩百磅重的孩子，說：「我一直都很好奇『薔薇主教』的血肉構成。一直都在想，用類似的血肉作為雜交的媒介，會發生什麼事情。總有一天，你要死在你的實驗裡。還好，我很快就會離開這艘船了。」

克萊恩莫名有一種小屁孩進入軍火庫的感覺。

臉龐蒼白到近乎透明的希斯・道爾愣了兩秒，旋即誠懇說道：「謝謝。」

「什麼意思？」弗蘭克・李撓了撓頭，一臉茫然。

大概是感謝你能克制住自己的好奇，沒用他的血肉做試驗品，是值得信賴的同伴。

克萊恩嘴角微動地嘗試著解讀了一下，越來越覺得「未來號」的大副和二副先生，腦迴路都非常奇怪。

下午鎮，半坍塌的教堂內，「獵魔者」科林站到了身穿簡樸白袍的聖職人員旁邊，低聲詢問：

「王們有哪些？巨大的災難指什麼？誰誘惑了薩斯利爾？」

那聖職人員彷彿沒有聽到，依舊匍匐於那裡，一遍又一遍重複著自己的懺悔，就像因環境才殘留下來的虛幻影像一樣。

怨魂，幽靈，還是惡靈？戴里克有些緊張地望著那個方向。

「獵魔者」科林見聖職人員完全沒有回應，遂伸出右手，讓塗著淺灰油膏的銀色直劍一寸一寸臨近對方。

哪怕鋒利的劍尖已抵住了後腦，那聖職人員也還是在懺悔，未有任何變化。

147 | 懺悔者

科林‧伊利亞特收回銀色直劍，眼眸突顯墨綠符號地環顧了一圈。

然後，他走向斜前方的聖壇，目光落在正散發昏黃光芒的蠟燭上。

沉默幾秒後，他伸出左掌，將那些蠟燭全部熄滅。

聖壇中央倒塌的神像一下變得黯淡，匍匐於地的白袍男子終於停止了懺悔。

他緩慢抬頭，臉上一片陰綠，目光裡充滿憎恨。

戴里克和海因姆等人還未來得及做出反應，那虔誠的聖職人員已撲了出去，速度之快，近乎拖出明顯殘影。

「獵魔者」科林似乎早已準備，右腳斜跨一步，身體順勢半轉，手中的銀色直劍呼嘯著往後方掃了出去。

劍身之上，一片片光斑騰起，瞬間形成了巨大的風暴。

這純粹由光芒組成的風暴席捲了四周，讓那聖職人員先是僵硬於半空，旋即被徹底吞沒。

風暴很快結束，「獵魔者」科林望向那被晨曦光點湧入了體內的聖職人員，將剛才的問題重複了一遍：「王們有哪些？巨大的災難指什麼？誰誘惑了薩斯利爾？」

身影已非常模糊的聖職人員呆滯著回答道：「王們有薩斯利爾、烏洛琉斯、梅迪奇……」

他剛要說出第四個名字，體內突然竄起了一股透明的火焰。這火焰瞬間將他吞沒，燒成了瀰漫的黑氣。

原來「王」指的是天使之王……第四個名字是誰，為什麼他剛要說出口，就自行毀滅了？是誘惑薩斯利爾的那位，還是另外的？戴里克只覺自己滿腦子都是疑問。

第七章 148

隨著那聖職人員的逝去，外面街道上，整個下午鎮內，霍然響起一聲又一聲近似野獸的嘶吼。

戴里克下意識望向窗邊，看到了一張巨大的臉孔。

它貼在原本是玻璃的地方，長著只獨特的單眼，臉上是密密麻麻的黑色短毛，教堂內部也衝出來一個類似的怪物，它身高屬於正常人類，眼睛有兩隻，但體表同樣長滿了野獸般的黑色短毛。

戴里克、海因姆和約書亞也組成了戰鬥隊形，試圖阻擋住剩下那個怪物。

「一個被徹底腐蝕的墮落城鎮⋯⋯」「獵魔者」科林嘆息一聲，迎向了其中一個怪物。

克萊恩來到夢境世界後，發現自己回到了之前的位置，回到「星之上將」嘉德麗雅的身旁。

他正要眺望對面山峰的「巨人王庭」投影，尋找可能存在的線索，忽然聽見抱膝而坐的嘉德麗雅悶悶問道：「你遇見她了？」

「未來號」平靜航行，又一次迎來了短暫的黑夜。

克萊恩「嗯」了一聲，未做隱瞞。

嘉德麗雅抿了下嘴唇道：「她在船上？」

「對。」克萊恩側過頭，望向「星之上將」，隨口說道，「妳對她有很深的感情啊。」

嘉德麗雅的表情不再迷茫和呆滯，咬了咬嘴唇，自嘲般笑道：「是呀。我三歲不到就跟在她身邊了，呵呵，這是他們說的，我已經沒什麼具體的印象。她教導我知識，牽著我的手冒險，看著我一點點長大，對我來說，她既是船長，也是老師，還是、還是、母親⋯⋯」

嘉德麗雅說著說著，忽然沉默。

看了一眼沉默的嘉德麗雅，克萊恩突然有點尷尬，他沒再開口，轉身跳下巨石，從半開的大門處走進了黑色修道院。

黯淡高塔和一棟棟建築圍出來的廣場上，戰鬥的餘火還剩數堆，巨大的箭矢插在地上，尾部因風而輕輕搖晃。

弗蘭克·李依舊在挖坑種著什麼，只是腳邊擺放的不再是食物，而是一灘爛泥般的血肉。

「你打算用它們做什麼實驗？」路過的時候，克萊恩忍不住問了一句。

弗蘭克興奮地笑道：「很多很多！比如只需一頭就可以滿足整條船肉食要求的牛，每次切一部分下來後，它都能重新長好！」

……為什麼又是牛？

克萊恩一時竟找不到語言應對，只能默默在心裡畫了一個緋紅之月。

途中經過坐在地上閱讀書籍的航海長奧托洛夫、喝得酩酊大醉似乎有脫衣傾向的妮娜、安靜躲於角落陰影裡的希斯·道爾，克萊恩一路走進了那座被各種壁畫覆蓋著表面的大廳。

安德森·胡德不知什麼時候具現出了一張安樂椅，正悠閒地躺在上面，欣賞穹頂上那些極有宗教神聖感的畫作。

「哎，總算要離開這該死的海域了，也就兩三次正午和夜晚的交替！」見格爾曼·斯帕羅進來，這名「最強獵人」由衷地感嘆了一聲，「只要能順利離開這裡，我就不用擔心還有什麼殘餘的問題了。」

第七章　150

克萊恩原本想直接讓對方閉嘴，但聽他似乎只是在針對自身，不涉及他人，也就懶得去管，隨口問道：「你是因蒂斯人？」

「勉強算是，我父親是因蒂斯人，母親是塞加爾人。」安德森很有聊天欲望地回答道。

克萊恩往前走了幾步道：「那你是信仰『永恆烈陽』，『蒸汽與機械之神』，還是『知識與智慧之神』？」

安德森的表情忽然變得有些奇怪：「我原本是信仰『知識與智慧之神』的，但他們的牧師太可惡了，僅僅只是因為考試成績不合格，就無視了我普通英俊的臉孔，像看傻子一樣看我。」

「呃，我只是比較偏科而已，我智商一點也不低！我在美術知識、繪畫基礎等領域一直都很優秀！呵呵，成為獵人前，我的理想是做一名畫家。」

「當然，來到海上後，或多或少會信一點『風暴之主』。」

聽到安德森的描述，克萊恩腦海內突然產生了一個段子——「知識與智慧之神」的牧師也許會說這樣的話語：「考試不及格？這孩子沒救了，埋了吧。」

他正要將話題導向安德森的獵人生涯，畢竟這是夢境世界裡，除去「神祕女王」，唯一能和他正常交流的傢伙，可耳畔卻突然響起了匡噹的聲音。

壁畫大廳的深處，傳來了開門聲！

安德森這傢伙剛剛還說只要能順利離開這裡……

克萊恩莫名牙痛，凝神望向了音源所在的位置。

他隨即看見了一名穿亞麻短袍的男子速度極快地從壁畫大廳深處衝出，直奔這邊而來。

151 ｜ 懺悔者

這男子頭髮烏黑光亮，臉上卻多有皺紋，似乎已經歷過不少苦難。

克萊恩認出了對方，旋即發現壁畫深處浮現出一道高大的身影，這身影穿著厚重深沉的黑色全身盔甲，眼窩處是兩團深紅的光芒。

他提著一把巨大的直劍，瘋狂追趕起前方的利奧馬斯特。

「當、當、當！」

他那金屬製成般的靴子連續與地面碰撞，發出了清脆而急促的聲音。

真正的利奧馬斯特，「黑之聖者」的主人格！

克萊恩看著越來越近的兩道身影，本能就側過了身體，快速後退。

他一下貼到了壁畫大廳的牆上，然後發現安德森·胡德不知什麼時候也從安樂椅上躍起，貼到了另外一側的壁畫上。

察覺到格爾曼·斯帕羅的目光，安德森咧開嘴角，回了一個「原來你和我一樣」的笑容。

「黑之聖者」利奧馬斯特！善良向的利奧馬斯特！

誰和你一樣？我這不是害怕，要不是你在這裡，我都拿出「海神權杖」和「黑之聖者」大戰八百回合了！我一直都在思考，如果幫助善良向的利奧馬斯特在夢境裡殺死主人格，現實世界是否會有對應的變化……

嗯，外面是「未來號」那一船人，利奧馬斯特的主人格真要發瘋，「神祕女王」肯定會出手，這兩個像伙從自己的夢境中離開，來到這邊，不應該是巧合……雙方在現實世界已離得非常近？或者有誰引導善良向的利奧馬斯特過來，「神祕女王」？

克萊恩腦海內瞬間閃過了諸多想法。

穿亞麻短袍的利奧馬斯特看見前方有兩個人，原本想開口呼救，但眨眼間，卻發現那兩個人各自閃到了大廳側緣，一副什麼也沒看到什麼也不想管的樣子。

他竭力奔跑，衝出了壁畫大廳，黑甲騎士打扮的利奧馬斯特眼中深紅更盛，緊追而出，完全沒理睬分別貼在兩側壁畫上的克萊恩和安德森。

等到他們離開大廳，心中有些猜測的克萊恩毫不猶豫就邁開腳步，快如獵豹地跟隨在了後方。

安德森抬起右手，虛抓了兩下，沒能及時阻止格爾曼·斯帕羅。

「這個傢伙剛才還挺理智的，怎麼突然又瘋了？他發現了什麼問題？真讓人好奇啊……」安德森探頭望了眼外面的廣場，猶豫了幾秒，最終選擇跟上。

一路追出黑色修道院，來到「星之上將」所在的區域，克萊恩看見穿亞麻短袍的利奧馬斯特正繞著那塊巨石躲避主人格，並抓住一切機會，望向對面山峰的「巨人王庭」投影，用古赫密斯語低聲祈禱道：「創造一切的主啊；您是全知全能者……」

又繞了一圈後，善良向的利奧馬斯特繼續誦念道：「您是一切偉大的根源，您是開始，也是結束；您是眾神之神，您是浩瀚星界的支配者！」

隨著這段尊名的結束，分隔兩座山峰的雲海突有顫動，向著左右緩慢分開，露出了一條看不到底部的幽深縫隙。

對面的「巨人王庭」投影則陡然將極遠處的凝固黃昏吸附了過來。

但是，之後什麼都沒有發生。

克萊恩大致有所明悟，側頭仰望向黑色修道院大門附近的建築，只見一面潔淨明亮的落地窗後，容貌美麗卻讓人不敢親近的「神祕女王」貝爾納黛正靜靜注視著下方發生的一切。

果然是她讓善良向的利奧馬斯特逃出自身夢境，來到這邊的，既然極光會的「傾聽者」能帶著小傑克進入「神棄之地」，「黑之聖者」沒道理不行。

當前面沒有了路，又看到了「巨人王庭」的投影，利奧馬斯特分裂出來的那個人格必然會想著逃進去，於是就為暗中的觀察者示範了一遍該怎麼進入「神棄之地」。

克萊恩相當篤定地收回了視線，至於善良向利奧馬斯特沒成功的原因，他的判斷是——地點不對！

必須深入這片海域，找到被危險和古怪包圍起來的某個特定地點，然後才能於黑夜帶來的夢中誦念白銀城造物主的尊名開啟「巨人王庭」投影暗藏的通道？接著借助夢中的進入，帶動身體和船隻穿越現實與虛幻交織的迷霧，抵達「神棄之地」的海邊？克萊恩有所猜測地想著。

對他來說，怎麼進入「神棄之地」並不是太在意的問題，只要他願意，晉升序列四，真正有了對應的神性後，就可以讓小「太陽」布置降臨或賜予儀式，直接過去！

不過，如果能藉此反向揣測出如何離開「神棄之地」的關鍵真的在「巨人王庭」內，但具體是什麼，無從猜測……

照這麼看來，離開「神棄之地」的關鍵真的在「巨人王庭」內，肯定也是一大收穫，這對白銀城的價值無可估量！

克萊恩思緒紛呈間，周圍一根根豌豆藤從泥中快速長出，瞬間將黑色修道院外的區域變成了綠色的森林，並強行分開了「黑之聖者」的主人格和善良人格。

第七章　154

然後，克萊恩透過豌豆藤的縫隙，看見巨石上的「星之上將」嘉德麗雅站了起來，不再抱膝而坐。

「——茲！」

戴里克先是翻滾，接著躍起，一斧頭砍在了長滿黑色短毛的巨人腿上，被激發的銀白閃電憑空落下，劈得那長了獨特單眼的怪物渾身顫抖地僵直於原地。

戴里克沒有放過機會，立刻外展開雙臂。

在這樣的光明裡，怪物慘叫著倒下，身上冒出了一蓬蓬黑霧。

明亮純粹的聖光煊赫降臨，籠罩了那變異的巨人。

經過之前一連串的戰鬥，戴里克已發現從奇怪下午鎮滲透而來的怪物們不管各自有什麼特點，都同樣地害怕強光。

這樣的經驗讓他避免了受傷，也讓更多的探索小隊隊員保住了生命。

過了一陣，當「獵魔者」科林解決掉最強的那個怪物後，下午鎮恢復了安靜，亮起的燭火們已全部熄滅。

這位六人議事團「首席」環顧一圈，嘆息道：「先休整，後建立營地。」

此時此刻，聚集起來的探索小隊其實已減員接近三分之一，人數高達六名。

科林·伊利亞特的真正目標其實是「巨人王庭」，但下午鎮的遭遇讓他明白探索不能急躁，因為「巨人王庭」內很可能藏著大災難的深層次祕密，有著無法想像的危險。

155 ｜ 懺悔者

所以，必須要有半年，一年，甚至兩年的準備和一次又一次的前期探索，才能嘗試開啟。

層層纏繞，彷彿能編織出天國階梯的豌豆藤們相繼落下，縮回了土中。

不管是「黑之聖者」的主人格，還是善良向的利奧馬斯特，此時都已失去了蹤跡，只有「星之上將」嘉德麗雅站在巨石頂端，茫然地環顧著左右。

「『神祕女王』將利奧馬斯特的主人格和善良人格都丟回他自己的夢境裡了？或者說，拉到別的地方，嘗試弄清楚前往『神棄之地』的特定地點在哪裡？」

「這兩個人格似乎不能分開拉入不同的夢境，否則，『神祕女王』早就可以單獨與善良向的利奧馬斯特面談，以幫助他戰勝惡魔為條件換取相應的情報，沒必要弄得這麼麻煩……」

「當然，真要抹掉『黑之聖者』的主人格，也許得在現實世界進入那片危險的遺蹟，哪怕『神祕女王』，也不敢輕易嘗試，因為那很可能出現一個『為所欲為，喜歡傷害』的『邪惡女王』。」

克萊恩若有所思地再次回頭，望向黑色修道院大門附近的建築，只見潔淨明亮的落地窗後，那道屬於貝爾納黛的身影同樣已不見。

克萊恩並沒有嘗試去尋找對方的下落，了解「神祕女王」是否從善良向的利奧馬斯特那裡獲得了更多的情報，因為他記得格爾曼·斯帕羅這個身分的核心人設：「愚者」先生的眷者！

而「星之上將」先生很清楚，「愚者」先生的塔羅聚會裡，「太陽」就來自「神棄之地」的白銀城，要說「愚者」先生不清楚怎麼進入「神棄之地」，那顯然是無法讓人相信的。

所以，身為眷者的格爾曼·斯帕羅必然缺乏深入探究的動力。

第七章　156

很多事情真是成也人設敗也人設，這就是「無面人」的缺陷啊！

克萊恩收回視線，重新眺望向對面山峰的「巨人王庭」投影，只見那裡凝縮的黃昏正慢慢返回天邊。

這面山峰上，巨石依舊屹立，「星之上將」嘉德麗雅緩緩地又坐了下去，抱住了雙膝。

「未來號」繞過危險的遺蹟和廢墟，躲開了暗藏於安全航道不同位置的隱患，終於返回至這片海域的入口附近。

正午與黑夜又交替了三次，實際時間卻剛過了外界的一個白晝。

克萊恩等人再次看見了最早那個被海水淹沒了大半的廢墟，看見了堆疊成峰的灰色石塊和石柱，看見了頂端的高大穹頂。

之前，在這裡，他們有聽見巨大而明顯的喘息聲，「無血者」更是痛苦地指出，廢墟裡埋著具屍體，而那屍體很可能就是喘息聲的來源。

此時，這蘊藏著極大危險的廢墟帶給「未來號」眾人的卻不再是驚懼，而是喜悅，因為，看到它就意味著即將脫離這片荒誕可怕的海洋。

「咦，有一艘船！」妮娜不知什麼時候已爬上了高高的瞭望臺，望著那片廢墟，大聲說道。

船？克萊恩繞過擋在前面的安德森・胡德，靠著船舷，凝神看去。

果然，堆疊成峰的石塊和石柱側後方，停著一艘普通的三桅帆船，因為有障礙物遮擋，不是居高臨下，或仔細觀察，「未來號」上的眾人很難發現它。

這帆船漂浮於那裡，甲板上一個水手都沒有，安靜得讓人莫名恐懼。

「像是被這個廢墟一下吃掉了。」安德森湊了過來，搖頭嘆息，「在這片海域，不是本身有一定了解的遺蹟或廢墟，千萬不能靠近。」

連「命運天使」的壁畫都敢勾勒的人，沒資格說這句話。你們尋寶團自詡經驗豐富，結果還不是只剩下你一個。

克萊恩沒有側頭，腹誹了兩句。

這時，「星之上將」嘉德麗雅也來到了甲板上，眺望向廢墟旁邊的帆船。

整個過程裡，她沒有瞧格爾曼·斯帕羅一眼，彷彿對方並不存在。

短暫的靜默之後，嘉德麗雅抬手摘下了架於鼻梁的沉重眼鏡，眸子內的深紫緩慢流淌，似乎勾勒出了一個又一個複雜的符號。

那艘無人的帆船上空，突然出現了一雙眼睛，虛幻的半透明的深紫色眼睛。

這雙眼睛緩慢移動，繞了甲板一圈，然後進入了船艙。

「這非凡能力很有用啊。說起來，根據『神祕女王』和『星之上將』表現出來的手段看，『窺祕』的非凡能力很有『童話』色彩。」

「嘶，『神祕女王』難道還能把別人變成青蛙？還有，『窺祕人』的『窺祕』是不是就體現在這方面，體現在眼睛上？『星之上將』的眼睛是有點古怪，以後得注意下⋯⋯」克萊恩暗自揣測，等待嘉德麗雅的遠端探索有所收穫。

過了一陣，嘉德麗雅眼中的深紫終於黯淡了下去。

她揉了揉眉心，重新戴上眼鏡，對安德森‧胡德、弗蘭克‧李道：「裡面是有點問題。」

說話間，她從古典巫師袍的暗袋裡掏出了一把彩色的粉末，猛地往外丟出。

這些粉末洋洋灑灑落地，自行構成了一副栩栩如生的彩色畫卷。

畫卷的背景是類船長室的地方，書桌上有照片，牆上有肖像畫，勾勒的都是同一個人：一位肩膀寬厚，頭髮淡黃，藍眼深陷的弗薩克人！

這……克萊恩先是覺得眼熟，旋即想起了在哪裡見過對方。

他身處拿斯時，一位冒險家被「不死之王」的二副吉爾希艾斯追趕，跑進了「洛達爾」酒吧，尋求「冒險家互助會」成員的幫忙，那一刻，站起來提供庇佑的強者裡面，就有這麼一位身高超過兩米的弗薩克壯漢，他給克萊恩的感覺是實力不弱，大概已經有序列六。

他的弗薩克怎麼會突然進入這片海域，而且莽撞地探索起危險的廢墟？克萊恩疑惑之中，更加仔細地審視起甲板上的超自然畫卷。

這一次，他看見地板上有一灘血，血的旁邊有幾個弗薩克語單字：「不老泉……」

這單字的最後，血跡一下轉彎變長，並連接著一道通往門口的明顯拖痕。

克萊恩腦海內似乎已能還原當時的場景，那位序列六的弗薩克壯漢遭遇莫名襲擊，身受重傷倒地，努力地想書寫下自己一切遭遇的源泉，結果剛開了個頭，就不知被什麼東西提著雙腿或腦袋，硬生生拖走了！

考慮到血色單字未被抹掉，克萊恩懷疑拖走冒險家的不是活生生的人。

應該是廢墟裡那具屍體……他有些牙痛地想道。

159 ｜ 懺悔者

「『不老泉』？他們是來這裡尋找『不老泉』的？」安德森·胡德頗為興奮地開口道。

「很顯然，他們並沒有找到。」弗蘭克·李非常失望地搖頭。

他對「不老泉」同樣充滿嚮往，認為這泉水能讓自己的各種實驗發生質變。

「不老泉」，當時追殺年輕冒險家的是「屠殺者」吉爾希艾斯，他是「不死之王」的二副。

傳聞「不死之王」曾經喝過「不老泉」的泉水。吉爾希艾斯還來警告過我，警告過格爾曼·斯帕羅，說不要插手年輕冒險家的事情，說這是「不死之王」的意志。

克萊恩根據種種資訊，勉強拼湊出了一個真相。

年輕冒險家從「不死之王」某個親信那裡得到或竊取了「不老泉」的祕密，於是慘遭追殺，後來在「冒險家互助會」幾位準強者庇佑下，勉強擺脫了「屠殺者」吉爾希艾斯。

再之後，他們一方面是為了躲避「不死之王」，一方面是尋找「不老泉」，最終選擇進入這片海域冒險，誰知，在這片廢墟旁團滅了。

難道「不老泉」就在這廢墟深處？

克萊恩再次望向堆疊成峰的灰色石塊和石柱，隱約有了猜測。

因為暫時難以驗證想法，也不清楚廢墟裡埋著的那具屍體生前究竟是誰，他沒有探索和冒險的衝動，理智收回了視線。

回頭可以問一問威爾·昂賽汀或者「魔鏡」阿羅德斯。

呵，也許所謂的「不老泉」是那具屍體因腐爛產生的膿液。

克萊恩以最壞的惡意揣測著。

第七章　160

此時，聽到安德森和弗蘭克對話的「星之上將」嘉德麗雅想了想道：「如果是因尋找『不老泉』遇危險身亡，我不認為肖像畫和照片的主人會有足夠的動力在死前給後來者留下正確的資訊。畢竟，能找到這裡的，高機率不是他的家人。」

有道理啊。換做是我，尋寶途中遇到怪物，即將死亡，也不會想著給後面的人留下提示。

克萊恩微不可見地搖了搖頭，一時想不到別的緣由。

嘉德麗雅看了眼滿臉期待的安德森和弗蘭克道：「成功的冒險往往源於詳盡的情報和足夠的準備，而這些現在都不具備。」

她嗓音忽然變大，迴盪於船隻每個角落：「繼續航行，離開這片海域！」

「是，船長！」眺望臺上的妮娜咕嚕喝了口酒。

幾分鐘後，「未來號」落到了蔚藍的海面上，遠處是遮蔽天空的巨大風暴。

違背常理的下落與飛起再次發生，但有了準備的「未來號」眾人不再像剛來時那樣狼狽，輕鬆簡單就度過了跳崖又被拋飛般的刺激場景。

很快，「未來號」落到了蔚藍的海面上，遠處是遮蔽天空的巨大風暴。

就在不遠的地方，又有艘船靜靜懸浮，它長近兩一百公尺，前後高高翹起，宛若彎月。

看著那描繪著黑色墓碑的風帆，克萊恩腦海內一下閃過了相應的名詞：「告死號」！

「不死之王」阿加里圖的旗艦！

這一刻，克萊恩心裡湧現的不是驚恐和畏懼，而是興奮和激動。

「神祕女王」就在船上，而且這次無需隱藏⋯⋯她加上我、星之上將、安德森・胡德和「未來號」眾人，完全有機會團滅「不死之王」的船隊！

161 ｜ 懺悔者

「蠕動的飢餓」的食物找到了，傀儡的人選找到了！

就在這時，「告死號」突然轉向，以前所未有的速度遠離了這邊。

——跑、跑了？

克萊恩一時有些呆滯。

很快，「告死號」就消失在了他的視線裡。

第八章
三方交易

這跑得也太快了吧！我就剛有個想法……

克萊恩望著波浪起伏的海面，短暫竟無法回神，念頭閃爍間，他隱約有一個猜測。

「不死之王」阿加里圖的二副，「屠殺者」吉爾希艾斯疑似「惡魔」，甚至「欲望使徒」，擁有提前察覺危險，鎖定危險來源的非凡能力，那麼，「不死之王」本身會不會就是「惡魔」途徑的序列四半神！

「所以，『未來號』眾人擁有能切實危害到他的實力並有了付諸實踐的想法後，他立刻提前感應到問題，發現了『神祕女王』的存在，毫不猶豫做出了撤退的決定？」

「嗯，這說明『神祕女王』剛才也有了出手的衝動，否則，單憑我的意念只會讓『不死之王』冷笑兩聲，瘋狂反撲。」

「唉，『惡魔』途徑的這種非凡能力真是太好用了，要想挖坑埋『不死之王』，或者他的大副、二副、三副們，簡直不太可能……」克萊恩一陣感慨，側頭望向了站在旁邊的安德森·胡德。

這位最強獵人的表情還殘留著明顯的扭曲，似乎既絕望於自己的霉運還沒有減弱，又詫異「告死號」就這樣夾著尾巴逃了，給人一種劇本拿錯了的感覺。

他眼眸微轉，有所猜測地左右看了兩眼，似乎聯想到了什麼。

可惜啊，安德森這傢伙的厄運還不夠強力，否則就能犧牲他一個，成功釣上「不死之王」了。

呵呵，這不就是「挑釁者」的正確用法嗎？

克萊恩轉身進入走廊，回到了自己的房間。他剛推開木門，就看見一道熟悉的背影立於窗戶

第八章　164

前，身材比例極好，穿著打扮略顯古怪，正是「神祕女王」貝爾納黛。

女士，妳的父親難道沒有教導過妳？不要隨便進入別人的房間，尤其陌生男人的房間？作為一名出身高貴家教良好的淑女，妳應該在門口等候，並誠懇地詢問我是否能夠進來。

大帝啊，你就沒回憶起什麼教育方面的書籍？

克萊恩無聲吐槽了幾句，並隨手關上了房門。不等他開口，「神祕女王」貝爾納黛就背對著他說話了：「之前的事情印證了我一個想法。」

「什麼想法？」克萊恩壓制住好奇，表情淡漠地反問道。

貝爾納黛沒有轉頭，看著窗外的海平面道：「阿加里圖的『不老泉』傳說是一個騙局。如果真有『不老泉』，只會是『不老魔女』的主材料之一，或者從她們的屍體上誕生，所以，任何身為男性，卻號稱自己喝過『不老泉』的，都是在撒謊。」

她沒解釋「不老魔女」是什麼，似乎確信格爾曼·斯帕羅肯定知道，或者說，即使他不了解，事後也有地方打聽。

「不老泉」……「不老魔女」？「不死之王」阿加里圖一次又一次放出「不老泉」的消息，誘騙冒險家和海盜們進入危險海域，自我葬送生命，或趁機進行屠殺？

強烈的惡魔風格，難怪「屠殺者」吉爾希艾斯要警告我，讓我不要插手。

克萊恩想了幾秒，故意用琢磨的口吻道：「騙局……」

「神祕女王」貝爾納黛點了點頭，嗓音柔和地說道：「這也許是阿加里圖晉升序列四需要的儀式的一環，也可能是消化序列四魔藥的行為。」

她頓了頓，似乎做了無聲的嘆息，然後才開口道：「因為他所在途徑的序列四叫『魔鬼』。」

「魔鬼」？聽起來很狡詐啊。放寶藏騙局害人的行為完美符合「魔鬼」的風格。

克萊恩恍然了一下。

這時，「神祕女王」轉過身體，細格黑紗後透出的目光望向了格爾曼‧斯帕羅的眼睛：「據有限的日記分析，羅塞爾大帝晚年遭遇了極其嚴重的困境，這逼得他產生嘗試瘋狂行為的想法。」

「在這方面，他非常坦然，因為目前得到的日記確實沒揭露羅塞爾大帝晚年究竟想做什麼，遭遇了什麼樣的困境，做了哪些瘋狂的行為。

「所以，他提供這個情報也是在暗示貝爾納黛，想弄清楚真相，那就把羅塞爾大帝關鍵時期的日記拿給「星之上將」嘉德麗雅。

「神祕女王」貝爾納黛沉默了幾秒，沒有說話。

輪到我提供情報了？克萊恩斟酌了兩秒：「……

高空陰雲移動，外面陽光照入，這位縱橫五海的女王忽然像一堆肥皂泡般分離了，破碎了，消失了。

泡沫反射的光芒分出不同的顏色，在房間內營造出了一種童話似的夢幻場景。

如果沒有「隱匿賢者」，「窺祕人」途徑真的挺有意思的。

第八章　166

克萊恩一邊感慨，一邊用左手拇指掐了兩下食指的第一個關節。

他開啟了「靈體之線」帶來的隱密視覺，未發現房間內有多餘的黑色細線。

這說明「神祕女王」貝爾納黛確實已經離開了。

呼……克萊恩無聲吐了口氣，快速關閉掉了這種視覺。

他正想躺床上休息一會，忽然聽見輕盈的腳步聲靠近。

「咚咚咚！」他的房門被人敲響。

「誰？」克萊恩翻身坐起。

「我。」「星之上將」嘉德麗雅的嗓音傳了進來。

克萊恩有些疑惑地靠攏過去，打開了房門。

他沒開口問有什麼事情，淡漠地看著對方，目光說明了一切。

嘉德麗雅推了推鼻梁上的沉重眼鏡道：「從那片海域出來不會回到之前進入的地方，這裡距離托斯卡特島不到一百海里，去拿斯大概要三天，你希望返回哪裡？」

克萊恩略感愕然，確認地問道：「那從這裡可以進入那片海域嗎？」

「不行，會直接落入截斷海洋的那道看不見底部的縫隙。根據占卜結果顯示，這麼做的人都真正死了。」嘉德麗雅簡單解釋了兩句。

「這樣啊……

167 ｜ 三方交易

克萊恩想了想道：「去托斯卡特島。」

他之所以不選擇拿斯，是因為距離召集下一次塔羅聚會已經很近，他並不想在「未來號」上做這件需要耗費不少時間的事情。

而且托斯卡特島是魯恩王國最東面的殖民地，通用貨幣是便士、蘇勒和金鎊，克萊恩無需再考慮兌換的問題。

「好。」嘉德麗雅沒有意見。

目送她轉過身，走向船長室，克萊恩幅度很小地搖了搖頭，在心裡感嘆道：「妳要是早點過來，就能遇上『神祕女王』了。」

晚間，「未來號」抵達了托斯卡特島的港口，強行停靠於碼頭。

克萊恩做魯恩紳士打扮，提著皮製行李箱，走到了甲板上，將分別放於兩側衣服口袋的尾款拿出，遞給了「星之上將」嘉德麗雅。

而這麼一來，克萊恩現金財富只剩下八千四百三十六鎊加五金幣。

扣除掉「格鬥家」非凡特性那七百鎊，這一共是一千三百鎊。

嘉德麗雅沉默接過，張了張嘴，似乎想說點什麼，但最終還是沒有開口。

「你在這裡下，還是去別的地方？」她轉而看向安德森‧胡德。

想到格爾曼‧斯帕羅即將離開，想到這是艘海盜船，想到自己狩獵過不少海盜，安德森立刻堆

第八章　168

「你可以支付船資了。」嘉德麗雅並沒有因為安德森連換洗衣服都是從海盜們那裡借來的就放過他。

起了笑容：「就這裡。」

「好的。」安德森沒有掩飾心疼的表情，伸手扯下了襯衫中段的一顆普通鈕釦。

他不捨地遞了過去道：「這是我在那片海域僅剩的收穫，來源於一位魯恩軍方探索者的屍體。我不清楚它原本的名字，只能根據展現出的能力和對應序列六的名稱叫它，嗯，『法官』。」

「它的負面效果不是特別強，就是讓佩戴者容易得罪人或怪物，也許一不小心就被哪位半神盯上了。」

這還叫不是特別強？如果我是「星之上將」，肯定選你那把劍。

克萊恩腹誹了兩句，看見嘉德麗雅收下了安德森·胡德支付的船資。

「他沒管別人的事情，提著皮箱，離開「未來號」，登上了托斯卡特島的碼頭。

「砰！」

安德森·胡德直接從甲板邊緣躍下，落到了他的旁邊。

「去喝杯酒？慶祝我們終於離開了那該死的海域！」這位獵人很興奮很輕鬆地邀請道。

克萊恩掃了他一下，用眼神表示了拒絕，只想離這個厄運纏身又自帶挑釁光環的傢伙有多遠是多遠。

「好吧。」安德森左右看了一眼，清了清喉嚨道，「能不能借我點錢？你知道的，我的收穫、

169 ｜ 三方交易

「我的現金都沉在了那片海裡。」

說到這裡，他笑了起來：「放心，我明天一早就會還你，在托斯卡特的酒吧和妓院裡，同樣有不少海盜，我打算請他們資助我一點。」

沒賞金的就勒索錢財，有賞金的直接拿去提現？

克萊恩在心裡噴了一聲，拿出一張五蘇勒的紙幣，遞給安德森。

「這麼少？」安德森半張嘴巴道。

「夠你喝酒、用餐和住旅館了。」克萊恩平淡回應，「而且這是一鎊的現金。」

「一鎊？」安德森揉了揉眼睛，無奈笑道，「好吧，是一鎊，我明早會還你一鎊。」

害怕格爾曼·斯帕羅反悔的安德森一把抓過了那五蘇勒紙幣，腦海內油然浮現出在火上滋滋冒油的正常牛肉和不添加任何鎮定劑的酒精飲料。

喲，這傢伙竟然接受了，我就隨口一說，凹凹人設，並且讓他明白，我的錢不是那麼好借的，免得他不想去狩獵海盜，打算借一大筆直接回迷霧海那邊。

克萊恩在心裡嘀咕了兩句。

在他看來，一名序列五的「獵人」，在海盜眾多的地方，哪怕身上一個便士都沒有，也不會餓到自己，沒地方睡覺。

他微不可見地搖了搖頭，正要向前離開碼頭，背後忽然傳來了一聲粗獷的呼喊：「格爾曼！」

……聽出是弗蘭克·李嗓音的克萊恩打了個冷顫，精神緊繃地轉回了身體。

那位「未來號」的大副，懸賞金額達到七千鎊的「毒素專家」，立在船舷旁，雙手攏於嘴邊，狀似擴音地問道：「你會經常出沒於哪裡？寫信應該寄到哪裡？」

「我希望和你分享我最新的研究成果。」

我並不想了解……這傢伙認定的朋友應該不多，而且我敢打賭，絕大多數他認為的朋友，都沒真正地把他當朋友。

嗯，「星之上將」內心的情感更偏向於「神祕女王」，對塔羅會缺乏足夠的歸屬感，光明正大在她身邊發展一個叛徒，不，情報來源，有利於震懾她，算是格爾曼‧斯帕羅這個層級的敲打。

有了這個鋪墊，「愚者」先生再敲打一下，就更合理和自然了。

克萊恩思緒急轉，從衣物口袋內拿出用於占卜的便簽紙和吸水鋼筆。

他刷刷刷寫下了自己信使的召喚儀式，沒有忘記標明儀式材料裡必須有一枚金幣。

嗖的一聲，克萊恩抖動手腕讓那張便簽紙飛鏢一樣射向弗蘭克‧李，準確落到了對方的掌中。

「非常好！」弗蘭克‧李瞄了眼紙上的資訊，欣喜地揮了揮手。

克萊恩不再耽擱，提著皮箱，離開碼頭，尋找旅館。這個過程裡，他原本想堅定地拒絕安德森住同一家旅館的提議，但想了想後，還是答應了下來。

他害怕這厄運纏身的傢伙又出什麼問題，給旅館內的無辜顧客和侍者們帶來災難，所以，打算就近監控，該果斷處理就果斷處理。

辦理好住宿，安德森拿著鑰匙，開門進入了自己的房間，

171 ｜ 三方交易

「砰！」他卸下沉重負擔般一屁股坐到了安樂椅上。

離開那片危險的海域後，他終於找回了做人的感覺，不用再擔心隨時會橫死。

靜靜躺了一陣，安德森·胡德慢悠悠起身，拿起外殼是鋼鐵的暖水瓶，翻過玻璃杯，給自己倒了杯熱水。

他認為自己該打起精神去酒吧閒逛一圈了：喝點酒，填飽肚子，尋找資助！

等到熱水微涼，安德森端起杯子，發出了咕嚕咕嚕的聲音，喝得非常暢快。

突然，他劇烈咳嗽，咳得臉色都有點發紫。

「咳、咳、咳！」

安德森伸手抓向了自己的喉嚨，一口氣似乎已喘不過來。

喀嚓一聲，玻璃杯從他手裡掉落，摔在地板上，摔得四分五裂。

「咳咳咳⋯⋯」

安德森咳嗽的聲音越來越虛弱，一張臉已經脹得青紫。

此時，他眼眸內隱約冒出火光，手背的青筋像是有了自己生命一樣蠕動了起來。

「砰！」

安德森摔倒在地，抽搐幾下，旋即失去動靜，就連呼吸都彷彿停止了。

幾十秒後，死屍般的安德森忽然翻身坐起，後怕地摸了摸自己的臉孔⋯⋯「混蛋，剛才差點因為喝水嗆死⋯⋯如果真是這樣，我大概可以成為死因最搞笑的獵人！」

「還好、還好,進那片海域前,我花大價錢買了這件東西,今天終於派上用場了……」

說話間,安德森從馬甲內襯的暗袋裡拿出了一個秸稈紮成般的玩偶娃娃,上面用墨水簡陋地畫了兩隻眼睛、一個鼻子和一張嘴巴。

這玩偶娃娃表面已被腐蝕,正一滴一滴地往下掉落漆黑的液體。

也就七八秒的工夫,它完全融化為液體,成為了地板上的汙跡。

「這厄運竟然還沒有減弱,而且好像更凶猛了。嘶,格爾曼·斯帕羅曾經轉達過一個預言給我,說最致命的危險往往藏在最平常的生活裡。」

安德森來回踱步,小心避開了腳下的玻璃碎渣,害怕因此導致另一場死亡。

「不行,必須自救!立刻自救!」安德森猛地拉開房門,謹慎地走了出去。

他一路來到克萊恩房間外,屈起手指,咚咚敲門。

很快,既不結實也不厚重的木門沒什麼聲音地打開了,僅是脫掉了長禮服外套的格爾曼·斯帕羅出現於安德森眼前。

安德森擠出笑容道:「驚喜嗎?」

「——匡當!」

房門在他面前重重關上。

他先是一愣,旋即表情僵硬地自語道:「我得調整下說話的方式。」

「咚咚咚!」

173 | 三方交易

他再次敲響了克萊恩的房門。

房門快速敞開，一把左輪手槍對準了他。

「哈哈，我是想問，你有認識可以幫人轉運的非凡者嗎？」安德森半舉起雙手，瘋狂暗示格爾曼·斯帕羅說出那個提供預言的強者。

「遲了，『神祕女王』已經不知道去哪裡了。咦，她都沒給我留聯絡辦法？不過，我的信使召喚儀式既然被弗蘭克·李知道，也就等於『星之上將』也會知道，等於貝爾納黛知道，還有回貝克蘭德後，可以找莎倫小姐幫忙，『神祕女王』就在她那個圈子裡，雖然出現頻率不高。

克萊恩憐憫地看了安德森·胡德一眼。

他是不太喜歡這最強獵人，總在心裡編排對方，展現各種惡意，畢竟那顆袖釘丟失一半的責任，但他也就僅限於想想，完全沒有付諸實踐的意圖，真要遇到對方求助，同樣不會直接拒絕。

克萊恩考慮了一下道：「我可以幫你問問，明早給你答案。但我很懷疑你有沒有支付報酬的能力。」

「我等一下就去酒吧轉一圈！而且，我還有不少私人珍藏在迷霧海那邊。」安德森毫不猶豫就回應道。

克萊恩點了點頭，邊關門邊說道：「明早見，希望你能順利活到那個時候。」

第八章 174

「匡當！」

房門又一次鎖上。

「你這是詛咒，還是祝福？」安德森苦笑低語了一句，「根據我的經驗，最近兩三天內有很高的機率不會再有什麼意外了。」

房間內，克萊恩回到了書桌旁，那裡已擺著一封剛開了頭的信和一隻慘遭拆解的千紙鶴。

對於安德森的問題，克萊恩開口回答前，就已經想好了請教對象：最了解一條「命運之蛇」手段的，毫無疑問是另一條「命運之蛇」！

他琢磨了下千紙鶴攤開後的面積和自己想要請教的問題們，先在心裡打了一遍草稿，然後才提起鉛筆道：「『命運天使』對應的序列四魔藥叫什麼？可以在哪裡得到它的配方和主材料？」

「『占卜家』壁畫帶來的厄運詛咒該怎麼消除？」

放下鉛筆，克萊恩認真審視了兩遍內容，接著小心翼翼地將千紙鶴按照摺痕重新疊好，塞入皮夾。

做完這一切，他繼續書寫給阿茲克先生的信。

這封信裡，克萊恩先是提及自己在「星之上將」幫助下進入蘇尼亞海最東面的危險區域，成功完成了儀式，接著筆鋒一轉，說半途有遭遇「地獄上將」路德維爾的無理由襲擊，差點損失慘重。

就著這個話題，他展開描述了「地獄上將」手上那枚疑似古代死神遺物的戒指，非常貼心地詢問阿茲克先生對此有沒有印象，是否需要要拿到手裡觀摩一番，以便喚起更多的記憶。

點了這一下之後，克萊恩又以閒聊的姿態說起「靈教團」的「人造死神」計畫，並好奇地請教大佬這是否具備可行性，之前那些文獻是否有記載具體的細節。

轉而說完自己這次旅程裡總結出來的危險海域注意事項，也不清楚究竟哪裡能獲得機會，克萊恩以遊記的筆觸講述起這次為阿茲克先生提供資訊，免得對方突然想去那裡尋找古代死神殘餘的氣息，卻不了解究竟有哪些潛在的危險。

他這是為阿茲克先生提供資訊，免得對方突然想去那裡尋找古代死神殘餘的氣息，卻不了解究竟有哪些潛在的危險。

「據說，充斥那片海域的是『真實造物主』的囈語，序列越高，聽得越清楚，越容易受到影響，發瘋或失控，這以序列四為分界點。但也有少量的半神找到了辦法，可以在那裡自由行動。」

克萊恩在信的末尾如是寫道。

折好紙張，他拿起阿茲克銅哨，召喚出了巨大的白骨信使。

信使從地板位置鑽出，禮貌地平視克萊恩，攤開了手掌。

不錯……克萊恩暗讚一聲，將信給了對方。

然後，他刷牙泡澡，舒舒服服躺進了被窩。

不知過了多久，他在夢中一下清醒，看見了荒蕪的平原和漆黑的尖塔。

熟稔地來到尖塔深處，克萊恩在灑落的塔羅牌們中間發現了威爾·昂賽汀的回覆。

「友情提醒：那隻紙鶴快破了！」

「壁畫帶來的厄運詛咒找瑞喬德就可以解決。『占卜家』的高序列配方只能找瘋掉的查拉圖，

第八章 176

或者去霍納奇斯山脈，如果你是黑夜的眷者，就當我沒說。」

「『占卜家』對應的序列四叫：『詭法師』！」

詭法師……

克萊恩霍然從夢中醒來，睜眼看見了濃郁的夜色。

還沒到正午，還很危險。

他嘀咕了一句，就要重新入睡。

這時他終於記起自己已離開那片危險的海域，天黑之後不睡覺也不至於徹底失蹤，消失不見。

「呼，還是這種安穩的環境好啊！不得不說，天黑以後，如果不睡覺，就會神祕消失的事情可以拿來嚇唬小孩子，讓他們不敢晚睡。嘿，小時候我就經常被這麼嚇。」克萊恩翻身坐起，走到書桌旁邊，給自己倒了杯水。

他平靜了一陣，咕嚕喝了口水，逐漸找回了思考的能力：「查拉圖真的瘋了啊……他究竟遭遇了什麼，或者出了什麼問題……」

「『詭法師』，序列四叫『詭法師』，『占卜家』途徑的重點在『詭術』、『狡詐』、『惡作劇』、『奇異』這些單字上面？或者直接概括為『詭異』？」

「嗯，『小丑』、『魔術師』、『無面人』和『祕偶大師』確實都給我這樣的感覺。」

「『占卜家』看起來例外，但在別人眼裡，神棍風格在某些時候也挺詭異恐怖的。所以，查拉圖才說，命運不是這條途徑的主要領域？」

「還有，可以明顯看出，這條途徑的非凡者將更偏施法者。

「按照威爾‧昂賽汀的說法，得到『詭法師』魔藥配方的辦法只有三個，一是找密修會，找瘋掉的查拉圖，二是去霍納奇斯山脈主峰尋覓安提哥努斯家族遺留的寶藏，三是在教會內部獲取，比如，那本安提哥努斯家族筆記或許就記錄有相應的配方。」

「但這三條途徑一個比一個危險，根據羅塞爾大帝的描述，查拉圖很久以前就是序列二的『奇蹟師』，真正的天使，後來有可能還晉升了序列一，和天使之王們持平或者稍差一點，瘋掉的他，不，祂，雖然失去了理智，但高機率更難對付，至少沒有了說服、欺詐的可能性，僅憑純粹的實力，我就算請了阿茲克先生他們幫忙，也不會是查拉圖的對手。」

「呵呵，除非等威爾‧昂賽汀出生，但祂若是摻合進這種事情，又有不小的可能性引來『命運天使』烏洛琉斯的注意。」

「至於霍納奇斯山脈主峰的那個寶藏，迴盪的囈語、安提哥努斯家族的布置和掩埋於歷史深處的夜之國傳聞，都讓我感覺事情不是那麼簡單，懷疑這可能是個陷阱。」

「女神教會就更不用考慮了，先不想有天使坐鎮，藏著一堆〇級封印物的聖堂，僅是安提哥努斯家族筆記所在的貝克蘭德教區，也有個可怕的半神⋯⋯」

克萊恩忍不住回想起了當初像鉛筆畫一樣被擦掉的A先生，而製造了這一切的很可能就是黑夜女神教會的某位高層。

一位眼眸缺乏靈性的秀美女子⋯⋯她還對我笑了笑，也不知道是什麼意思？

第八章　178

克萊恩無奈搖頭，覺得目前最切實可行的辦法只有一個。

那就是找到密修會某位還算正常的半神！

比起瘋掉的查拉圖，這至少可以交流，甚至可以對付——僅憑克萊恩自己肯定不行，但他可以請阿茲克先生幫忙，能付出一定代價請「神祕女王」貝爾納黛出手。

只能先這樣考慮……

克萊恩迅速將思緒轉到了怎麼幫安德森·胡德解除厄運詛咒上。

「這都兩個多月過去了，那位『命運議員』瑞喬德也不知道有沒有離開奧拉維島。唉，他一直沒召喚我的信使，告訴我符合要求的神奇物品的線索。不過，這問題不大，敲鐘人卡諾肯定沒有離開自己的崗位，可以通過他聯絡瑞喬德議員。」

「這樣也好，生命學派始終未完成要求，等於沒有支付尾款，就讓他們幫安德森轉運來抵扣，然後我再從那傢伙身上索取報酬。」

「呵呵，說到具備強大攻擊力的神奇物品或封印物，安德森那把短劍不就是嗎？」

「根據『收割者』表現出來的特點，他本人死去後形成的物品也算……嘿，我也不是什麼貪婪的魔鬼，肯定會額外支付一筆安家費的。」

克萊恩收斂住促狹打趣的想法，從皮夾裡翻出那張紙鶴，拆了開來，小心翼翼地擦拭起上面的鉛筆字跡。

「真的快破了，最多再來兩次……」他失落地低語了一句，然後折好千紙鶴，走回被窩，繼續

179 ｜ 三方交易

睡覺,至於用無線電收報機聯絡"魔鏡"阿羅德斯的事情,他打算離開東面這片海盜樂園後再說。

天亮之後,克萊恩懶洋洋起床,慢悠悠洗漱,覺得這才是人生該有的模樣。

"咚咚咚!"

敲門聲打斷了他的感慨,無需危險預感,不愧是最強獵人,真順利活到了現在……

克萊恩噴了一聲,控制好表情,拉開了房門。

安德森戴了頂不知哪裡弄來的獵鹿帽,笑嘻嘻遞出了一枚魯恩金幣:"昨天的欠款。"

克萊恩接過金幣,隨手掂量了一下道:"你的問題有答案了。"

安德森眼睛一亮道:"有什麼辦法解決?"

我是這樣的人嗎?我頂多說沒救了,等著死吧,再見!

克萊恩腹誹兩句,淡漠掃了對方一眼道:"有一位擅長轉運的半神就居住在奧拉維島,他欠我一個要求。"

"非常好!"安德森沒有掩飾自己的喜悅,"所以,我該付出什麼樣的代價?"

"很識相嘛……"

克萊恩故意沉默了兩秒才道:"我需要一件有強大攻擊力的神奇物品,你有線索嗎?如果價值超過轉運儀式,我會支付差價的。"

第八章　180

安德森眉頭一點點皺起，又緩慢展開，露出笑容道：「有這麼一件神奇物品符合你的要求，他擁有致命攻擊類的非凡能力，負面效果也不強，就是能吃，能睡，運氣不太好，容易引來怪物和敵人，偶爾會比較愛說話，有點煩人，哈哈，開個玩笑。」

「坦白地講，我的『死亡短牙』就是你需要的神奇物品，可這也是我僅剩的武器了，嗯……相應的線索我有一條，是一把較為特殊的左輪手槍，它發射出去的子彈擁有弱點攻擊、致命攻擊以及『屠殺』的效果，並且能和不同特性的子彈配合，負面影響是每次使用後，你將獲得一個原本不存在的弱點，比如，怕光，怕船，怕狗，等等，等等，而這樣的弱點將維持六個小時。」

「單純只是放在身上的話，負面影響幾乎沒有，也就是讓你容易口渴，這屬於可以忍耐的範疇。如果不是這把左輪的特點和我的能力、已經擁有的神奇物品重複，我當時肯定會買下來，賣家的要價只有九千鎊。」

「這樣，總體報酬是一千五百鎊加這把左輪的線索怎麼樣？」

聽起來很合適，而且符合我的戰鬥習慣。

克萊恩沒直接答應下來，反問了一句：「一千五百鎊？」

「哈哈，我昨天找了十幾位海盜，他們都很善良，僅僅一晚，我就收穫了一千六百鎊。」

「真是、我真是太喜歡這片海盜的樂園了！」安德森笑容滿面地說道，「我得留一百鎊買船票，回迷霧海，所以只能支付一千五百鎊。」

「一晚上賺了一千六百鎊?托斯卡特的海盜不僅多,而且很值錢,或者很有錢?」

克萊恩忽然想在這個港口城市多住幾晚。

但想到容易提現或尋找的目標有很高的機率已經被安德森處理,接下來再做類似的事情肯定不會那麼輕鬆,他又一陣沮喪,冷漠問道:「在海盜的樂園做這種事情,你不怕被報復嗎?」

「有什麼好擔心的?即使他們是海盜將軍的屬下,我也不害怕。呵呵,我相信你也一樣,如果是四王的人,問題也不大,我們即將離開,而消息的傳遞需要時間,到時候,我都不知道換了多少艘船多少個身分了!」安德森滿不在乎地說道。

你為什麼又要詛咒自己⋯⋯

克萊恩暗含憐憫地掃了他一眼:「成交。」

「哈哈,這是三百鎊,剩下一千兩百鎊再等等,等賞金和特性錢下來,放心,今天肯定下來,金額都不大。」安德森掏出一疊厚厚的夾雜著不少蘇勒的鈔票,遞給了克萊恩。

顧及人設的克萊恩只大致清點了一下,就將鈔票塞入了皮夾和衣服口袋等地方,不含感情地說道:「去買兩張明天到奧拉維的票。」

他沒有特意叮囑安德森改變形象去買,因為他相信對面是位成熟的獵人,經驗肯定豐富,如果經驗不豐富,實力不強,以他的做派,早就不知被沉到哪片海裡了。

「好的。」安德森指了指地板,「一起下去用早餐嗎?我請。」

克萊恩忍不住在心裡吐槽了一句。

克萊恩點了點頭，沒有拒絕。

下到一樓，兩人走向了靠窗的一張桌子，途中遇上侍者端著白釉瓷杯和茶匙經過。

雙方剛有交錯的時候，侍者的目光突然恍惚，一把拿起茶匙，以毫無前兆的動作插向了安德森的喉管。

安德森雖然意外，但反應一點也不慢，當即後仰身體，避開了這霹靂一擊。

「——砰！」

不遠處的旅館老闆忽地開槍，射向了安德森躲閃中的身體。

「我、我在做什麼……」槍響之後，老闆一臉驚懼和茫然地低語出聲。

183 | 三方交易

旅行家
—The Most High—
詭秘之主

第九章
殺人請求

槍響的同時，安德森整個身體突然垮了下去，以一種彆扭的方式強行躲過子彈，而不明白情況的克萊恩已側躍至另外一邊，邊開啟靈視，邊拔出了左輪手槍。

這個瞬間，他的第一反應就是安德森這傢伙昨晚狩獵得太過分，引來報復了，只想開口喊一聲：

「我不認識他，和我無關。」

就在這個時候，安德森．胡德身邊那張餐桌處，一位穿襯衫挽袖口的壯漢丟棄刀叉，猛地從椅子下方抽出了一把子彈早已上膛的雙管獵槍，對準地面，以居高臨下的姿態扣動扳機。

他這番動作和旅館老闆的射擊幾乎沒有時間差，只是因為步驟較多，慢了一拍。

「砰！」

霰彈飛出，無數細小的顆粒將地面射成了蜂窩狀，安德森雖然及時翻滾，規避了大半，但依舊被掃中了一些，側面頓時變得血肉模糊。

克萊恩正要射殺拿雙管獵槍的壯漢，幫助安德森．胡德擺脫危險，卻發現對方和旅館老闆一樣，表情霍地茫然，充滿驚訝和恐懼，有種終於酒醒的感覺。

不對，他們不是真正的襲擊者。

克萊恩理智停住了試圖扣動扳機的手指，目光快速掃了餐廳一圈。

見靈視沒有發現，他左手拇指當即掐了食指第一關節兩下，開啟了對「靈體之線」的觀察。

這個時候，餐廳內的女士和先生們已因槍擊案驚慌失措地站起，向著出口湧去。

路過翻滾的安德森旁邊時，一位容貌不錯衣著典雅的小姐突然頓住，打開了手裡緊緊握著的深

第九章　186

色玻璃瓶，將裡面的液體潑向了那最強獵人。

被液體沾染的地方，表面迅速變黑，遭遇了強烈的腐蝕，安德森搗著臉，搶先彈起，避過了這一次襲擊。

「滋！」

緊接著，文靜可愛的女士、拿著報紙的先生、穿紅馬甲的侍者和手上沾著糖果的五歲小孩同時用各自的辦法向安德森‧胡德發起了攻擊。

麵粉、點燃的火柴、水果刀、滾燙的咖啡、高濃度酒精飲料接連而來，整個旅館餐廳內的所有人似乎都只剩下一個目標，那就是殺死安德森‧胡德！

這樣沒有非凡能力參與卻異常危險的處境裡，已陷入包圍難以擺脫的安德森連翻帶滾，時而躍起，時而踢飛桌子，時而提前引燃物品，勉強避開了要害，沒有遭受嚴重創傷。

而此時，克萊恩也發現了一個異常的地方：餐廳角落被裝飾性櫃子遮擋住的座位處，明明蔓延出了細密虛幻的黑色「靈體之線」，卻沒有任何動靜傳出。

這在被混亂和驚恐充斥的大廳內，顯得相當反常！

一手策劃了這「路人謀殺案」的真正襲擊者就坐在那裡？從旅館老闆、侍者顧客們攻擊安德森後迷惑、不解、驚恐、慌亂的樣子看，他們並沒有變成傀儡，這是另一種層面的操縱……幻術，「欲望使徒」的情緒種子，或者說，心靈層面另外的影響？

克萊恩忽然靈光一閃，當即向前兩步，撞飛了一位嘴角還殘留著奶油的顧客，幫安德森‧胡德

打開通道。

這位最強獵人立刻就從這個方向滾出了包圍圈，跟隨克萊恩蹭蹭蹭地跑回旅館二樓，背靠著階梯轉角處的牆壁，大口喘起了氣。

「我的挑釁能力已經到這種程度了嗎？哪怕不認識的普通市民，也想打死我並付諸了行動？嘶……」說話間，安德森扯動了右肋的傷勢，差點慘叫出聲。

不不不，真實情況是，厄運纏身的人就不要去做狩獵海盜這種事情了。

克萊恩剛才之所以放棄靠攏目標，用「靈體之線」嘗試控制，是因為他想到了一個可能。

路人們似乎是被種下暗示，或遭遇了心靈層面的操縱，才會秩序分明地突然襲擊安德森，這與「欲望使徒」的非凡能力不是太吻合，因為被控制者的攻擊具備指向性，精確性，並有明顯的準備痕跡，而克萊恩之前聽過一個序列四的魔藥配方名稱是「操縱師」！

另外，根據「蠕動的飢餓」內被釋放的那位「心理醫生」的說辭，克萊恩一直懷疑托斯卡特島有「心理鍊金會」相關的任務或人物。

再加上精神暗示、心靈層面的操縱與「觀眾」途徑的特點相當吻合，克萊恩也很早就認為「操縱師」很可能屬於「觀眾」，屬於「巨龍」，事情的輪廓就較為清晰了。

「心理鍊金會」在托斯卡特島確實有重要據點，並派遣一位序列四的半神看守，這位半神影響一些海盜，讓他們無意識地幫他做一些事情，而這些海盜昨晚不幸成為安德森・胡德的資助者，於是，今早真正的投資人就上門了！

第九章　188

控制住自身的表情，克萊恩看著安德森，語氣淡漠地說道：「應該是昨晚哪位，或哪幾位海盜背後牽扯著這座島上的隱密半神。你認為剛才那種事情，是中序列非凡者能做到的嗎？」

「不會這麼倒楣吧……」安德森的聲音越來越小，順勢轉為了嘀咕，「果然，剛才那些傢伙都是被控制的，是無辜者，還好我沒有還手，要不然就成驚天血案的主犯，上懸賞令了！」

「到時候，麻煩就大了，只能去做海盜了。」

克萊恩嘴角微動了一下道：「如果剛才被控制的是有非凡能力的海盜，或者風暴教會的代罰者、牧師，事情會怎麼發展？」

「我已經死了。」安德森攤了下手，旋即有所明悟地說道，「你的意思是，他並沒有想殺我，剛才只是一個警告？」

克萊恩認真點了一下頭道：「所以，你還有機會。」

「嗯，去道歉。」

「道歉？」安德森的臉龐一下皺起，為難地說道，「在迷霧海，我的名聲還是很響亮的。」

去看看那位半神究竟想做什麼。

這時，安德森一下撲出，搶在他前面，來到樓梯口處，大聲喊道：「對不起！我錯了！有什麼事情都可以商量！」

克萊恩什麼也沒說，站直身體，拍拍外套，準備走掉。

停頓了一秒，他又重複了一遍：「對不起！我錯了！有什麼事情都可以商量！」

「啪啪啪！」

一樓響起了緩慢的鼓掌聲，一道身影隨即出現於樓梯入口處。

輕微的腳步聲裡，這人影逐漸走到了轉角處，但克萊恩卻本能地，下意識地移開眼睛，似乎不想知道來者長什麼樣子。

另外，他發現自己一點也沒有抬起手臂，用槍瞄準的想法，似乎已被人暗示，喪失了反抗的念頭。

這就很可怕了。

嗯，現在不是面對面的催眠，所以我能夠察覺，但如果被直接針對，結果難以想像。

我現在會被影響，按照「正義」小姐的說法，是對方通過集體潛意識的大海悄無聲息地來到了我的意識島嶼旁，做出了一定程度內的操作？

克萊恩正有所恍然，突地有了離開這裡，返回房間的衝動。

這是這位半神給予的無言「吩咐」？克萊恩大致明白了對方想和安德森單獨交流，於是沒做反抗，走出樓梯口，一路進入了屬於自己的房間。

過了不到五分鐘，安德森敲響了他的房門，一臉沉痛。

「談好了？」克萊恩不經意般問道。

安德森重重點頭：「呼……是的，他讓我幫他做一件事情，具體是什麼，不能告訴別人。」

「還記得他長什麼樣子嗎？」克萊恩故意問道。

第九章　190

安德森仔細思索，忽然皺起眉頭：「不記得了……」

果然……你說你，就為了一千六百鎊，惹上一個半神，多不值得啊。

克萊恩暗嘆一聲，轉而說道：「明天可以離開嗎？」

「可以，那件事情不急，先解決厄運的問題。」安德森毫不猶豫地回答道。

克萊恩不再多說，指了指地板：「還去早餐嗎？」

安德森先是一愣，旋即露出笑容道：「當然，什麼煩惱也不能影響吃飯和睡覺！」

兩人下到一樓，發現侍者正安靜地收拾破碎的物品，老闆和顧客們已完全忘記剛才發生了什麼事情。

早餐後，安德森繼續外出，忙碌著收取賞金和特性錢，並做一些準備，克萊恩則待在旅館房間內，收束晉升後溢出的靈性，並用小蟲子試驗「祕偶大師」的非凡能力。

下午兩點半，他提前進入灰霧之上，為即將到來的塔羅會進行個人排練，畢竟「愚者」先生要坐至屬於「愚者」的位置，克萊恩根據這幾天琢磨出的三套敲打方案，一一做了演練，其中有很雲淡風輕地敲打「隱者」嘉德麗雅。

兩個方案需要調動這片空間的些許力量，兩個得借助道具，所以，整個流程該怎麼走，他必須提前固定下來，熟練掌握，不能在關鍵時刻暴露生澀的痕跡。

不知過了多久，克萊恩吐了口氣，將事情確定了下來。

然後，他具現出「世界」，無需物品，直接看見了對方身上蔓延出的無數細密黑線。

「用灰霧之上神祕空間的力量具現出的物品本身就有一定靈性啊⋯⋯所以才具備『靈體之線』，而現實世界裡，無生命的事物是沒有的。」克萊恩熟練地操縱起那些黑線，很快就真正地、徹底地掌控了「世界」。

現在，他不僅能讓「世界」的表情更加細膩，反應更像真人，而且還可以使傀儡的靈性波動接近自然，不再死氣沉沉！

除了這些，他還如同雙開的玩家，直接獲得了「世界」的視覺，聽力，及其他感官！

完成這一切後，克萊恩看了一眼金殼懷表，給小「太陽」傳遞了資訊，讓他可以默數心跳了。

斑駁古老的青銅長桌兩側，一道道模糊的人影在深紅光芒的簇擁裡拉伸變長，固定了下來，四周則一如既往地安靜，空曠，似乎千萬年來都未被生靈闖入過。

「午安，『愚者』先生！」「正義」奧黛麗輕快愉悅的嗓音很快迴盪於根根石柱撐起的宏偉宮殿內。

克萊恩含笑頷首，看著眾位成員在「正義」小姐帶動下簡單完成彼此間的致意。

這裡面，「隱者」嘉德麗雅毫無疑問顯得較為沉默，在奧黛麗看來，對方藏著不小的心事。

「愚者」克萊恩先掃了「正義」小姐一眼，讓這位「心理醫生」瞬等到聲音平息，成員安坐，「愚者」克萊恩先掃了「正義」小姐一眼，讓這位「心理醫生」瞬間明悟了他的意思，未小幅度舉手，搶先發言，他隨即望向「隱者」嘉德麗雅，不甚在意般輕笑了

第九章　192

一聲：「妳告訴貝爾納黛，她可以用一定的事物換取一些答案。」

貝爾納黛……聽到這個熟悉的名字，而非「神祕女王」、「黎明號」的首領等代稱後，嘉德麗雅就明白「愚者」先生已瞭然一切，知曉一切，自己的那些小心思根本瞞不過祂！

這讓她的心情越來越沉重，難以遏制地產生了強烈的恐懼感，短暫竟不知該用什麼樣的態度和話語來應對。

在她看來，「愚者」先生剛才話語的真正意思是，轉達這句話，額外不能多說，甚至不能有任何暗示。

這言外之意指向什麼，嘉德麗雅認為自己很清楚。

貝爾納黛？這是一個常見的因蒂斯女性名字，會是誰呢？

她希望換取的答案是什麼？和「隱者」女士又是什麼關係？「隱者」女士私下做了請求，「愚者」的回答是「可以」？

不，不是這樣，肯定不是這樣，如果是私下的請求，合理的請求，「愚者」先生不會特意當著我們的面提及，直接就在「隱者」女士祈求時回應了……祂這是，告誡？

「正義」奧黛麗忘記了觀察其他成員，腦海內先是閃過了一系列的疑問，接著借助「觀眾」途徑的敏銳，把握到了「愚者」先生的真實意圖。

旋即，她有了一定的猜測。

「『隱者』女士私下裡用暗示的辦法，將我們塔羅會的事情透露了一點給那位貝爾納黛女士，因為對方渴望獲得一些答案。『愚者』先生對此不是太滿意，所以直接點出了這件事情，給初犯者一次警告？」

「是的，怎麼能把聚會的事情透露給別人呢？我連蘇茜都沒講！這會給大家都帶來危險啊，還好有『愚者』先生在！」

奧黛麗險險些忘記形象和禮儀教育地鼓了一下臉頰，她初次認識到，並不是所有塔羅會成員都像自己這麼有歸屬感，這麼崇拜和相信「愚者」先生。

「倒吊人」阿爾傑、「魔術師」佛爾思、「月亮」埃姆林心中也有著類似的疑問和猜測，只是各自關心的重點不盡相同。

阿爾傑一邊期待著「愚者」先生還會做什麼，一邊苦苦思索貝爾納黛這個常見的因蒂斯女性名字究竟代表著誰，為什麼值得心思深沉的「愚者」冒險透露塔羅會的存在會不會被洩漏出去的同時，已瞬間構思了一個間諜與反間諜的故事；埃姆林幸災樂禍地旁觀著，認為「隱者」簡直愚蠢。

嘿，連我們血族的始祖都以平等的態度對待「愚者」先生，並派出我這個特使，接受培養，你一個半神都不是的傢伙竟然想在「愚者」先生的注視下做小動作，是嫌生命太長了嗎？

果然，我沒辦法理解短生種的某些想法，羅塞爾大帝說過，只能在夏天存活的蟲子，是沒辦法真正知道冰雪長什麼樣子的。

第九章　194

「月亮」埃姆林姿態放鬆地靠坐著，毫不掩飾地搖了搖頭。

「太陽」戴里克沒想那麼多，只是隱約覺得氣氛有點不對，半是好奇半是疑惑地問道：「『愚者』先生，貝爾納黛是誰？」

問得好！我還以為會是「正義」小姐來鋪墊一下呢。

嗯，她似乎有點生氣，以至於暫時不想說話……

克萊恩暗讚一聲，輕描淡寫地回答道：「羅塞爾的長女，『黎明號』的主人，『要素黎明』的首領。」

他將貝爾納黛的身分一一講了出來，讓她在塔羅會成員們的面前再沒有祕密。

而之所以用「黎明號」的主人代替「神祕女王」，是因為克萊恩覺得「愚者」不可能稱呼貝爾納黛為女王。

「黎明號」的主人……「神祕女王」！她竟然是羅塞爾大帝的長女！哈，「隱者」，我可以確定妳就是「星之上將」嘉德麗雅了，原來妳和「神祕女王」決裂的傳聞是假的。

「倒吊人」阿爾傑內心一陣興奮，只覺自己近三個月來被壓制，很侷促的感覺一下消失了。

這讓沉穩的他忍不住在心裡嘲笑了「隱者」一句：「羅塞爾大帝說過，玩弄火焰的人必定會燒到自己，而『星之上將』妳竟然敢挑戰一位神靈的洞察力！」

此時此刻，阿爾傑頗為慶幸，慶幸自己當初雖然也做了一些小動作，嘗試著弄清楚「愚者」先生的身分、目的和當前狀態，但這不涉及外人，不存在洩漏，所以未直接受到敲打。

殺人請求

因為他當初介紹過「四王」和七位海盜將軍，所以，「正義」奧黛麗等人略作回想，也迅速確定了貝爾納黛就是「神祕女王」，是縱橫五海的半神，並一致地詫異於羅塞爾大帝的長女竟然還活著，活到了現在，並且成為了舉世聞名的大人物。

「『神祕女王』想獲得的答案在羅塞爾日記裡？」結合前後事項和話語，奧黛麗隱約猜到了貝爾納黛的目的，認為大帝的長女想弄清楚父親被刺殺的真相。

這時「隱者」嘉德麗雅已找回了思考能力，側身望向青銅長桌最上首，不存僥倖之心地說道：

「是的，我犯了一些錯誤，我不為自己辯解，那確實是錯誤。『愚者』先生，無論您怎麼處置我，甚至是殺掉我，我都願意接受。」

「虛偽……」「愚者」先生如果想懲罰妳，妳還能有辦法反抗嗎？

「倒吊人」在對面嗤之以鼻。這種簡單的話術，他一聽就聽出了問題。

「隱者」女士還是有些害怕啊。

「正義」奧黛麗從嘉德麗雅側身附帶的細微動作和用詞造句裡品出了對方隱含的恐懼。

「魔術師」佛爾思則從「愚者」淡然平靜的態度裡找回了安穩，認為塔羅會的情況應該沒有洩漏，或者說，洩漏的部分無關緊要。

於是，她和「月亮」埃姆林一樣，有些好奇又有些期待地等著看「愚者」先生會做出什麼樣的懲罰。

「太陽」戴里克依舊沒弄清楚究竟發生什麼事情，不明白「隱者」女士為什麼突然自求處罰。

這個時候，見「愚者」先生短暫沉默，「隱者」嘉德麗雅克制住不安的心情，微抬腦袋，不著痕跡地觀察起濃濃灰霧之後的這位存在，試圖把握到對方的真實意圖，以便做出更準確的應對，免得又犯錯誤，又有惹怒，讓事情再也無法被挽回。

她黑色的眼眸內深紫暗蘊，浮動出神祕的意味，看穿了那層灰霧，看到了「愚者」。

突然，嘉德麗雅的眼睛一熱，流出了虛幻的鮮血。

她的耳畔隨之響起邪異的、可怕的、墮落的，語言難以描述的恐怖嘶吼，這讓她的知覺瞬間被極致的痛苦占據，身體出現了不可名狀的抽搐和顫抖。

她臉龐、手背以及衣物未遮擋的地方，很快裂開了一道道可以看見血肉的縫隙，裡面黑蟲和白蛾蠕動，即將形成一隻隻不可名狀的眼睛。

嘉德麗雅的慘叫聲和痛哼聲迴盪於灰霧之上，聽得「倒吊人」阿爾傑、「月亮」埃姆林、「魔術師」佛爾思等人面面相覷，似乎直觀感受到了對方正承受的痛苦。

與此同時，模糊的影像變得較為清晰，讓他們看清楚了「隱者」的身體異變。

那又噁心又猙獰的畫面嚇得「正義」奧黛麗刷地一下收回了目光，腰背挺直，目視正前，不敢動彈。

其他人的反應雖然沒這麼誇張，但也有相同的意味在內。

「真實造物主」的囈語確實好用。

被灰霧籠罩的「愚者」克萊恩看到這一幕，由衷地感慨了一聲。

他剛才之所以沒立刻回應「隱者」嘉德麗雅自求懲罰的話語，就是因為想確認對方的眼睛是否有特殊，是否能窺探自己。

為此，他將提前撬動的些許神祕空間力量隱藏在了籠罩自身的灰霧之內，非凡能力看穿障礙，就把這種打量「轉接」到「火種」手套。

這等同於非凡能力的主人直接用精神測量那被「真實造物主」手套。

於是，在克萊恩沒借助灰霧特意壓制影響的前提下，「隱者」嘉德麗雅自然而然聽到了「真實造物主」的囈語，先是使用非凡能力的「器官」嚴重受損，繼而被塞滿痛苦，出現異變。

如果「星之上將」沒有打量，克萊恩預備的方案是讓對方向塔羅會成員們道歉，由眾人商量一個處罰辦法，以此體現「民主」。

而不管怎麼「民主」，小懲罰先不提，大懲罰最後肯定都是用撬動的神祕空間少許力量將「隱者」嘉德麗雅與「火種」手套聯繫在一起。

等待了兩秒，克萊恩見好就收，雙掌輕撫一下，讓灰霧無聲無息壓制住「真實造物主」的囈語，平復了「隱者」嘉德麗雅的異變。

「星之上將」的顫抖開始以肉眼可見的速度平息，身上的血肉裂縫逐漸合攏，思緒一點點回歸，重新感受到了周圍的一切。

這時，「倒吊人」阿爾傑低沉著說了一句話，似警告似自語：「不可窺視神……」

第九章 198

「倒吊人」阿爾傑的低語聲很快就平息消失，但在眾人耳中，它依舊迴盪不止，讓他們警覺了一個事實：雖然「愚者」先生平時沒什麼架子，很少開口，給人的感覺更偏於溫和，但祂始終是一位神靈，不可窺視的神靈，高高在上超越現實的神靈！

「正義」奧黛麗、「月亮」埃姆林等塔羅會成員心中，本能就接受了「倒吊人」先生改動後的說辭，假裝不記得那句話原本應該是「不可直視神」，因為他們三不五時就看向「愚者」先生，提出問題或徵詢意見，而「愚者」先生對此似乎也並不介意。

看「隱者」女士剛才的樣子，因為有濃郁的灰霧阻隔。

「正義」奧黛麗緩而慢地吐了一小口氣。

這個時候，「愚者」先生這是為我們好啊。

縱「世界」，說類似的話語，完成敲打的最後一步。」

他原本覺得讓假人「世界」點一句「神靈不可欺瞞」或「神靈不可窺視」，會相當尷尬，以後如果被人知曉所謂的眷者所謂的「世界」其實是「愚者」的小號，那自己就沒臉見人了，但後來想了想，

去除掉心理障礙後，克萊恩正準備按照排練的內容一一上演，誰知實際情況比他預想得更好，「世界」好像早就做過類似的事情，也不差這麼一件，而且，不讓人知道不就行了嗎？

「倒吊人」似乎被敲打「隱者」的過程震懾了心靈，主動替他說出了「不可窺視神」這句話，整體效果一下變得更自然更完美。

嗯，「隱者」女士洩漏塔羅會情報的問題，「愚者」只是簡單點了點，用言外之意做了警告，而她後續的遭遇源於對神靈的窺視，並非「愚者」有意為之。

這就是我最希望得到的結果，這能最有效地維護「愚者」的形象，畢竟神靈是不會和凡人斤斤計較的，這太掉位格了。

不過「隱者」女士這行事風格也太大膽了一點吧！

我今天才發現和確定，她窺視「愚者」不是一次兩次了，雖然談不上抱有惡意，但也是值得敲打的事情。嘿，我之前的反應讓她以為我「默許」了她的「注視」，於是養成了習慣，結果如我預料一樣撞上了槍口。

另外，對「愚者」先生態度沒有把握的情況下，她直接就給予了外界暗示，膽大可見一斑，這說明以往她吃虧還不夠啊，今天的教訓應該足夠她銘記很久。

再想想她夢境裡的狀態，這一切好像也挺正常的……子不教，媽之過啊！

呵呵，今天也算是順便敲打了「倒吊人」先生，敲打了其他成員？

克萊恩好笑地無聲自語了一句，環顧一圈，平淡無波地說道：「就這樣吧。」

聽到這句話，靈體剛剛復原的「隱者」嘉德麗雅一下放鬆，只感覺到強烈的疲憊和慶幸正瘋狂上湧，讓她只想找一張安樂椅，躺倒休息一陣。

第一次是警告，第二次就不會有什麼好結局了。

這位海盜將軍暗嘆一聲，告誡自己不要再玩弄小聰明，不要認為自己的暗示能瞞得過「愚者」

第九章　200

先生，也不要再有窺視祂的任何想法。

剛才的痛苦對她來說，不比「隱匿賢者」灌輸知識造成的折磨弱，所以，她毫無疑問地相信，「愚者」先生本質上確實是一位神靈，真正的神靈，不可測度不可窺視的神靈。

還好，至少女王知道了她苦苦尋求的答案可以到哪裡交換，以後不能再做暗示和提醒了。

這一次，她只敢注視桌緣，注視扶手，眼眸內的深紫也淡去了不少。

嘉德麗雅再次側身，隱隱顫慄地望向了青銅長桌最上首。

一片靜默中，她誠懇說道：「銘記您的寬容。」

灰霧裡的「愚者」不再重複之前的話語。

短暫的等待後，「魔術師」佛爾思搶在「正義」奧黛麗前，挺直腰背，環顧一圈道：「各位，有沒有興趣接一個殺人任務？目標是邪教組織的重要成員。」

感恩於老師多里安·格雷的厚愛，佛爾思最近總想著為對方做點什麼。

考慮之後，她將目標瞄準到曾經對老師家族造成嚴重傷害的那位極光會神使，也許是「記錄官」，也許是「旅行家」的路易斯·維恩。

她並沒有因為得到「萊曼諾的旅行筆記」，就膨脹到認為自己能襲殺一位經驗豐富擅於逃命的序列六，甚至序列五非凡者，她之所以有類似的考量，是相信背後存在的隱密組織塔羅會能提供別人無法想像的幫助。

「隱者」女士，「世界」先生，看起來都具備抗衡路易斯·維恩的能力，他們之一出手，再加

201 ｜ 殺人請求

上我用「萊曼諾的旅行筆記」幫忙，並不是沒有可能成功。

當然，她知道自己目前的存款不足以支付殺路易斯·維恩這麼一位強力非凡者的費用，畢竟八百三十鎊連對方一隻手都買不到。

她很清楚，當初奧黛麗·霍爾小姐為了殺因蒂斯大使，一位序列六的「陰謀家」，花費的金錢超過了一萬鎊，同樣序列甚至更高序列的路易斯·維恩可想而知。

佛爾思的打算是答應接手者一系列的委託來償還，也就是說，用幫對方完成一些不方便自己做的事情來抵扣任務費用，在她想來，有了「萊曼諾的旅行筆記」後，自己還是具備一定能力的，能做一些有難度的事項。

聽完「魔術師」小姐的要求，「隱者」嘉德麗雅、「倒吊人」阿爾傑和「正義」奧黛麗同時將目光投向了「世界」。

在他們看來，這位先生對狩獵非凡者有著特別的嗜好，並且擁有足夠的能力。

我又不在貝克蘭德⋯⋯不過，不能這麼回應，要不然就在「倒吊人」先生和「隱者」女士面前暴露「愚者」先生可能只有兩到三個眷者的「真相」了。

克萊恩操縱「世界」，融入對方的感官，嘶啞笑了一聲道：「在哪裡？什麼組織？序列幾？能力特點是什麼？」

咦，「世界」先生和以前有點不一樣了。

說不清楚的感覺，就像他心情忽然變好了似的，也許，他真是遇到了什麼值得高興的事情。

「正義」奧黛麗突地有所發現，興致勃勃地猜想起「世界」先生最近這段時間有可能遇到哪些好事。

「魔術師」佛爾思則欣喜地回應道：「他是極光會的神使，在貝克蘭德，以前是序列六，現在可能是序列五，但不確定。他能記錄別人使用過的非凡能力並使用一次，擅於脫困，很難被包圍，也許還能進行靈界穿梭……」

目標是極光會的神使，序列六或序列五，能力近似「學徒」途徑……果然，「魔術師」不像看起來那麼普通和簡單，我最開始的判斷是正確的。

「隱者」嘉德麗雅迅速找回了狀態，對「魔術師」竟敢圖謀極光會某某先生的事情一點也不驚訝。

至於是哪位神使，她並不清楚，因為她熟悉的只有Z先生和D女士。

與此同時，克萊恩也迅速做起了評估：極光會的神使，不存在無辜的可能，反正都是殘害生命的瘋子，殺了也不會有罪惡感……

得罪極光會的事情，我做了也不是一件兩件了。

序列六或者序列五，這是在我可以應付的範圍內。「魔術師」小姐描述的紀錄並釋放的非凡能力，我好像見過，A先生有用過，但不一定就真的是……

對我來說，擅於逃跑，能靈界穿梭，都不用太在意，只要能靠近那位神使成功操縱到他的「靈

體之線」，他就沒辦法跑了。

正面交鋒，結果難說，突襲的話，我倒是有不小的把握，當然，能不能成功突襲就是另外一回事了。

認真思考之後，「世界」回望「魔術師」佛爾思道：「我可以考慮接手，但不是最近，至少兩個月後。」

他不清楚在海上還會不會遭遇意外，所以將時間點限制得比較寬鬆。

「兩個月後……」「魔術師」佛爾思非常猶豫地重複了時間。

這實在太久了，她都不清楚路易斯・維恩會在貝克蘭德待到什麼時候。

這時，旁觀的「倒吊人」阿爾傑斟酌著插言道：「『魔術師』小姐，妳是必須親手殺死那位極光會神使嗎？」

「不是，你看我都在考慮要不要請『世界』先生幫忙了。」佛爾思笑笑道。

阿爾傑彷彿在思考般點了一下頭道：「殺人的前提是能找得到那位神使，妳能找到嗎？」

「不能，但我會調查。」「魔術師」佛爾思坦然回答。

「等妳有了結果，再讓『世界』動手？」「倒吊人」追問道。

「是的，但我還沒有決定。」佛爾思有點茫然，不明白「倒吊人」先生這一連串問題的用意。

「倒吊人」阿爾傑隨即呵了一聲：「如果妳能確定那位極光會神使的下落，為什麼還要花費大價錢請人殺他呢？」

第九章　204

「直接舉發給教會不就行了嗎？大霧霾事件後，沒有一個教會願意放過類似的線索。」

他並不是想破壞「世界」的事情，而是明顯聽出了「魔術師」小姐的猶豫，認為她不再委託的可能最大，畢竟兩個月的時間能發生很多很多的意外，所以給點建議，讓事情能初步敲定下來。

舉發給教會？這話聽起來很耳熟啊。

克萊恩一陣愕然，完全沒想到「倒吊人」先生會這麼說。

呵呵，大家被「倒吊人」先生感染的同時，他也被我們影響了啊。

克萊恩旋即釋然，頗為欣慰。

「檢舉？」「魔術師」佛爾思一下愣住，過了幾秒，她才低語道，「是可以……」

「倒吊人」聞言笑道：「那事情可以這樣，妳先調查目標，尋找他的下落，若超過了兩個月，『世界』先生有空了，則讓他幫忙，妳認為怎麼樣？」

「魔術師」佛爾思認真考慮了一下道：「好，『到時候我再和『世界』先生談委託價格。」

得到「世界」領首認同，敲定了路易斯·維恩之事，「魔術師」佛爾思想了想，繼續說道：

「各位，你們誰有隕星水晶和拉瓦章魚的血液結晶，或者它們的消息？」

這是「占星人」魔藥配方的主材料。

佛爾思原本打算繼續委託，希望同在貝克蘭德的「月亮」先生能幫忙尋找路易斯·維恩的下落，但考慮之後，還是決定自己先嘗試一下，確實沒有辦法或線索徹底中斷，再到塔羅會上來求助。

隕星水晶？拉瓦章魚的血液結晶？這聽起來很耳熟啊。

這不是因為我本身就有「占星人」魔藥配方？

對了，熟悉是因為「占卜家」魔藥配方的主材料是星水晶五十克，拉瓦章魚的血液十毫升！

果然，「學徒」的主材料很像「占星人」「占卜家」的升級版啊。

克萊恩想到這裡，忽然有了個靈感：「既然『詭法師』的魔藥配方獲得艱難，三條路都非常危險，那是不是可以考慮相近途徑的序列四？比如，『學徒』的！」

這麼一個念頭迸發後，他霍然開朗，心裡的為難一下消失了大半。而「學徒」的序列四魔藥配方，塔羅會上就存在線索，那就是亞伯拉罕家族。

這麼一想，「世界」先生已經在構想怎麼狩獵路易斯・維恩。

這個時候，「愚者」克萊恩又記起了一個問題：按照鄧恩和戴莉的猜測，「占卜家」途徑前面五個序列不存在明顯的遞進關係，各自提供一方面的非凡能力，然後在序列四這個關鍵節點，五指合攏，握成拳頭，出現質變。

冷顫，懷疑「世界」望向「魔術師」小姐的目光都下意識柔和了幾分，看得佛爾思莫名打了個

隊長和戴莉女士做這樣猜測的時候，只知道「占卜家」、「小丑」和「魔術師」的部分資訊，後續的「無面人」和「祕偶大師」用自身的存在驗證了這種想法。所以，會不會「占卜家」「學徒」，以及可能的「偷盜者」三條途徑，並不能在序列四互換，而是要等到序列三？克萊恩剛才的

第九章　206

欣喜慢慢回落了下去。

他所知道的情況太少，暫時無法做出判斷，只能等待阿茲克先生回信，等待出了被「真實造物主」盯上的海域聯絡「魔鏡」阿羅德斯。

克萊恩思緒紛紛呈間，忽然聽見「隱者」嘉德麗雅開口道：「我有拉瓦章魚的血液結晶，一份六百鎊。至於隕星水晶，我知道哪裡有，妳需要多少克？」

六百鎊，非常合理的價格。

「魔術師」佛爾思驚喜回應道：「六十克。」

「好，兩週之內給妳，同樣六百鎊。」「隱者」嘉德麗雅簡潔明確地說道。

就這樣解決了……

今天的「隱者」女士好主動，好有參與感，呃，剛才她……

佛爾思迅速點頭道：「沒問題。」

我現在有八百三十鎊的存款，足夠買拉瓦章魚的血液結晶了，但兩週內，還得再籌集差不多四百鎊，年後的稿酬最近會支付，有一百五十鎊的樣子，缺口二百二十鎊，又得想辦法賺錢了……

佛爾思飛快就在心裡默算起了自己的財政情況。

見「魔術師」小姐只用一分鐘就湊齊了魔藥主材料，「正義」奧黛麗再也無法忍耐，小幅度舉手道：「我希望獲得青年心靈巨龍的完整腦下垂體，或者黑狩巨蜥的脊髓液六十毫升，迷幻風鈴樹的果實一顆。」

這是「催眠師」的魔藥主材料，如果只用青年心靈巨龍的完整腦下垂體，則無需別的搭配。

奧黛麗話音剛落，就聽見「隱者」女士回應道：「第五紀以來，心靈巨龍近乎絕跡，很難找到。我有辦法弄到黑狩巨蜥的脊髓液，但這同樣需要兩到三週，價格一千五百到兩千鎊不等，因為這不是我能決定的。迷幻風鈴的果實我會幫妳打聽，但不保證能有消息。」

「好、好高的效率……『隱者』女士受到懲罰後，對我們塔羅會的歸屬感好像變強了，更加積極，更加和藹。

「正義」奧黛麗短暫竟說不出話來，默然幾秒，她才微微行禮道：「沒有問題。」

旁觀的「倒吊人」阿爾傑忽然覺得事情的發展和自己預想得不一樣，被「愚者」先生敲打並處罰過的「隱者」一改過去以看和聽為主的風格，深入地參加塔羅會內每一件能夠參與的事務，而她作為海盜將軍的實力、背景、資源和渠道，立刻發揮出了強烈而耀眼的光芒。

這「刺」得阿爾傑差點睜不開眼睛，莫名又有了強烈的危機感。

此時此刻，他非常希望「隱者」會的事情出現一定程度的排斥，結果……

「愚者」克萊恩同樣看得聽得有些詫異：「我還以為『隱者』女士會消沉一段時間，並對塔羅會的事情出現一定程度的排斥，結果……」

「難道她是屬於不打不聽話的那種？嗯……教育孩子就是得靠打啊，女王的做事風格也不怎麼樣，大帝同樣打得太少了！」

克萊恩操縱起「世界」讓他環顧一圈，低聲笑道：「你們誰有『占卜家』

在心裡吐槽的同時，

第九章　208

「途徑序列四的魔藥配方，或者線索？」

「序列四……『世界』先生要向半神層次邁進了？」

「正義」奧黛麗一陣詫異。

她原本覺得自己序列的提升已足夠快，對此還有些小驕傲，但現在，突然覺得自己落後了！

「世界」先生一下變得好高端……

「魔術師」佛爾思同樣詫異，在她心裡，陰沉內斂孤僻的「世界」先生雖然是實力強大的非凡者，但和半神，和序列四似乎還有很遠很遠的距離，誰知對方一下就開始求購序列四的魔藥配方，不愧是「愚者」先生的眷者……

「倒吊人」阿爾傑則一陣唏噓，「月亮」埃姆林和「太陽」戴里克同樣搖了搖頭，示意自己都沒聽說過這條途徑的序列四叫什麼。

還以為能從白銀城和血族得到線索的克萊恩只能無奈地讓「世界」收回了目光。

靜默幾秒，「隱者」嘉德麗雅開口道：「我需要一滴神話生物的血液，無論什麼神話生物。」

根根石柱撐起的宮殿內，沉默忽然變成了主旋律，這連「世界」都不太清楚神話生物這個概念的準確定義是什麼。

克萊恩未暴露這一點，打算回頭向可以請教的對象詢問，他操縱「世界」，默然幾秒道：「我會留意的。」

鑑於這是「隱者」女士少有的需求，「正義」等人也紛紛做出了類似的回答。

「好。」「隱者」嘉德麗雅對結果並不意外。

她之所以開口求購，唯一的目的就是向「愚者」先生展現融入塔羅會的態度，她認為這比瑟瑟發抖，戰戰兢兢更有利於消除之前事件的餘波。

短暫的停頓後，「太陽」戴里克又要發言，卻被「月亮」埃姆林搶先。

這位血族男爵呵呵笑道：「我們這一排的需求都很明確，他要『太陽』途徑序列六『公證人』的魔藥配方，『倒吊人』先生希望獲得『海洋歌者』的。」

聽到這句話，克萊恩突然一陣慚愧，他最早拿到「蠕動的飢餓」時，還想著盡快釋放那位「光之祭司」的靈魂，從他那裡獲得「太陽」途徑序列六和序列五的魔藥配方，然後把它們賣給小「太陽」，結果，這麼久過去都未能完成。

今晚就到托斯卡特港轉轉，找個該死的有非凡能力的海盜或黑幫頭目應急，不管具體序列是什麼……或者，直接將「光之祭司」釋放出來。

克萊恩讓「世界」略作沉吟道：「三天之內，我會提供『公證人』魔藥配方。」

「好的，『世界』先生。」「太陽」戴里克欣喜回應。

至於「倒吊人」需要的「海洋歌者」魔藥配方，大家同樣還是沒有線索。

「月亮」埃姆林隨即清了清喉嚨，道：「我的需求和上次不太一樣。我希望你們幫我找到這些『原始月亮』的信徒，每一條有效的線索，我都支付一百鎊，直接鎖定五百鎊！」

第九章 210

他望向「愚者」先生做出請求，得到了許可，然後具現出了五張類似通緝令的事物，每人一份，共五份——他本人和「太陽」戴里克沒有。

克萊恩操縱「世界」拿起，隨意瀏覽了一遍。

「加利斯·凱文，丹迪，勞拉，溫莎·貝林，阿爾戈斯……實力都不弱啊，至少相當於剛誕生的吸血鬼。」他無聲自語，記住了相應的資訊。

完成自己的事項後，「月亮」埃姆林對「競賽」獲勝又多了幾分把握，放鬆地靠住椅背，等待別的成員提出需求。

這一次，所有人都未再開口。

「愚者」克萊恩見狀，呵呵笑道：「進入自由交流環節。」

刷地一下，「正義」奧黛麗、「倒吊人」阿爾傑、「隱者」嘉德麗雅等人都將目光投向了「太陽」戴里克。

他們記得「太陽」之前說過，他這段時間可能被安排一個涉及巨人王庭周圍區域的探索任務。

211 ｜ 殺人請求

旅行家
─The Most High─
詭秘之主

第十章

側面回答

處於視線焦點的「太陽」戴里克沒有侷促，迫不及待地說道：「這段時間我跟隨『首席』率領的探索隊伍來到了下午鎮。這是前往『巨人王庭』的必經之路，這是分隔神話與現實的大門。」

他的開頭很好地引起塔羅會眾位成員的興趣，各自姿態不一地等待起下文。

戴里克省略沿途不太重要的經歷，直接從來到下午鎮講起，先是描述了那裡的灰暗死寂風貌，接著說起三人小組是怎麼發現那個地下室祭臺的，自己又是怎麼分辨出烏洛琉斯、梅迪奇和薩斯利爾的名字，不知不覺進入城鎮另一面，看見「暗天使」等稱號和「救贖薔薇」這個詞組的。

說到這裡，他再次感謝了「愚者」先生，感謝祂幫助自己脫困。

然後，戴里克簡單介紹了自身影子變成的怪物，重點放在了半塌教堂裡那位不斷懺悔的聖職人員身上。

他用自己的話語複述了那些句子，並提及聖職人員要說出第四個天使之王的名字時，突然自毀，被透明的火焰燒成了灰燼。

又知道一位天使之王了！

而且下午鎮的氛圍真的很陰鬱嚇人，聖職人員的懺悔很有，嗯，很有災難預言者的感覺。

奧黛麗津津有味地聽著，對自行空白和不能說出的兩個名字非常好奇。

就在這個時候，「太陽」戴里克側身，望向青銅長桌最上首，虔誠地問道：「『愚者』先生，是誰誘惑了『暗天使』薩斯利爾？第四個名字又代表著誰？為什麼不能說出口。」

來了……灰霧之後的克萊恩笑容險些僵硬。

他之前急匆匆將小「太陽」丟回現實世界，就是害怕他問類似的問題。

當時，他擔憂的是小「太陽」詢問「暗天使」薩斯利爾相關，現在遭遇的則是更無從知曉答案的問題。

幸運的是，魔術師不做無準備的表演，那天之後，克萊恩毫無疑問有認真考慮過該怎麼作答類似的問題，此時，他心中有底，右掌輕落於扶手，目光含著意味深長的笑意道：「因為是隱密。」

他用自己的眼神和肢體動作暗示塔羅會眾位成員此「隱密」非正常詞意上的隱密，有更深層次更具體的指代，但究竟是什麼，你們自會領會，神靈有深意暗藏。

完成這一系列動作後，克萊恩忍不住在心裡懺悔了一下，認為自己真是越來越有神棍風采了，同時，他也感慨「隱者」的窺視有時候得歸因於自己的誘導，因為「愚者」先生會用眼神和肢體動作做額外的提示，所有的成員都會下意識觀察祂的態度。

這也是沒辦法的事，不靠這些，我怎麼裝得下去。我又不是真的邪神！

克萊恩內心一陣唏噓。

隱密？名字本身就等於隱密？「愚者」先生想提示的內容就在這裡？呃，哪些名字本身就等於隱密……序列○這個層次的真神？

「倒吊人」阿爾傑一瞬間想到了很多，並結合小「太陽」之前講述的一些事情，有了一定的猜測。

當名字本身都成為了隱密，那說明這件事情涉及真神，而且，很可能有「黑夜女神」參與，因

215 ｜ 側面回答

為她是「隱密之母」！

「神棄之地」極端危險的黑暗側面印證了這一點⋯⋯

「隱者」嘉德麗雅根據自己掌握的知識和「愚者」先生的提示，做出了不太確定的推斷。

與此同時，她幾乎可以肯定那位聖職人員所指的巨大災難是結束第三紀元的「大災變」。

遭誘惑的天使之王，墮落的下午鎮居民，被一點點腐蝕的城邦，綻開一朵黑色的「災難之花」，這埋葬了一個紀元，製造出一個「神棄之地」。

好沉重的歷史感⋯⋯

嘉德麗雅忍不住在心裡感慨了兩句。

塔羅會眾位成員思考的時候，「愚者」克萊恩也在分析名字為什麼會空白為什麼無法說出口。

「難道是神靈的真名？誘惑『暗天使』薩斯利爾的是真神，第四個名字代表的天使之王後來也成為了真神？但是，我又不是沒說過神靈的真名，『原初魔女』奇克被公認為和七神一個層次，結果，還不是沒什麼事情發生⋯⋯」

「也許和用的語言有關？魯恩語，因蒂斯語，弗薩克語，乃至古弗薩克語都是不能撬動自然力量的語言，而白銀城通用的巨人語可以，那位聖職人員用的應該就是這類語言。」

「回頭試試用巨人語念奇克？然後，當場去世，作死成功⋯⋯算了算了，而且一個名字空白一個名字沒辦法說出來，表現也不一樣⋯⋯也不知道什麼原因。」

這個時候，見小「太陽」懵懂迷茫，沒辦法理解「愚者」先生意味深長的提示，「倒吊人」阿

爾傑主動解釋道：「那兩個名字可能分別代表兩位神靈，所以才不可言說。」

「也許是『真實造物主』誘惑了『暗天使』薩斯利爾，才導致幾位天使之王和下午鎮居民墮落，帶來一場巨大的災難，所以，只有祂在你們『神棄之地』擁有神廟和神像。」

「第四個名字對應的天使之王可能在災難裡獲得了極大好處，成功晉升為了真神。」

這和我的猜測差不多，但都是沒辦法肯定的事情。

「隱者」嘉德麗雅沒去補充，她並不認為自己和「倒吊人」的猜測就是事情的真相。

「正義」奧黛麗、「魔術師」佛爾思和「月亮」埃姆林一邊聽得非常認真，一邊不由自主地在心裡感嘆討論類似事情時，塔羅會總是顯得特別高端，什麼天使之王，什麼邪神真神，什麼古代祕密，都只是一個名詞而已。

「這樣啊……我明白了。」「太陽」戴里克有所瞭然，又一次誠懇地向「愚者」先生道謝。

他正要轉回身體，突然想起一件事情，有些擔憂地問道：「『愚者』先生，離開『神棄之地』的關鍵真的在『巨人王庭』嗎？」

這麼久的時間，他已經接受了「倒吊人」先生關於白銀城所在區域是「神棄之地」的說法。

我是這麼認為的，但問題在於，我沒辦法肯定啊！不去尋找海邊，轉而探索「巨人王庭」，應該是「牧羊人」洛薇雅的提議，這可以從側面證明我的判斷，但也不排除是陰謀。

「愚者」克萊恩的笑容又一次接近僵硬。

他念頭急轉，迅速想到了一個又不用做正面回答又不會降低「愚者」先生位格的辦法。

他當即姿態輕鬆地笑了一聲，側頭看向「隱者」嘉德麗雅：「說起這件事情，呵，貝爾納黛已經知道怎麼進入『神棄之地』。」

嘉德麗雅立刻回想起了模糊記得的夢中畫面，下意識地望向青銅長桌最上首，問道：「是那個投影？」

她話未說完，突然警覺自己又在打量「愚者」先生，連忙閉上眼睛，說道：「我、我的『窺祕之眼』屬於本能，只能加強，無法關閉，必須依靠神奇物品來封印⋯⋯」

——而這裡沒有。

這樣啊⋯⋯

克萊恩輕輕頷首道：「妳可以具現一副眼鏡出來。」

「是，『愚者』先生。」嘉德麗雅按照吩咐，具現起眼鏡。

這個過程裡，克萊恩些微撬動灰霧之上的力量，將它們融入了那副眼鏡裡。

等到嘉德麗雅戴上，不出意料地發現「窺祕之眼」被封印了。

「魔術師」佛爾思等人直到此時才明白，「隱者」女士的眼睛非常特異，與「窺祕」有關，無需開啟，就能使用。

「正義」奧黛麗有所恍然地動了動嘴唇，解開了之前的一個疑惑。

難怪我們什麼都沒察覺，「隱者」女士就因窺視「愚者」先生遭受了嚴重創傷。

而想到「隱者」之前打量過自己，想到在這裡穿過風暴教會的聖職人員服裝，「倒吊人」阿爾

第十章 218

傑一張臉險些變黑。

「愚者」克萊恩沒去等眾位成員平復情緒，低笑回應了「隱者」嘉德麗雅剛才的問題：「是那個投影。『巨人王庭』的投影。」

「原來那是『巨人王庭』的投影……」「隱者」嘉德麗雅驚喜低語道。

旋即，她有些恍惚地想道：她應該也知道這個答案……

「太陽」戴里克用幾秒鐘的時間消化了「愚者」先生和「隱者」女士的對話，隱約明白了一個事實：進入「神棄之地」的鑰匙與「巨人王庭」的投影有關。

所以，離開「神棄之地」的關鍵真的在「巨人王庭」？「太陽」戴里克內心一陣顫慄，有些激動地低頭道：「謝謝您的解答，『愚者』先生。」

呼……

克萊恩悄然鬆了口氣，只覺這樣的場景簡直太消耗腦細胞了。

「倒吊人」阿爾傑則收斂住情緒，左右看了一眼，望向「隱者」道：「『巨人王庭』的投影在哪裡？」

他不敢就此詢問「愚者」先生，因為他之前在「神棄之地」的問題上被拒絕過。

嘉德麗雅坦然回答道：「在蘇尼亞海最東面的那片海域，在夜晚的夢境裡。我正想和你們分享這次去那裡的一些見聞。」

「正義」奧黛麗和「魔術師」佛爾思同時放慢了呼吸，興致勃勃地等待「隱者」女士講述那必

219 ｜ 側面回答

定很奇妙的見聞。

「隱者」嘉德麗雅控制住自己，沒去看「世界」格爾曼，嗓音沉緩地說道：「加爾加斯群島東北方向，有一條安全航道可以進入那片危險的海域……」

她從分隔海水的深淵裂縫講起，描述了不可注視的太陽戰車、必須沉睡才能躲避的夜晚、充斥整片海洋的可怕囈語和夢境世界裡位於山峰對面的「巨人王庭」投影。

這個過程裡，她沒有提格爾曼・斯帕羅一句，刻意避免帶出對方。至於途中的其他異常，她僅簡略講了幾句，比如能讓頭髮野蠻生長的有「大地母神」氣息殘餘的海域。

到了最後，她將重點放在了沉睡有屍體的海面遺蹟和寫著「不老泉」血字的冒險家帆船上。

「這也許代表『不老泉』就在那個遺蹟內，能發出巨大喘息的屍體是看守者。」「隱者」嘉德麗雅說著「未來號」上的普遍猜測，但這不等於她的判斷。

「不老泉」……海上六大寶藏傳說裡的「不老泉」。

「倒吊人」阿爾傑聽得怦然心動，不由自主考慮起序列五之後探索那處遺蹟的可行性。

「正義」奧黛麗認真聽完，幅度很小地搖了搖頭：「我不認為血字的最終意思是『不老泉』在那片遺蹟。」

頓了一秒，她嘗試著做起了死者的心理分析：「一個遇到怪物襲擊，即將死去的人不會做點明寶藏的事情，如果他想提醒後續的同伴或前來尋找他的親人，他更應該寫的是這裡有危險，或危險的源泉是什麼，如果他是打算告訴路過的船隻這裡有『不老泉』，那他缺乏足夠的內生動力在瀕死

時寫類似的東西。除非，這裡面藏著他的陰謀，引誘人去那片遺蹟尋找『不老泉』的陰謀，而且陰謀會讓他得到拯救。」

「對，換做是我，我也不會在死前拚命想告訴別人這裡有寶藏，對我來說，這有什麼意義？」「月亮」埃姆林附和著說道，「只有仇恨，只有刻入骨髓的仇恨，才能讓我在臨死前寫這種東西，否則，我寧願告訴別人，我該怎麼下葬，需要哪些陪葬品！」

說到最後，他噴了一聲，搖了搖頭。

克萊恩微不可見頷首，操縱「世界」，暗啞開口道：「『不老泉』是騙局。」

他用的是絕對的肯定句，沒添加也許可能應該等詞語。

「不老泉」是騙局……

嘉德麗雅看了「世界」一眼，若有所思地收回了目光，這似乎印證了她內心的某些猜測和想法。

「倒吊人」阿爾傑則聽得皺起了眉頭，他不是不認可「世界」的判斷，或者認為「正義」小姐和「月亮」先生的說辭一點道理也沒有，而是發現自己剛才完全沒考慮這方面的可能！

對他來說，這是不應該犯的錯誤！

這麼多年過去，我還是會被巨大的利益短暫蒙蔽住雙眼……

他靜默幾秒，忽生嘆息。

交流完各自的見聞，眾人開始教導小「太陽」古赫密斯語，並從彼此處學習著神祕學領域的一

221 ｜ 側面回答

時間飛快流逝，「愚者」克萊恩在眾人默契停止後，環顧一圈道：「就到這裡吧。」

「遵從您的意志。」「正義」奧黛麗當即起身，虛提裙襬行禮，其餘成員與她幾乎不分先後。

看著一道道模糊的身影消失於眼前，克萊恩沒急著離開，具現出羊皮紙和圓腹鋼筆，寫下了一條占卜語句：「我晉升序列四的希望。」

放好鋼筆，克萊恩拿著羊皮紙，後靠住椅背，一邊閉上眼睛，進入冥想狀態，一邊默念起占卜語句。

七遍後，他飛快沉眠，來到了夢境世界。

灰濛濛的天地裂開，他看見了一座高聳入雲的巍峨山峰。

山峰頂端，有一片坍塌衰敗的宮殿，牆壁上長滿了雜草和青苔，出現了明顯的破洞。

宮殿的大廳內，最上首有一張由石頭雕刻成的巨大座椅，它鑲嵌著黯淡的黃金和寶石，多有斑駁和損壞。

這不像是給人類準備的座椅上，無數的透明蛆蟲抱成了一團，它們密密麻麻地交纏著，緩慢蠕動著，不斷生長著。

座椅的周圍，則有囈語聲穿透漫長的時光和歷史而來，虛幻，縹緲，迴盪不休：「霍納奇斯……弗雷格拉……霍納奇斯……弗雷格拉……霍納奇斯……弗雷格拉……」

囈語入耳，克萊恩一下驚醒，臉龐微有皺起：「真的是在霍納奇斯山脈主峰，而且比以往看得

第十章　222

這讓他想起了「神祕女王」貝爾納黛預言言式的那句話：「你的命運在霍納奇斯山脈的主峰。」

這就是我的命運嗎？簡直想讓人叛逆，就是不去……唉，不能絕對，看情況吧。

克萊恩嘆了口氣，將埃姆林．懷特那傢伙提供的五張「通緝令」具現了出來，結合已有的資訊，用占卜的方法尋找起那五位「原始月亮」信徒的下落。

最終，礙於資訊不足，他只能確定兩點：「加利斯．凱文，溫莎．貝林和阿爾戈斯都在貝克蘭德。丹迪和勞拉一個位於恩馬特港，一個在普利茲港。」

這等於沒有收穫嘛……

克萊恩搖了搖頭，返回了現實世界。

想到已經答應小「太陽」三天內提供「公證人」的魔藥配方，他披上外套，戴好禮帽，準備出去尋找目標。

打開房門，來到樓梯口，克萊恩看見安德森．胡德用手轉著獵鹿帽，哼著鄉間歌謠，一步步走了上來。

這傢伙的心理恢復能力很強啊。

早上才被半神教訓，被逼道歉，答應要求，現在就一點也看不出陰影了。難怪他能成為序列五的強者，僅憑這份心理素質，就不太容易失控。

克萊恩看著對方，輕輕頷首，算是打了個招呼。

「午安，格爾曼。」安德森笑呵呵擺了擺手，說，「賞金和特性錢都拿到了，我馬上把尾款給你。」

他一邊說邊從不同的衣服口袋裡拿出厚薄不等的鈔票。

「很順利嘛。」克萊恩不含感情色彩地評價了一句。

安德森頓時笑道：「是啊，比我預想得順利多了。那些腦子裡本該長滿花崗岩石的傢伙出奇地和藹，有效率，講禮貌，我都懷疑我是不是被幸運女神眷顧了！」

「沒有這個神。」克萊恩毫不留情地戳穿了對方的幻想。

「不要這麼認真，生活嘛，放鬆一點、放鬆一點。」安德森將一千兩百鎊尾款遞了過去，「其實我很清楚是怎麼回事，肯定是那位先生不想我浪費時間，暗中『叮囑』了那些人。」

克萊恩瞄了一眼鈔票，用手捏了捏，隨口問道：「有確認是哪些海盜帶來的問題嗎？」

他問的是昨晚哪些獵物引來了那位「操縱師」。

「沒辦法確認。」安德森苦笑一聲道，「你以為我事前沒有確認過嗎？我雖然在你面前表現得滿不在乎，但實際上，我提前有調查獵物的背景和情況，避免惹到不該惹到的人。誰知……唉，只能歸因於厄運纏身。」

「……這傢伙比我想像得謹慎很多啊。」克萊恩有所恍然地想了兩秒，轉而淡漠問道：「這裡誰最該殺？」

安德森先是一愣，旋即嘿了一聲：「我們最瘋狂的冒險家也打算展開狩獵活動了嗎？不過，你

第十章　224

得考慮好，我並不想在完成那位半神的任務時，發現你是同伴。」

「放心，我們不一樣，我是占卜家，我有各種遮掩情況的辦法，不會被人找上門來的。而且，那是『觀眾』途徑的半神，並不擅長占卜和預言。」

克萊恩保持著格爾曼特有的冷峻姿態道：「你不用管。」

安德森頓時豎起了拇指：「你的瘋狂讓人讚嘆！」

他想了想，補充道：「最該殺的是『新魯恩黨』的莫索納，他是海盜們最好的朋友之一，掌握著一種基於大麻或者別的什麼植物的高成癮性藥物，這幫助他控制了托斯卡特政府和警察局很多人，是這裡最有分量的黑幫頭目⋯⋯」

「他做過很多案子，殺過很多人，但基本是借助海盜完成的，明面上沒有任何問題。」

「呵呵，這傢伙本身不是非凡者，殺他的難度在於麻煩，對，麻煩！他隨時都有三到五名源於不同海盜團的非凡者提供保護，屋頂，房間外，窗戶下方，全是他的人，要想幹掉他，只能強行闖過去，弄死大部分人。」

「我有這個能力去做，但太麻煩了，也有一定的危險，事後還會成為通緝犯，所以，我沒去對付他，對付了他家的保險櫃。」

保險櫃⋯⋯把偷盜說得這麼清新脫俗。

嗯，之前聽說托斯卡特以種植園經濟和海盜黑市貿易為主，順便繁榮了酒吧、妓院和賭場行業，沒想到這裡還有新型毒品⋯⋯但莫索納是普通人，不是非凡者啊。

225 ｜ 側面回答

正好,「蠕動的飢餓」缺少食物。

克萊恩點了點頭,示意安德森講得更詳細一點。

傍晚時分,「橡樹酒吧」內,一場拳擊賽即將在擂臺上開始,許多酒鬼拿著杯子,圍到旁邊。

他們彷彿聞到了血腥味的鯊魚們,一邊下注,一邊高喊著「打死他」「打死他」等話語!

這裡是「新魯恩黨」老大莫索納的產業,舉辦的拳擊賽有著不同於其他地方的特點,那就是允許死人!

莫索納對這近乎古代角鬥的比賽非常喜愛,經常會來觀看幾場,現在,他就坐在二樓,俯視著擂臺。

他的周圍散布著許多保鏢,戒備著前後左右上下每一個地方,裡面不乏他海盜合伙人派來的非凡者和他花費巨額資金聘請的資深冒險家。

這些人側對或背對著莫索納,將他圍在了中間,不讓任何人靠近,左輪、步槍和獵槍等全部展露於外,震懾全場。

確定情況的克萊恩按住禮帽,進入酒吧,一眼就看見正抽著雪茄的莫索納。

這位黑幫大佬有一張極具辨識度的臉孔,無論酒糟鼻,還是稀疏的眉毛,都非常有特色。

克萊恩收回了視線,先是去吧檯要了杯4便士的本地麥芽啤酒,然後擠到了二樓欄杆之下。

雖然他沒在莫索納正下方——那裡被嚴密保護著,但距離對方已是不遠。

第十章　226

「五公尺之內了⋯⋯」克萊恩無聲自語了一句，端著酒杯，望向了拳擊臺。

源於不同生命的黑色「靈體之線」出現在了克萊恩的眼中，但他並沒有立刻延伸出自我靈性去嘗試操縱。

分辨並確認了哪些「靈體之線」屬於莫索納後，他咕嚕喝了口麥芽啤酒，專注地欣賞起擂臺上的拳擊賽，就像一位真正的觀眾。

兩位拳手赤裸著上身，未穿戴任何護具，打得非常拚命，他們碰撞不斷，拳拳到肉，局勢很快就變得激烈。

圍觀的不少酒鬼賭徒看得腎上腺素分泌，狂熱地喊起自己支持的那位拳手的名字，並高呼道：

「打死他！幹死這個婊子養的！」

二樓，莫索納也忘記了手中的雪茄，目不轉睛地看著下方的擂臺，一隻手已緊緊握成了拳頭。

他周圍的人們，除了負責戒備周圍可疑人等和屋頂樓下等重要區域，以至於不得不背對著他的保鏢護衛，注意力都不可避免地放到了那讓人血脈賁張的拳擊賽上。

克萊恩再次抬手，咕嚕喝了口啤酒，似乎因緊繃的氣氛有點喘不過氣來。

這個時候，他的靈性悄然蔓延了出去，抓住了對應莫索納的虛幻黑線。

一秒，兩秒，三秒⋯⋯酒糟鼻的莫索納剛想小幅度地活動下拳頭，就像自己正在擂臺上戰鬥一樣，腦袋忽然發木。

他只覺四周的場景一下變得有些奇怪，彷彿加裝了好幾層厚玻璃。

莫索納隨即發現自己的思緒有明顯的滯澀，發現腦袋裡的所有零件都似乎突然生鏽了。

因為目標只是一個普通人，靈體強度遠不如非凡者，克萊恩沒用到二十秒就初步控制住對方。

經常與海盜來往的莫索納對神祕世界並不陌生，所以才會花大價錢請非凡者保護自己，如果不是被酒色早早弄垮了身體，精神較為衰弱，狀態一直不好，服食魔藥高機率會失控，他都想讓自己直接獲得那超自然的力量。

七秒，僅僅七秒！

——糟糕⋯⋯出問題了⋯⋯應該是⋯⋯能力比較⋯⋯特別的⋯⋯非凡者⋯⋯

此時此刻，因為思緒滯澀且沒有經驗，莫索納用了十幾秒才弄清楚自己遭遇了襲擊，當即前伸手臂，張開嘴巴，試圖呼救。

可是，他的動作是那麼的遲緩，喉嚨裡的聲音是那樣的微弱，身邊那部分保鏢則在專注地看著緊張而激烈的拳擊賽，觀眾的呼喊又一浪高過一浪，而外圍的護衛注意力都在可能來襲的地方，非重重保護裡的雇主，明顯的異常就這樣被忽視了。

等到比賽高潮暫時有所平息，部分保鏢和手下回頭望向老闆時，只能看到莫索納目光顯得有些呆滯，雙手的位置不是太正常，似乎還沉浸於拳擊賽裡，還焦急等待著最後的結果。

這位黑道大佬的眼角沁出了淚水，努力鬆開五指，想讓雪茄落地，引起注意。

但他絕望地發現，自己的思維越來越遲緩越來越僵硬，一個簡單的動作都似乎要超過一分鐘才能完成，而他的手指還在對抗著他的想法。

第十章　228

「——啪!」

燃燒著的雪茄終於掉到了地板上,莫索納的淚水沿著臉龐,滑落於脖子。

幾名保鏢發現了這件事情,剛要詢問頭兒是不是因為比賽而太過激動,莫索納忽然埋身,邊擦臉孔邊撿起了那根雪茄。

「這場比賽不錯!給最後的獲勝者加錢!」莫索納彈了下雪茄,拉了拉衣領,嘴角咧開一個充滿笑意的弧度。

他沒具體說加多少錢,是因為克萊恩完全不了解行情,所以只能模糊交代。

是的,「新魯恩黨」的莫索納已經成為了他的傀儡。

因為這位黑幫大佬只是普通人,靈體強度甚至弱於身體健康的正常人類,所以他只花了兩分十五秒。

如果所需時間再久一點,他就要分心用幻術製造混亂,讓保鏢們只顧得上保護莫索納,來不及發現他的異常。

「打死他!」
「打死他!」

觀眾的呼喊聲突然整齊,擂臺上的較量進入了尾聲,莫索納也示意保鏢們繼續看比賽。

等到一位拳手昏迷不醒地倒下,莫索納抽了口雪茄道:「去房間。我要休息一下。」

「是,老闆。」他的保鏢和手下們立刻簇擁著他進入二樓走廊,幫他打開了休息室的門。

吩咐護衛們守住各個關鍵位置，不要進來打擾自己後，莫索納來回踱了幾步，打開保險櫃，找到一份份涉及新型毒品的文件。

接著，他將這幾份文件和從報上剪下的地址紙條，連同全部七百五十八鎊現金裝入了一個公文袋裡。

吱呀一聲，他打開房門，叫來一位手下：「把這個袋子扔到轉角巷的第三根路燈下。」

「是，頭兒。」他的手下沒有詢問為什麼。

——這是規矩！

重新關上房門後，莫索納翻找出三根蠟燭和有靈性的物品，用白紙鋼筆認真地描繪起對應「愚者」的徽章——半個象徵隱密的「無瞳之眼」和半個象徵變化的「扭曲之線」組成的特別符號。

然後，這位已成為傀儡的黑幫大佬，點燃蠟燭，用香水代替精油和純露，認真地舉行起祈求賜予的儀式。

他低念著「愚者」的尊名，用原本完全不會的古赫密斯語念出了相應的咒文，接著拿起靈性物品，讓它融入風中，與變化的燭火一起構建出虛幻的大門——如果沒有找到富含靈性的物品，克萊恩的打算是用莫索納的鮮血，人類的血液本身就是一種有靈性的事物！

一樓盥洗室內，克萊恩抓住這個機會，逆走四步，來到了灰霧之上。

他沒用「黑皇帝」牌，直接撬動了這片神祕空間的些許力量，將它們與紙人連在一起，抖甩入獻祭與賜予之門。

紙人立刻化成背生十二對羽翼的天使，飛過虛幻神祕的大門，穿越漆黑深邃的虛空，抵達了莫索納處。

這是在干擾後續可能存在的占卜、預言和其他非凡能力調查。

緊接著，克萊恩拿起「蠕動的飢餓」，將它也扔進了儀式大門。

「蠕動的飢餓」借助祈求賜予的儀式來到了現實世界，來到了莫索納面前，許久沒有進食的它頓時就躁動了。

這個時候，克萊恩也返回盥洗室，再次隔著幾十公尺的距離，操縱之前僵住的莫索納緊閉住嘴巴，拿起了「祭臺」上的手套。

手套中央立刻裂開了一道縫隙，裡面有兩排虛幻的、白森森的牙齒。

克萊恩獲得的傀儡感官很快減弱，他當機立斷就解除了控制。

輕微的反噬讓他腦袋有些眩暈，但沒用多久就恢復了正常。

然後他什麼事情都沒發生一樣，離開盥洗室，回到吧檯邊，繼續喝著之前沒喝完的麥芽啤酒。

與此同時，他借助「靈體之線」找到了一隻位於二樓的老鼠，不到兩分鐘就讓對方變成了自己的傀儡。

這隻老鼠動作有些彆扭和不熟練地尋找起洞穴和道路，花費了一定的時間才從書架遮擋的地方，進入了莫索納的休息室。

這個時候，地上正靜靜地躺著一個人皮製成般的薄薄手套，而莫索納連衣服殘渣都沒有剩下。

231 ｜ 側面回答

老鼠爬上桌子，叼起繪有「愚者」對應符號的紙張，將它湊到燃燒的蠟燭前。

紙張迅速被點燃，化成灰燼。熄滅掉那三根蠟燭，將它們弄回原來的地方後，老鼠來到「蠕動的飢餓」旁邊，叼起了這隻手套。

然後，牠原路返回，離開了莫索納的休息室。

牠一路潛伏至二樓對外的陽臺內，無聲無息地爬下去。

一樓，吧檯處，克萊恩喝掉最後一口啤酒，放下杯子，慢悠悠站了起來。

他按了按半高絲綢禮帽，雙手插入黑色雙排扣長禮服的衣服口袋內，步伐不緊不慢地越過那些酒鬼賭徒們，走到了街上。

沿著煤氣路燈的光芒，他速度正常地來到轉角巷，邊抽出紙人，抖甩點燃，邊撿起了第三根路燈桿下的公文袋。

這個時候，一隻灰色的老鼠叼著薄薄的人皮手套，從陰暗處竄了過來。

克萊恩面無表情地再次彎腰，拿起了「蠕動的飢餓」。

然後，那隻灰色老鼠自行遠去，爬入一個垃圾箱內，躺於那裡，徹底失去了氣息。

而已然降臨的夜色裡，煤氣路燈光芒照耀下的克萊恩，立在那裡，不慌不忙張開五指，將「蠕動的飢餓」戴到了左手。

活動了下手指關節，適應了一下手套，他揣好公文袋，經過依舊熱鬧充滿活力的「橡樹酒吧」，消失在了街道交叉口。

第十章　232

第十一章
遭遇戰

將只剩下重要資料的公文袋貼上裡面取出的地址條和郵票，放入街角的郵筒後，克萊恩變回格爾曼・斯帕羅的樣子，乘坐出租馬車，前往位於港口的另一家酒吧。

那是安德森提供的海盜較多的一家酒吧。

進了酒吧，克萊恩目光一掃，將裡面大致的樣子納入了眼中。

突然，他看見了一道熟悉的人影。

這人影身材中等，嘴唇發紫，褐色眼眸內藏著讓人畏懼的強烈惡意，正是「不死之王」阿加里圖的二副，賞金九千五百鎊的「屠殺者」吉爾希艾斯！

很顯然，逃離危險海域出口後，「告死號」也來到了最近的托斯卡特島周圍，尋求補給。

——你也來了啊……

克萊恩嘴角微勾，發現再沒有比巧遇更合適狩獵「惡魔」了。

他心中惡念剛生，吉爾希艾斯已然察覺，側頭望向了酒吧入口處。

克萊恩毫不猶豫就抓起旁邊桌上的啤酒，一把扔了過去。

緊接著，他拔出左輪，冷漠地瞄準了那邊。

「喀嚓！」

「——砰！」

吉爾希艾斯只是略有側身，那杯啤酒就落到了他旁邊的圓桌上，砸得一片狼藉。

而槍響的同時，他根本沒進行躲避，似乎已直覺地看穿了那是幻術，於酒鬼賭徒們或蹲下抱頭

或四散逃跑的紛亂環境裡，身體如裝了彈簧一般躍起，目光鎖定了入口處戴禮帽穿禮服的冷峻冒險家。

格爾曼‧斯帕羅……

吉爾希艾斯瞳孔一縮，嘴巴張開，就要念出源於深淵的「汙穢之語」。

就在這時，克萊恩真正扣動了扳機，一枚彷彿剛從熱水裡撈出來的淡金子彈射出，準確奔向了賞金足有九千五百鎊的「屠殺者」。

然而，吉爾希艾斯只是輕抬右手，張開五指，於掌心燃起淡藍色的火焰，就讓人難以想像地抓住了那枚子彈。

子彈一下陷入「囚籠」，在淡藍的火焰裡凝固了下來，它隨之迸發的陽光，也僅能剛好抵消這一切。

吉爾希艾斯的身旁，兩道身影相繼站起，一個是端起了雙槍的短髮女子，一個是戴著拳套的粗獷大漢。

很顯然，他來托斯卡特港尋找補給，不是自己一個人，或者說，他在這裡肯定有認識的合作伙伴！

三名非凡者……吉爾希艾斯還可能是序列五……這一刻，克萊恩差點脫口而出「對不起，打擾了」之類的話語。

襲擊「惡魔」，不能提前準備，必須依賴巧遇，而且不能有絲毫猶豫，否則對方立刻就察覺惡

意察覺危險了。

但是，這樣的情況下，局勢究竟對哪位更有利，真的很難說。

克萊恩毫不猶豫地轉向，拿著左輪，從下蹲的醉鬼賭徒頭上，敏捷又快速地衝到了通往酒吧二層的樓梯口處。

他剛閃了進去，一個淡藍色的火球就砸到了樓梯邊緣並瞬間膨脹炸開。

這讓他輕鬆就找到了一個沒有人類的寬敞房間，腰部一轉，腳底一踩，就要轉向進入，從窗口躍下，逃出酒吧。

「轟隆！」

樓梯底層垮塌了小半，整個酒吧都出現了搖晃，強烈的硫磺氣味隨之發散開來。

吉爾希艾斯和他的兩位同夥沒有耽擱地躍過了樓梯底層，瘋狂地追逐著格爾曼·斯帕羅。

克萊恩狂奔到了二樓，於途中快速開啟了對「靈體之線」的探查。

這個時候，吉爾希艾斯和他的兩位同伴也追到了二樓，一看到這幕場景，立刻默契地分開，從窗口躍下，一看到這幕場景，立刻默契地分開，從窗口

而克萊恩等的就是這個機會。

他忽然半轉過身體，戴著全黑手套的左掌虛握住空氣，撐動一下。

拿著左輪的女子和戴拳套的大漢毫無察覺毫無異常地繼續了自己的行動，衝入別的房間，從窗戶處躍下，一路遠去，沒有回頭。

第十一章　236

他們「分頭攔截」的目的和行為被克萊恩借助「腐化男爵」的「扭曲」篡改為「分頭行動」！這不會維持太久，但也讓克萊恩獲得了短暫的單對單機會。

「撲通！」

完成了「扭曲」的他順勢倒地，往屋內翻滾，避過了吉爾希艾斯連環射出的淡藍火球。

轟隆之聲不斷，酒吧所在的建築搖搖晃晃，似乎遭遇了地震。

緊接著，吉爾希艾斯迅捷前撲，追入了那相當寬敞的房間裡。

眼見格爾曼·斯帕羅熟稔地翻滾跳躍，不與自己正面對抗，而且情緒控制得非常良好，讓這位「屠殺者」當即張開嘴巴，用獨屬的惡魔語吐出了一個充滿汙穢之意的單字：「緩慢！」

整個房間內，所有的事物都似乎靜止了，克萊恩翻滾的動作明顯有了遲緩，不再那麼流暢。

吉爾希艾斯毫不猶豫鎖定對方，接了另一個惡魔語單字：「死！」

克萊恩的身影一下僵住，停滯在了原地，旋即變淡變薄，變成了一個沾滿斑駁紅鏽的紙人。

與此同時，戴半高絲綢禮帽穿黑色雙排扣禮服的他浮現於門邊，探出戴邪異黑色手套的左掌，握住門把，將搖搖欲墜的房門往內一拉，穩穩關住。

「匡當！」

外面的嘈雜消失了，房間似乎獨立了出來，變成了一個堅固的囚籠。

吉爾希艾斯見狀，身體猛然膨脹，將衣物一寸寸撐裂。

他瞬間變成了一個接近三公尺的龐大生物，皮膚看似黯淡，實則深黑邪異，頭頂山羊角彎曲伸

237 | 遭遇戰

出，布滿了數不清的神祕花紋，背後一對蝙蝠羽翼般的巨型翅膀展開，纏繞著淡藍的火焰，散發出強烈的硫磺味道。

「嗖嗖嗖！」

一枚枚淡藍的火球萬炮齊鳴般射出，覆蓋了門邊區域，與此同時，吉爾希艾斯眼中猩紅大盛，口中再有汙穢至極的惡魔語吐出：「墮落！」

這同樣是範圍攻擊，眼中淡藍充塞，克萊恩戴著邪異又尊貴手套的左掌一下握緊，快速扭了半圈。

那些火球頓時失去了自己的軌跡，混亂得就像在做微小粒子的不規則運動。

它們砸中了天花板，它們打到了房門，它們落向了地面，它們倒飛向了吉爾希艾斯，一時之間，房間內轟隆之聲連綿起伏，因「扭曲」力量產生的封印效果遭受了強烈的摧殘和動搖，但依舊未出現明顯的被破壞跡象。

淡藍火光升騰，硫磺味道瀰漫中，克萊恩的身體忽然彎下，體表覆蓋上了一層略顯黏稠的黑色液體。

「砰！」

他的身影一下炸開，化成了破碎的紙片和墮落的黑霧。

緊接著，他浮現於另外一側，皮膚出現了明顯的黯淡，身上的衣物則被爆炸的力量和深淵的火焰撕咬，出現了一道又一道縫隙。

第十一章　238

範圍型的「墮落」效果對他的「紙人替身」存在一定的克制，讓他不可避免地承受了一定的影響，而爆炸的餘波非克萊恩能控制的事物，同樣對他造成了傷害。

但是，早在剛一見面的時候，他就「送」了吉爾希艾斯一杯啤酒，完成了「賄賂」，讓針對自身的攻擊與控制效果被較大幅度削弱了。

吉爾希艾斯明顯沒想到格爾曼·斯帕羅並沒有受到太嚴重的「墮落」影響，剛拉出一把純粹由火焰構成的煊赫長刀，還未來得及展開速度與力量皆備的瘋狂攻擊，就看見對方左掌的手套變得彷彿黃金打造而成。

克萊恩眼中，兩道刺目的閃電瞬間鑽出。

「精神刺穿」！

「啊！」

吉爾希艾斯頓時發出了一聲淒厲的慘叫，腦袋裡彷彿被灌入了一百瓶聖水。

他實戰經驗豐富，知道精神遭遇衝擊的自己，後續肯定會受到一連串的、毫不停歇的打擊，於是本能就化成了漆黑的液體，向著地面向著周圍散去。

這些液體彷彿人心底最險惡最見不得人的慾望集合體，以汙染一切的姿態席捲整個房間，湧向了格爾曼·斯帕羅。

這姿勢擺得實在是太完美了。

遭遇戰，對任何一方來說，都會存在準備不足了解不夠的問題。還好，我一直記得面對疑似

「欲望使徒」的非凡者時，必須徹底地收斂欲望和情緒。

克萊恩沒有躲避，左掌的手套迅速染上了純粹明淨的陽光。

他張開雙臂，讓一道纏繞著金色火焰的神聖光柱落下，照亮了這裡每一個角落，每一處陰影。

光柱打在了那些漆黑液體最濃郁的地方，並向著四周波及，漣漪式散開。

這明亮又聖潔的光芒裡，漆黑的液體飛快蒸發，消失了大半。

吉爾希艾斯匆忙凝聚身體，在靠近窗戶的地方重新成形。他依舊維持近三公尺高的惡魔狀態，心中一如既往地冷靜，但強烈的嗜血和殺戮欲望讓他有些按捺不住。

此時的他，已經變得相當虛弱，不敢再周旋，再等待格爾曼．斯帕羅出現情緒方面的波動，以掌控住他的欲望，直接燃燒起頭上兩根彎曲的神祕山羊角，打算強行衝擊敵人的精神，讓他不可避免地產生一定的情緒。

而一旦有了欲望，有了情緒，局勢就會被「欲望使徒」掌控。

就在這個時候，吉爾希艾斯腦袋突然麻木，以至於剛才產生的想法差點丟失。

雙方距離進入五公尺範圍之後，克萊恩之所以一直處於被動狀態，以「紙人替身」和「腐蝕男爵」的「扭曲」能力勉強招架，拖延時間，正是因為他在分心操縱吉爾希艾斯的「靈體之線」！

以「屠殺者」序列五的靈體強度，他本來沒這麼快得手，但那杯啤酒的「賄賂」讓吉爾希艾斯的防禦和對抗能力降低了，而之後，這位「欲望使徒」遭受了「精神刺穿」，被「神聖之光」深切地淨化了一次，變得頗為虛弱。

第十一章　240

所以，哪怕克萊恩分心使用了別的能力，也依舊在十五秒左右初步控制住了吉爾希艾斯。

房間內激烈的戰鬥一下變得安靜，吉爾希艾斯雖然思緒已變得遲緩，但還有能力完成動作，還可以強行對抗那源於靈體深處的控制。

他眼中猩紅內斂，映照出了格爾曼・斯帕羅的身影，頭頂的彎曲羊角開始劇烈燃燒，憎恨、貪婪、色欲、暴怒等情緒與欲望實質般蔓延往外。

克萊恩則進入半冥想的狀態，冷靜而專注地加深著操縱，力求盡快讓吉爾希艾斯失去反抗的能力。

破破爛爛的房間內，禮帽掉到旁邊，衣物出現損壞的克萊恩與背生蝙蝠羽翼的龐大惡魔吉爾希艾斯隔了大概四公尺對峙，場面安靜得就像在表演一齣木偶戲。

其實，克萊恩現在還是有些餘力做另外事情的。

當初「祕偶大師」羅薩戈強行控制住他和莎倫兩人時，都能夠一邊對抗「怨魂」的投影附體，一邊操縱火焰，召喚炎流，滅殺莎倫引來的幽影，若非重點錯誤，以序列五的「怨魂」小姐為主要目標，羅薩戈早就能分心幹掉克萊恩，根本不會給他使用「汙穢之語」符咒的機會，現在，克萊恩雖然肯定不如對方，但敵人也只有一個。

當然，他能做的事情也不算多，不放棄控制吉爾希艾斯的前提下，他可以移動，但不能太急太快，他可以使用屬於本身且對靈性負擔較小的非凡能力，卻無法分心驅動攜帶的神奇物品，或用幅度頗大的動作拔槍射擊。

而在目標被掌控到一定程度前，許多攻擊都能讓對方被推動或受到刺激，從而加大對抗「靈體之線」操縱的力量，甚至出現擺脫跡象。

所以，克萊恩必須等待。

就在這個時候，他心跳忽然加快了兩拍，腦海內隨之湧現出難以遏制的恐懼和緊張感。他不由自主地懷疑被「扭曲」了意圖的吉爾希艾斯同伴即將歸來。

不好！情緒出現波動了！

克萊恩先是一愣，旋即借助冥想的技巧，強行平復起內心的波動。

哈哈……他出現……情緒波動……機會。

吉爾希艾斯心中一喜，閃過了緩慢的念頭。

然後，他依靠本身的非凡能力，試圖放大格爾曼・斯帕羅的恐懼和緊張，埋下情緒的種子。

如果成功，他只需要一個徹底的「引爆」，就能讓對方半廢，再也無法影響自己！

不…怎麼會……沒效果……他的……情緒波動……不見了……

吉爾希艾斯猩紅的眼眸出現遲緩的收縮，裡面逐漸充塞起驚訝、愕然和憤怒等情緒。

本以為自己會被「欲望使徒」趁機反撲的克萊恩完全平復起心情後，才發現什麼事情都沒有發生，吉爾希艾斯頭頂的彎曲羊角明明已燃燒殆盡，他卻沒有嘗試利用那情緒的波動。

念頭一轉，克萊恩大概明白了是怎麼回事…吉爾希艾斯不是不想操縱自己的恐懼和緊張，而是失敗了！

第十一章 242

從感應到情緒的波動開始，他必須先用好幾秒的時間消化這個情況，再用兩三秒做出決定，最後花費更多的時間組織思緒，調動對應的非凡能力，前前後後至少得花十秒時間才能完成響應。

克萊恩從察覺問題，到平復好心情，加起來一共也就用了三四秒鐘。

所以，吉爾希艾斯的非凡能力面對的是狀態正常的敵人，自然沒能發揮作用。

簡單來說就是，延遲太高。這種情況下，就別玩精細操作了。

克萊恩吐槽了兩句，旋即平復住幸災樂禍的情緒，繼續加深控制。

又過了十秒左右，吉爾希艾斯似乎也想明白了問題出在哪裡，不再考慮針對欲望和情緒的辦法，依靠惡魔強悍的肉身和靈體，一邊對抗著源於「靈體之線」的操縱，一邊緩慢艱澀地搧動背後的蝙蝠羽翼，讓上面纏繞的淡藍色火焰一點點凝聚成型，化為火球。

克萊恩幾乎可以預見接下來將有一枚枚火球的覆蓋式飽和轟擊，於是，他毫不猶豫地分出些許靈性，用右手拇指和中指，打了個響指。

「啪！」

那些淡藍色的火焰在真正成型前霍然騰起，徹底崩解，就像在吉爾希艾斯背後放了場盛大的禮花。

「魔術師」，「操縱火焰」！

吉爾希艾斯還要繼續掙扎，可動作已越來越慢，越來越像是生鏽的木偶，以至於克萊恩輕鬆移動腳步，就躲開了他拚盡全力發出的惡魔語。

三秒，兩秒，一秒……

克萊恩忽然停住，目光鎖定了吉爾希艾斯失去彎曲羊角的頭部。

此時，距離完全控制住這位「欲望使徒」，將他轉化為傀儡，至少還有兩分半鐘，但克萊恩沒有這個打算，他從始就沒有類似的打算。

這太耗費時間了，而吉爾希艾斯的同夥必然能在此之前趕回來。

克萊恩從始至終的目的只有一個，那就是操控到一定程度，讓限度內的攻擊不會幫助吉爾希艾斯擺脫困境。

猩紅的眼睛，猙獰的面容，流著唾液的尖牙，映入了克萊恩的眼睛，他張開嘴巴，發出了一個單字：「砰！」

空氣彈，序列五的空氣彈！

這已經堪比蒸汽步槍射出的子彈。

「砰！」

空氣彈準確命中了吉爾希艾斯的額頭，打得他往後揚起了腦袋，扯動了「靈體之線」。

他的眉心位置出現了一個不算太深的血色孔洞，整體並未受到致命的傷害。

對「惡魔」，對「欲望使徒」來說，他們渾身上下都彷彿披著一層厚重的堅硬的盔甲，血和肉也極具彈性和阻力。

「砰、砰、砰！」

第十一章　244

克萊恩不斷發出聲音,製造空氣彈,讓它們接二連三地打在吉爾希艾斯的額頭,漸漸連成了一片,與此同時,他沉穩掌控著「靈體之線」,不讓對方藉此扯動,減弱影響。

吉爾希艾斯發出一陣結巴的怒吼,拚命前移,試圖反撲,但克萊恩的動作比他敏捷很多。

而他液化的打算,也因為「靈體之線」的控制,毫無疑問地失敗了。

「砰!」

又是一枚空氣彈命中,徹底粉碎了吉爾希艾斯的前額,鑽入了他的大腦。

「砰、砰、砰!」

後續的子彈陸續飛入,一枚接一枚。

「砰!」

這位賞金九千五百鎊的「屠殺者」氣息開始飛快消散,但沒有合攏雙眼,因為他已經失去了雙眼。

吉爾希艾斯的頭蓋骨終於被掀開,裡面的大腦布滿深深的黑色的溝壑,此時已一片模糊。

他一頓一頓地遲緩倒地,克萊恩一步一步地靠攏了過去,伸出了左掌。

手套的掌心位置,當即裂開了兩隻鮮紅的眼睛。

寒冷陰森的微風隨之出現,「屠殺者」吉爾希艾斯的靈體連同黑霧般的非凡特性,慘叫著鑽進「蠕動的飢餓」內,固定於空白的那根手指。

很快,手套又一次變黑,但這回深邃而純粹,像是由無數同色的小點蠕動著一層又一層地聚合

245 ｜ 遭遇戰

而成。

克萊恩感應了兩秒，有些失望又有些欣喜地走向玻璃破碎的窗邊。

放牧吉爾希艾斯的過程裡，他其實有思考自己希望得到哪些非凡能力，答案是最不想要「惡魔」的危險預感，因為這必須一直開啟「蠕動的飢餓」，並保持在吉爾希艾斯的靈魂處，而這意味著，每天得給手套一個人當食物，非常不方便，並且這與他本身的「占卜家」能力存在一定的重複。

至於製成傀儡後，「惡魔」的危險預感是否還會有用，克萊恩認為是，但只針對傀儡自身，與操縱者無關。

克萊恩最希望「抽」到的非凡能力則是「欲望使徒」對情緒波動的利用和「汙穢之語」裡任意一項，最好是「死」和「墮落」。

此時此刻，他運氣不錯地得到了三種非凡能力，其中一個正是「汙穢之語」，但並非「死」和「墮落」，而是「緩慢」，這能讓七八公尺範圍內的所有目標動作瞬間僵硬，甚至出現停滯，不過只能維持兩秒左右的影響。

第二個非凡能力則是「岩漿之劍」，它能製造一把具備極高攻擊力的外形如刀的火焰巨劍，一擊就可以直接斬斷粗大的石柱，切口彷彿被融化過，是吉爾希艾斯瘋狂進攻時的選擇。

第三個是「硫磺火球」，不僅能製造威力不錯的爆炸，還可以讓沾染到火焰的人和物中毒，如果配合惡魔化的能力，能一次發射十幾二十枚，沒有則最多三枚。

第十一章 246

還算不錯,「岩漿之劍」對非不死非汙穢生物的傷害明顯高於「光之祭司」的「神聖之光」。

克萊恩來到窗邊,正好看見吉爾希艾斯同伴遠去的背影。

沒有擺脫影響?不,從時間上計算,他們肯定已經擺脫,返回到了不遠的地方,現在是逃跑?

他們能感應到吉爾希艾斯的死亡?有點奇怪啊……

克萊恩回過頭去,看見吉爾希艾斯的屍體依舊保持著惡魔狀態,並未因死亡而解除變化,縮成人類。

他看了兩秒,隱約有了個猜測:「類似惡魔化的能力呈現的是本身接近失控時的狀態,只不過還有理智還可以控制時能變回來,反之就始終保持。」

克萊恩沒有耽擱,翻動一下惡魔的屍體,發現因為吉爾希艾斯的巨大化,他的衣物褲子全部撕裂,導致錢夾鈔票等掉落了一地,並在之前的火球覆蓋攻擊和硫磺火焰燃燒裡,慘遭損毀。

克萊恩剛要收回目光,突然發現巨大惡魔的胸口有事物在閃耀。

那是一截純粹由血液組成的細長晶體,淡淡的硫磺味瀰漫四周。

「這是什麼?」克萊恩微皺眉頭,想不出答案。

吉爾希艾斯的非凡特性明明已經進了「蠕動的飢餓」,他的屍體怎麼還會析出奇怪的東西?

而且,作為「不死之王」的二副,吉爾希艾斯竟然沒有一件神奇物品或封印物,這有點超乎他的預料。

247 | 遭遇戰

想了一陣,沒有答案的克萊恩未出現危險預感,遂收起了那根細長的血液晶體,接著彎腰又審視起失去半個腦袋且惡魔化的吉爾希艾斯。

「不知道這樣還能不能拿懸賞,能拿多少⋯⋯我不知道這邊的軍方聯絡人員是誰啊?拍電報給烏斯。肯特?」

「這一來一回,加上他遠端操作的時間,沒有三四天肯定弄不好,我明天就得離開了⋯⋯而且,也少不了給中間人好處。」

他嘀咕了幾句,走到一邊,撿起有明顯焦痕的半高絲綢禮帽,戴到了頭上。

然後,他拖著沉重而龐大的惡魔屍體,一步一步來到門邊,伸手拉開了房門。

嗚的風聲颳入,屋內的安靜一下消失。

克萊恩掐手指關閉掉「靈體之線」,繼續拖著掙獰可怕的惡魔屍體,穿過走廊,沿著樓梯,下至一層。

此時,酒吧內已沒剩下幾個人,桌倒椅翻,碎片一地,滿目狼藉。

克萊恩經由破損嚴重的樓梯口進入大廳,環顧一圈,找到了正愁眉苦臉縮在吧檯後的老闆——

他聘請的保鏢沒剩幾位,散於四周。

克萊恩一步一步走了過去,身後的惡魔屍體撞開了不少桌椅。

「你、你想做什麼?」老闆往後退了一步,扯著嗓子問道。

他的保鏢們戰戰兢兢地聚攏了過來,眼神飄忽,身體各有所向,似乎一旦出點意外,就會立刻

第十一章 248

克萊恩停住腳步，將吉爾希艾斯的屍體甩到了前方。

然後，他沉啞開口道：「你能代領賞金嗎？」

老闆待了一秒，目光本能下移，看清楚了還纏繞著些許藍色火焰的巨大惡魔屍體。

他和他的保鏢們同時倒吸了口涼氣，有了種自身不在現實世界的幻覺。

這竟然是真正的惡魔！

牠除了沒有彎曲的山羊角，和教會典籍、傳說故事裡描述的惡魔一模一樣！

對生活在海盜樂園的普通人來說，目睹超自然力量並不是一件太稀罕的事情，在這方面，他們的見識明顯高於奧拉維以西殖民地和王國本土的民眾，但是，身為大酒吧老闆和護衛的眾人，同樣從未見過真正的惡魔，甚至懷疑這是教會對非官方非凡者的抹黑。

老闆艱難地收回視線，望向衣物破爛神情冷峻的冒險家道：「可以，他們、他們應該有辦法確認這是吉爾希艾斯。牠是吉爾希艾斯吧？」

克萊恩暗暗鬆了口氣，無聲點了一下頭。

老闆斟酌了兩秒，擠出充滿畏懼的笑容道：「但沒辦法拿到全部，您知道的，這中間需要花一些，費用，大概百分之三十，否則您需要等待很久，九千五百鎊並不是一個小數目，對托斯卡特港來說，至少得一週，這、這還是因為這裡經常有海盜出沒，經常有冒險家拿懸賞，所以常備有不菲的資金，在奧拉維島，在別的地方，也許得兩週，甚至一個月。」

249 ｜ 遭遇戰

九千五百鎊確實不是一個小數目，克萊恩清楚地記得，當初在廷根市時，值夜者小隊一個月的預算也才一千鎊的樣子，還是教會和警察部門分擔。

他想了想，對酒吧老闆道：「你認識我嗎？」

「認識。」老闆忙不迭點頭。

克萊恩掃了所有人一眼，繼續問道：「你能查到我住哪裡嗎？」

「可以、可以。」老闆不敢撒謊。

克萊恩「嗯」了一聲，用平鋪直敘的語氣說道：「明天中午前，送六千鎊賞金過來。」

六千鎊？這比百分之七十還少，少了六百多鎊……

老闆一下愣住，沒想到瘋狂冒險家還會主動降價。

「能辦到嗎？」克萊恩再次問了一句。

額外的六百五十鎊是他對酒吧的賠償，畢竟這裡的情況相當慘，不過，這種話是不能由瘋狂冒險家自己說出口的，他相信酒吧老闆也不是什麼慈善家，肯定不會把多餘的錢上交給別人。

老闆認真思考後回答道：「能！」

哪怕官方的流程確實沒那麼快，他也不擔心什麼，因為他打算先借部分錢，連同自身的積蓄，將格爾曼・斯帕羅需要的賞金墊上。

一次能賺好幾百鎊的生意並不多，絕不能放過。

克萊恩點了點頭，沒再開口，轉過身體，走向了酒吧大門處。

第十一章　250

臨近門口時，他從衣服口袋裡掏出幾枚黃澄澄的銅幣，將它們扔到旁邊一張未倒的小圓桌上。

叮叮噹噹，這些硬幣翻滾至平息，總計八便士。

做這樣動作的過程裡，穿著黑色長禮服的克萊恩腳步未有停息和緩慢，背影很快消失在了大門處。

「他、他這是什麼意思？」老闆又詫異又茫然地開口道。

絕大部分保鏢帶著同樣的表情搖頭，示意自己也不知道格爾曼・斯帕羅丟硬幣的意圖是什麼。

唯一一位原本守在大門處的保鏢皺眉想了想，不太確定地說道：「他剛進來的時候，有拿走、拿走別人一杯啤酒，扔給了吉爾希艾斯。這是那杯啤酒連帶杯子的錢？」

酒吧內又一次安靜了下來，老闆和幾位保鏢雖然不能接受這樣的解釋，但卻莫名覺得這相當符合瘋狂冒險家格爾曼・斯帕羅的風格。

又毀了一套衣服，這差不多九鎊啊。還好，這次收入不菲……嗯，明天重新再配一套。

轉到別的街道後，克萊恩停住腳步，審視了下自己的狀態。

他沒急著返回住宿的旅館，先是按照「新魯恩黨」老大莫索納提供的資料，找到一位被毒品控制，幫黑幫做了許多壞事，甚至偽造情節殺害證人的警察，用通靈的辦法確認了對方的罪行，然後，讓「蠕動的飢餓」享受了真正屬於今天的大餐。

做完這件事情，克萊恩乘坐馬車回到旅館，進入了房間。

稍做布置，他利用儀式，將「蠕動的飢餓」和細長的血液晶體帶到了灰霧之上。

這位序列五的強者是個面容清瘦，氣質儒雅，舉止隨和的老者，他套著簡樸的白色聖職人員長袍，向灰霧籠罩裡的神祕存在行了一禮，表示感謝。

克萊恩輕輕頷首，算是回應，接著直接具現紙筆，書寫下一條占卜語句：「『太陽』途徑序列七以上的魔藥配方。」

靠住椅背，他開始用「夢境占卜」的方式通靈。

灰濛濛的天地很快有了變化，他看見剛才那位「光之祭司」在充滿陽光的書房內展開了一張褐色羊皮紙，上面用古弗薩克語抄錄著一份配方。

序列六，『公證人』。

主材料：長者之樹的根莖結晶一份，契靈鳥的尾羽五根。

輔助材料：光輝契靈樹的汁液一百毫升，金邊太陽花一朵，白邊太陽花一朵，水蕨汁液五滴。

畫面停頓幾秒後，水波浮動起來，重新構建出了一個到處都有黃金雕像的奢華殿堂。

殿堂內，一位蒙著純淨光芒讓人不敢直視的男子對下方的半百老者道：「這是『光之祭司』的魔藥配方，記住，驅除黑暗，讚美太陽。」

第十一章 252

老者激動應承，展開了手裡的古舊羊皮紙。

序列五，『光之祭司』。

主材料：黎明雄雞之王的紅冠，純白光輝石一塊。

輔助材料：迷迭香五克，金手柑汁液七滴，岩水十毫升，黎明雄雞之王的血液六十毫升。

儀式：在純粹的黑暗中，將全身埋入正常不會融化的冰塊裡，然後服食魔藥。

畫面很快消失，再沒有多餘的內容。

克萊恩對此並不意外，他很清楚，涉及半神領域的時候，七大教會往往都是直接提供魔藥和儀式，不會給予配方。

這個時候，那位「光之祭司」的身影已經由於強行得通靈消散了大半。

他痛苦的表情隨之黯淡，頭部上仰，雙臂往外打開，做出了擁抱陽光的姿勢。

「讚美太陽！」這位「光之祭司」閉上眼眸，虔誠開口。

這是他說的最後一句話，他的靈體迅速崩解淡化，墜入灰霧，徹底消失。

——一位虔信者……

克萊恩嘆息著評價了一句，接著快速回想夢中所見，將配方抄錄了下來。

「公證人」的主材料之一是長者之樹的根莖結晶。

253 ｜ 遭遇戰

我記得「正義」小姐的「心理醫生」魔藥需要長者之樹的果實。

這麼看來，「觀眾」和「太陽」真有可能在高序列互換。

「光之祭司」的儀式對一般人來說困難的是找到正常不會融化的冰塊，而小「太陽」不同，在「神棄之地」的活人身處純粹的黑暗裡有可能消失不見，得想個規避的辦法。

驅除黑暗，讚美太陽是扮演法？

克萊恩思索了一陣，拿起了吉爾希艾斯體內析出的細長血液結晶。

他考慮了好幾秒，認真寫下了對應的占卜語句：「它的來歷。」

拿著物品和紙張，克萊恩又一次默念語句，進入了夢境。

他在灰濛濛的世界裡看見了那艘兩頭高高翹起的巨大帆船「告死號」，看見吉爾希艾斯攀爬軟梯，上至甲板。

這位「欲望使徒」雙腳剛一踩穩，甲板縫隙裡就瀰漫出了黏稠的黑霧，它充滿墮落邪異的味道，將吉爾希艾斯完全籠罩入內，汙染腐蝕了他身上所有閃爍靈光的物品，包括他本身。

霧氣們飛快收縮，鑽進了吉爾希艾斯的胸口，顏色逐漸變紅，彷彿血染。

最後，一切恢復了正常，吉爾希艾斯單膝跪地，面朝甲板道：「您的意志就是我的意願，偉大的『告死號』！」

畫面隨之破碎，克萊恩睜開了雙眼。

他坐直身體，看著那細長的血液晶體，若有所思地無聲自語道：「『告死號』是活的？一件具

「拿起那細長的血液晶體，聞著淡淡的硫磺味道，克萊恩隱約感受到了深蘊其中的腐蝕力量。

「傳說深淵是最具汙染性的地方，哪怕天使，都會在那裡墮落失控，看守深淵的人最終會被深淵同化……『告死號』表現出來的特性，倒是挺吻合這點的，嗯，『欲望使徒』的深化？」

克萊恩任由思緒發散開來。

很快，他注意到了一個細節，那就是吉爾希艾斯宣誓效忠的是「告死號」，而非「不死之王」。

阿加里圖！

「這是否表示，真正的『不死之王』其實是『告死號』，阿加里圖只是它的代言人，或者說汙染對象的管理者？呵，傳聞阿加里圖不是半神，沒到序列四，全靠『告死號』才能成為四王之一，如果真是這樣的話，那他實際的狀況可能比我預料得還慘，根本沒有自主權。」

「當然，也不排除他是序列四，與『告死號』是合作關係的可能，『魔鬼』嘛，總是狡詐，喜歡誤導別人……」

克萊恩沉吟了幾秒，又一次嘗試起卜占卜，看能否獲得那細長血液晶體用處的啟示。

他並不擔心這會惹來大麻煩，或者說，他已經準備好迎接大麻煩，哪怕因此連通了「深淵」裡那位惡魔王，也頂多相當於來一次「真實造物主」、「永恆烈陽」式的反噬，哪怕克萊恩自問灰霧還是能擋住和壓制的。

這是第一次，不會被鎖定位置，問題不大。

而且剛才也占卜過來歷，並沒有什麼危險，所以，「告死號」肯定不是序列０位階的惡魔……

咦，這不是顯而易見的事情嗎？如果它真是序列０位階的惡魔，或者天使之王阿蒙那個層次的封印物，根本不需要迴避我和「神祕女王」、「星之上將」、安德森的聯手。

克萊恩忽然發現剛才是自己嚇自己，遂認真地開始了「夢境占卜」。

灰濛濛的世界裡，他看見了一片瀰漫著黏稠黑霧的天地。

由深色的巨大肉疙瘩組成的怪物蠕動著靠近，腔體內迸發出了憤怒的嘶吼聲：「囈語者！」

畫面一轉，出現了一座式樣古老，潑灑著鮮血的祭臺，上面銘刻著一個又一個滿是汙穢感的單字和符號，彷彿在呼喊著什麼。

灰濛濛的世界隨之破裂，克萊恩緩慢睜開了眼睛，坐直了身體。

他手指輕敲斑駁長桌邊緣，無聲自語道：「『囈語者』是指『告死號』變成封印物前，是一位來自深淵的『囈語者』，還是說，它是深色肉疙瘩組成的巨大怪物，被『囈語者』殺死，成為了封印物？」

「呵呵，不管怎麼樣，最終肯定有一條船參與，否則不會固化成現在這個樣子。」

「嗯……從那讓人接近失控的大笑聲看，『告死號』對應『囈語者』的可能性較大，可以初步判斷，它不是『０』級的封印物，否則『不死之王』就該是四王之首了……大概序列三？」

「而且阿加里圖和它的搭配明顯不理想，發揮程度不是太高，頂多序列四的樣子。那個有汙穢和

第十一章　256

呼喊意味的祭臺象徵這血液晶體可以用來召喚高位惡魔？」

「比如，一位『囈語者』？」

根本不懂得怎麼召喚高位惡魔，也沒這個打算的克萊恩隨手就將細長的血液晶體連同「光之祭司」留下的發亮晶石——非凡特性丟進了雜物堆裡，並非常敷衍地為前者命了個名：「囈語者」的氣息！

做完這件事情，克萊恩謹慎地又嘗試起另一項占卜，那就是確認自己今晚是否會有危險，來自「不死之王」阿加里圖的危險。

其實，他對占卜的答案已經有一定的預料，那就是「不死之王」阿加里圖不會上島。

這一是因為托斯卡特有位隱藏的半神，普通非凡者不清楚，「四王」卻多半有一定的了解，而阿加里圖幾乎不會和別的半神發生正面衝突，強行進入對方「領地」不是他的風格。

二是基於克萊恩之前的猜測可以得出一個結論：阿加里圖根本不敢離開「告死號」，而「告死號」沒辦法開上岸來。

果然，克萊恩獲得了今晚非常安全的啟示。

這就意味著他不需要變化樣子，搬去別的旅館。

第二天上午九點多，克萊恩剛走到一樓餐廳，找了一個位置坐下，就看見安德森・胡德不知從哪裡鑽了出來，一屁股焊在了對面。

257 ｜ 遭遇戰

這位最強獵人邊用手指梳理金色的短髮，讓它再次變成三七開，邊望著格爾曼・斯帕羅，噴噴笑道：「厲害啊，一對三的情況下，還能獵殺吉爾希艾斯。你拖著惡魔屍體下樓的樣子，已經傳遍整個托斯卡特港了。」

「嘿，據說，所有背著賞金的海盜都決定遠離你的視線，不出現在你五公里範圍內！」自從認識弗蘭克・李後就幾乎戒掉牛奶的克萊恩抬手點了杯咖啡，加一條白麵包、兩片吐司、一根烤豬肉腸和一碟奶油，然後非常平淡地回應道：「你的情報能力不錯。」

安德森笑了一聲道：「這是一位獵人必備的素質。嘿，托斯卡特的冒險家們都在討論一個嚴肅的問題了，究竟誰才是最強獵人！」

見格爾曼・斯帕羅抬頭望向自己，目光冷漠，含意不明，安德森的笑容一下卡住，訕訕說道：「他們都選擇了你。哈哈，這裡畢竟是蘇尼亞海，不是迷霧海。」

「為什麼你要補後面這句？這樣很容易挨揍的……」

克萊恩狀似不經意地隨口問道：「還有呢？」

「啊？」安德森忽然覺得自己的理解能力有了障礙。

「還有哪些情報？」克萊恩更加詳細地重複了一遍。

「還有……」安德森突然擠眉弄眼，「『新魯恩黨』的莫索納昨晚神祕失蹤了，在數不清的保鏢保護中，在自己的房間內，神祕失蹤了！」

「官方的說辭是，莫索納已經死亡，原因可能是祭祀邪神或召喚惡魔。嘿，沒人相信這點，因

第十一章　258

為風暴教會收到了一封匿名信，裡面詳細記錄了莫索納的犯罪事實並提供了證據。

他盯著格爾曼・斯帕羅，期待這位瘋狂冒險家給出更多的資訊。

他清楚地記得，格爾曼・斯帕羅昨天下午問過誰該殺，而自己的答案就是「新魯恩黨」的莫索納。

克萊恩「嗯」了一聲，未說多餘的話語。

就在這時，一道人影衝進旅館，四下看了一眼，欣喜地朝著克萊恩走了過來。

他正是之前酒吧的老闆。

「斯帕羅先生。」老闆取下中間凹陷的軟帽，行了一禮道，「那邊已經確認，但還需要走兩天的流程，畢竟數目太過巨大。」

「呵呵，我知道您今天肯定就會離開，所以，為了不耽擱您的行程，我決定將賞金墊付給您，這一部分是酒吧的流動資金，一部分是我向幾位朋友拆借的欠款，您點數一下。」

他故意說得這麼詳細，就是要在賺錢之外，向格爾曼・斯帕羅展現自己的善意，交好這位瘋狂的冒險家。

至於這是否會引來「不死之王」報復的問題，他並不擔心，很多時候，吉爾希艾斯他們同樣會通過他領取懸賞——反正是海盜間戰鬥的收穫，額外領一份錢，誰都喜歡，這屬於海上的潛規則。

克萊恩點數了下厚厚的六千鎊鈔票，將它們分成幾疊，放入了不同的口袋。

然後他點頭道：「不錯。」

259 ｜ 遭遇戰

酒吧老闆鬆了口氣，警惕地環顧一圈，壓低嗓音道：「您要小心，『不死之王』報復心很強，可能會在外海攔截您乘坐的船隻。」

他不敢說自己有渠道可以安排人潛入某些船隻隱蔽地離開，害怕被「不死之王」察覺，遭遇報復。

「我知道。」克萊恩不甚在意地回答道。

「你有辦法離開？」安德森好奇地看著格爾曼·斯帕羅道。

「你猜。」克萊恩露出了斯文有禮的笑容。

安德森嘴角抽動了一下道：「看你這麼有自信，我就放心了。」

「對了，船票，下午一點半啟航。厲害啊，我以為我一晚上掙一千六百鎊已經非常了不起，誰知……」

克萊恩沒有回應，開始享用自己的早餐。

之後，他出門重新配了套正裝，免得連替換的衣物都缺乏。

時間一分一秒流逝，很快到了該上船的時候，安德森拿著個新買的行李箱，看了看身邊的格爾曼·斯帕羅，略有點不安地問道：「就這樣上船走？『告死號』應該就在外海，『未來號』昨天補給後已經離開了。」

他覺得這樣冒著「不死之王」的怒火離開，非常不明智。

第十一章　260

格爾曼・斯帕羅不可能瘋到明知會死還衝上去啊……除非，這是他的陷阱……

安德森念頭一轉，有了別的猜測。

克萊恩沒有側頭看他，提著皮箱，直接登上了客輪。

他的想法很簡單，那就是「告死號」應該能察覺得到它的氣息出了問題，以「不死之王」一貫的作風，強行襲擊的可能很小。

如果這個假設錯了，那只要「告死號」出現在海平線上，克萊恩就會直接進入房間，向自己祈禱，然後去灰霧之上用權杖響應，看一看在海上是「囈語者」強，還是「海神」厲害！

克萊恩原本並非這麼打算，他想的是利用「海神權杖」驅使海底生物的能力，找一輛水下「馬車」，將重重符咒保護中的自己和安德森拉到外海，拉出「告死號」的封鎖範圍，然後悄然登上有票的客輪。

但是，考慮到報復對象的突然失蹤可能會讓「不死之王」遷怒他人，無差別屠殺客輪，畢竟海盜不用遵紀守法，也不需要具備完善的道德觀，克萊恩經過灰霧之上的占卜，最終決定光明正大地離開。

旅行家
—The Most High—
詭秘之主

第十二章
信使小姐

上了甲板，進入船艙，找到房間，克萊恩正要說話，安德森·胡德卻搶先開口道：「不對啊，如果我是這艘船的乘客，看到你這麼一個剛剛得罪了『不死之王』的冒險家上來，肯定會很害怕很緊張，要麼找船長大副來說服你換一艘船，要麼自己換船，誰知，他們都非常平靜。」

這傢伙很敏銳啊，在一些細節性的問題上極具洞察力。

這就是真正的「陰謀家」嗎？平時嘻嘻哈哈，嘴賤樂觀，實際上不動聲色就掌握了情況，做好了準備……

克萊恩邊拿鑰匙打開房門，邊考慮起這艘船是否真的就在這個時候，安德森抬手輕拍了下自己的臉龐，乾笑道：「我明白原因了！間隔的時間太短，而且，清楚你長相的必然是消息靈通的傢伙，一般的旅客和船上的水手們對此根本沒有任何的了解，事情還只在部分冒險家和海盜口中流傳，非普通人。」

喲，會自問自答了……你知道時間就是生命嗎？

克萊恩腹誹兩句，進入了一等艙。

這不是他希望自己住得舒服，而是考慮到必須看住安德森·胡德，不讓倒楣獵人的厄運為客提著皮箱，走至主臥室門口，克萊恩指了指客臥和僕人房，對安德森道：「你自己挑一間。」

安德森呆愣了兩秒，半張嘴巴道：「你很熟練啊……」

當然，我有豐富的和獵人相處的經驗，如果是達尼茲在這裡，我會指定僕人房。

第十二章 264

克萊恩沒有回應，進入了主臥。

一點三十分，汽笛鳴響，客輪準時起航。

將外套掛好，克萊恩穿著長褲、襯衫和馬甲，走出主臥，來到客廳，眺望向窗外的海平線。那裡碧波蕩漾，沿著托斯卡特島的輪廓一寸寸展開，在風中起伏不定。

「這樣是沒辦法觀察全部情況的。」安德森湊了過來，笑著說道，「你只能確定一側，而『告死號』可能從另外一邊，也可能從前面過來，最好的辦法還是爬瞭望臺。但是，一個經驗豐富的獵人或海盜，有一百種辦法欺瞞他的感官！」

克萊恩轉過身來，沒什麼表情地看著安德森·胡德道：「說得很對。這件事情就交給你了。」

「啊？」安德森一臉茫然。

他旋即醒悟過來，有點驚訝地反問道：「你沒有別的辦法觀察？」

「沒有辦法觀察的情況下，怎麼給『不死之王』埋陷阱？」

「沒有。」克萊恩異常坦然地點了一下頭，「只能靠你了。」

「究竟是誰給你的勇氣，讓你敢於在『不死之王』的注視下離開？」

安德森一時竟說不出話來。

他一邊喃喃自語著「別攔我，我要跳船」，一邊離開艙房，直奔眺望臺下方。

「理論上來說，『不死之王』阿加里圖，或者說『告死號』，早就應該察覺到了我的惡意，感應到了源於我的危險，那麼，他們會來襲擊嗎？會相信我就是表現出來的這個水準，也沒什麼幫手，

265 ｜ 信使小姐

還是懷疑有哪位可以干擾危險預感的強者插手了?

克萊恩將視線從門口收回,又一次望向了外面的大海。

過了一陣,他忽有所感,快速開啟靈視,側頭看向旁邊。

高大的白骨信使從地板表面鑽了出來,眼窩裡的漆黑火焰輕微跳躍。

它只露出了上半身,所以不比克萊恩高多少,平視著對方,遞出了手裡抓著的信紙。

克萊恩禮貌地點了一下頭,接過了摺疊得整整齊齊的紙張。

阿茲克先生這次回信很快嘛。

等到白骨信使崩解消失,他就著窗外的陽光展開了信紙。

……很高興你獲得了提升,你的旅行經歷比我想像得更加有趣。

那片海域確實非常危險,我依稀記得它可能和大災變的源頭有關,至於古代死神為什麼會有氣息殘留在那裡,我就不太清楚了。

你的提醒我會記住,在徹底恢復記憶前,我不會進入那片海域,『真實造物主』的囈語並不好聽。

我對『地獄上將』手裡的那枚戒指有些興趣,不過我最近糾纏於一件往事,可能得過一段時間才能去拜訪他……

第十二章　266

看到這裡,克萊恩臉上不由自主地露出了笑容。

等下回信給阿茲克先生,告訴他我有辦法鎖定「地獄上將」路德維爾的位置,讓他去拜訪時,務必帶上我。糟糕,最近都沒有占卜魚人袖釘的下落,也不知道路德維爾有沒有發現,會不會已經把它丟掉。嗯,等確認「告死號」不會追來,再去灰霧之上占卜。

視線移動,克萊恩繼續往下閱讀。

從卡特琳娜那裡拿到的古代文獻確實有提到人造死神的事情,簡單來說,過去拜朗帝國的皇室現在靈教團的高層,從『隱匿賢者』突然活過來,有了人格的事例裡獲得了靈感,希望讓目前僅是概念的死神出現同樣的情況。

這有實現的可能,因為非凡不滅,死神隕落不代表相應的特性和權柄徹底遺失,它們依舊存在,只是回歸了概念和抽象,狀態如同最早的『隱匿賢者』。

從那些文獻看,相應的研究還沒有突破性的進展,但那已經是幾百年前的事情了⋯⋯

『占卜家』對應的序列四魔藥叫『詭法師』,安提哥努斯和查拉圖家族的強者給我留下了深刻的印象,即使現在已經忘記細節,依舊能回憶起那種帶點害怕的感覺。

具體能在哪裡拿到配方和材料,我並不清楚,也許你可以考慮轉去相近的途徑,你能選擇的是『學徒』途徑的序列四『祕法師』,『偷盜者』途徑的序列四『寄生者』,不過,我隱約記得,這三條途徑應該是序列三才能互換⋯⋯

果然，只剩「魔鏡」阿羅德斯這個希望了。

克萊恩強行咧開嘴角，展露笑容。

讀完回信後，他拿出紙筆，刷刷刷寫上了剛才想好的部分內容，並順便詢問了「神話生物」的具體定義。

他沒急著召喚信使，將紙張和鋼筆放下，準備「告死號」出現，才在信中加上求救的內容寄出去，這樣一來，他用「海神權杖」隔空支撐一陣後，說不定就能等到阿茲克先生穿梭靈界前來救援，到時候，兩人聯手，就有希望提「告死號」了。

之所以不提前寫，是因為「惡魔」能察覺危險，不會再過來，當然，對方能不能察覺到現在惡意的具體內容，克萊恩也不得而知。

耐心等待了幾個小時，克萊恩聽到了開門聲，回頭看見安德森揉著腦袋側面，表情複雜地走了進來。

「『告死號』沒有出現，我們現在已經完全脫離了托斯卡特島海域。」

「不死之王」竟然沒報復⋯⋯格爾曼・斯帕羅這傢伙比我想像得還要不簡單啊！

安德森在心裡感慨了兩句。

克萊恩略感遺憾地點了一下頭，走到衣帽架處，拿上外套和帽子，準備前往餐廳。

第十二章　268

一間密室內，一支紅手套小隊正在討論最近追查的案子。

「安魂師」索斯特拿著粉筆，指著黑板道：「這次的惡魔殺人事件和貝克蘭德的尼根公爵被刺案有一定的共同之處。」

「首先，出現一張自帶氣息和氣場的人皮，這是過去很多起惡魔相關事件裡沒有的東西。

其次，有多於一位的『惡魔』存在，他們輪流披著人皮，進行正常活動，為同伴的邪惡行為做掩飾。」

「最後，他們都疑似屬於貝利亞家族……」

此時，角落中的倫納德看似認真地聽著，腦海裡卻因隊長提及貝克蘭德，難以遏制地想起了之前的事情。

目睹地下遺蹟被徹底摧毀後，他正要趁自己有空閒，去調查神祕的大偵探夏洛克‧莫里亞蒂，並準備從對方曾經的房東處入手，結果小隊接到了緊急任務，開始追查一起新發生的連環殺人案，不得不離開了貝克蘭德。

「倫納德，你有什麼看法？」索斯特講完之後，點名倫納德‧米切爾接續。

倫納德有些茫然地側頭，看了眼黑板上的內容，飛快組織起語言，說道：「我認為這不僅僅是一種掩飾，可能還包含著一種儀式的需求。索斯特隊長，你知道的，『惡魔』有很多種褻瀆邪惡的儀式。」

「有道理。」索斯特示意下一位隊員發言。

呼，還好老頭最近給我補習過「惡魔學」。

倫納德鬆了口氣，開始認真地傾聽隊友們討論。

經過兩天的航行，客輪安全抵達了奧拉維島。

住進旅館之後，克萊恩對安德森・胡德說道：「你在這裡等我，那位半神不喜歡陌生人突然拜訪。」

他這是不想暴露「生命學派」的聯絡人。

「希望我能活著等到他。」安德森苦笑著自己祝福了自己一句。

克萊恩嘴角微動，放棄了剩餘的話語，乘坐馬車直奔風暴教會的聖德拉科教堂。

沒過多久，他又一次在那座宏偉鐘樓的小房間內，看見了那位極不對稱極為醜陋的高大敲鐘人卡諾。

聽完格爾曼・斯帕羅的來意，佝僂著身體的卡諾點了點頭：「我帶你去找瑞喬德議員先生，他已經傷愈，不在原來的地方。」

「好。」

敲鐘人卡諾聽到弗蘭克・李這個名字後，表情頓時變得有些古怪：「認識，他……他是一個和

善純粹的人,不過有的時候,純粹得讓人感覺害怕。」

「確實……克萊恩讓開樓梯口位置,邊跟著敲鐘人下行,邊隨口說道:「你和他很熟悉?」

卡諾沉默地走在前面,過了一陣才背對著格爾曼・斯帕羅道:「我是不成功的產物,充滿各種問題,總是被人嘲笑,只有弗蘭克他們少數幾個,用正常的眼光看我,將我當成一個真正的有自己靈魂的人……」

「他為什麼會離開『大地母神』教會?」提著皮箱的克萊恩明知故問。

卡諾出了鐘樓,邊辨別方向前行,邊回答道:「我不知道具體的原因。他是一個孤兒,從小在修道院長大,真正地將教會當成了家庭,視母神為母親。他有著很多奇怪的想法,原本有機會成為教區主教,結果差點被送去審判庭,理由是瀆神。」

「這事弗蘭克說過,因為他想把公牛、母牛和麥子雜交在一起。」

坦白地講,換做是我,也要把他送上審判庭。

那傢伙之所以早期沒什麼事情,肯定是因為序列還不夠高,能做的事情有限。

克萊恩咕噥了幾句,跟著敲鐘人卡諾轉入一條街道,來到了聖德拉科教堂背面的巷子。

卡諾走至一棟普通的房屋前,拉響了門鈴,兩秒一次,總共三次。

過了一陣,篤篤篤的聲音臨近,大門吱呀一聲打開了。

克萊恩隨即看見了位穿黑色短外套,杵結實手杖的老者。

這老者髮白如雪,臉龐沒有明顯的皺紋,眼睛位置戴著個遮住全部視線的黑色眼罩。

「議員先生，格爾曼・斯帕羅先生有事拜訪你。」

瑞喬德議員？他就是瑞喬德議員？他是個盲人？

克萊恩之前只聞其聲，不見其人，此時難免有點詫異。

瑞喬德側了側耳朵，緩慢將腦袋轉向格爾曼・斯帕羅所在的位置，呵呵笑道：「抱歉，只能這樣見你，我今早起床，忽然有個預感，那就是今天不能睜眼看任何事物，為防止意外，我只好戴上眼罩。」

還能這樣……這神棍風我比不了……

克萊恩一時又好笑又愕然。

旋即，他明白了對方預感的準確解讀，他記得「怪物」途徑的非凡者能看見別人看不見的一些東西，所以，「水銀之蛇」威爾・昂塞汀才能察覺自己的特殊，而當初廷根市的阿德米索爾，才會一看見自己就雙眼流血，痛苦倒地。

瑞喬德議員預感到了危險，提前戴上了眼罩。

唉，如果不是這樣，我都打算問問他能看到什麼……

克萊恩並沒強迫別人自我傷害的愛好，收斂住思緒，轉而問道：「有我需要的神奇物品的線索嗎？」

「暫時還沒有。」瑞喬德議員笑笑道，「我傷好之後去了拜亞姆，運氣不錯，遇上海軍和總督府高層調動，順利救出了羅伊・金，不過也浪費了不少時間。」

第十二章　272

克萊恩對此早有預料，毫不意外地說道：「那我用這個要求換一個幫助。我有位朋友因為接觸了『命運天使』留下的壁畫，遭厄運纏身，需要根除。」

瑞喬德議員想了想道：「沒有問題，你帶我過去，就不要讓他出門了，那也許會有意外。」

克萊恩點了一下頭，一邊提著皮箱往巷子口走去，一邊抓住機會問道：「議員先生，你對『欲望母樹』有什麼了解？」

在克萊恩看來，生命學派和玫瑰學派明面上有不少矛盾，彼此間應該存在很深的了解。

瑞喬德杵著手杖，慢步行於側後方，沒用他人攙扶和引路，就像其實沒戴眼罩一樣。

他呵呵笑道：「『欲望母樹』是玫瑰學派『被縛之神』的化身，不過我懷疑，事實可能正好相反，『被縛之神』是『欲望母樹』的化身之一。我的理由是，『紅光』艾爾・莫瑞亞稱『異種』途徑的序列0位置還空著，呵呵，你知道序列0吧？」

「知道。」克萊恩簡潔回應，未有囉嗦，甚至沒表示自己還知道淨光兄弟會。

瑞喬德議員「嗯」了一聲：「總之，沒誰知道『欲望母樹』的真實身分，也不清楚祂對應哪條途徑，或許這就是祂的真實身分。另外，我可以提供些側面的情況。」

「欲望母樹』和『原始月亮』彼此對立，似乎有著不可調和的矛盾，正因為這樣，玫瑰學派才總是敵視我們。但是，有的時候，『欲望母樹』和『原始月亮』的關係又很微妙，你可能難以想像，南大陸有崇拜月亮的『巫王』加入玫瑰學派。」

「七神教會憎惡『真實造物主』、『原初魔女』、『宇宙暗面』等邪神，但卻更加仇視『原始

「月亮」和『欲望母樹』。同樣的，極光會、魔女教派、拜血教、摩斯苦修會都不喜歡玫瑰學派。」

『欲望母樹』屬於最被孤立的兩個之一？克萊恩若有所思地攔下了一輛馬車，看著敲鐘人卡諾將瑞喬德送了上去。

他隨即進入車廂，吩咐車夫前往「命運議員」瑞喬德的住處。

沒過多久，馬車抵達了目的地，克萊恩正要下車，忽然聽見了一聲巨響。轟隆的爆炸讓整條街道都在明顯顫動，一面面玻璃窗的碎片掉落至地面。

不會吧……難道是安德森的厄運引起的？

克萊恩的靈性直覺告訴他，事實就是這樣，不過最倒楣獵人似乎還沒死。

他側頭望向馬車外，看見旅館二樓垮了大片牆壁，火焰和煙氣猶有殘存。

這時，一道身影正金髮雜亂，衣衫襤褸地站在下方，喃喃自語道：「竟然有這麼大膽的傢伙，還是新型炸藥，差點讓我死得不明不白……我的行李箱……」

克萊恩低頭看了眼自己提著的皮箱，突然覺得謹慎真是太好了。

他回身攙住瑞喬德，扶著這位命運議員走下了馬車。

安德森有所感應，側頭苦笑道：「現在的武器商人真是太不專業了！還好是白天，旅館裡沒什麼人休息，就是老闆可憐，要遭遇一筆損失了，不過，他們帶的黃金應該不會那麼容易毀壞，能彌補不少。」

我覺得吧，你的厄運要負很大一部分責任……

第十二章　274

克萊恩點了一下頭，對瑞喬德議員道：「就是他。」

瑞喬德隨即將腦袋轉向了安德森，可黑乎乎的眼罩遮住了所有目光。

他停頓了幾秒，微微笑道：「給我一枚金幣。」

「嗯？」

安德森狐疑地從衣服內側摸出了一枚魯恩金幣，然後對格爾曼‧斯帕羅笑道：「我家鄉的風俗，在最裡層的衣服上縫個小口袋，裝幾枚錢幣。我原本是不信的，但最近實在太倒楣了。」

他邊說邊將金幣遞給了瑞喬德。

瑞喬德接住金幣，緩慢合攏五指，將手收了回來。

他旋即笑道：「好了，你的厄運已經被解除了。」

「啊？」

安德森茫然呆滯地看向旁邊的格爾曼‧斯帕羅，彷彿在說：這就好了？你不會找了個騙子吧？

克萊恩也是愕然，但選擇相信瑞喬德，畢竟這是位命運議員。

瑞喬德收起金幣，呵呵笑道：「你獲得厄運的時候也是這麼簡單啊，如果你不信，可以去賭場試試手氣。」

「有道理！」安德森雙掌一拍，立刻拉住行人，問清楚了最近的賭場在哪裡。

過了一陣，他換了一件乾淨整潔的夾克回來，看著等待於街邊的瑞喬德議員，本能張開嘴巴。

他忽然愣住，強行閉嘴，然後才笑嘻嘻地道謝。

等到這位半神被送上馬車，他靠攏格爾曼・斯帕羅，感慨笑道：「我剛才本來想說，你雖然是個盲人，但在命運領域確實很厲害……還好，我及時記起他是一位半神。」

如果你真這麼說，那就有望成為「因被解除厄運當場身亡」的獵人……

克萊恩沒有附和對方，轉而說道：「可以告訴我那把手槍的線索了。」

因為「蠕動的飢餓」限制很大，所以他依舊希望擁有一件較常規的攻擊性神奇物品。

安德森理了理頭髮，呵呵笑道：「在拜亞姆。」

「是我以前認識的朋友，一個很厲害的冒險家。因為厭倦了不安穩的危險生活，他用積蓄買了幾個香料莊園，找了個好姑娘結婚，徹底退出了這一行。

「他前段時間有了孩子，想法又發生了改變，開始希望給孩子更好的環境更安全的處境，所以打算搬去貝克蘭德，那裡有最好的文法學校，最好的公學。」

「呵呵，他並不想在貝克蘭德只是租住，又不準備賣掉能持續賺錢的莊園，身上的神奇物品正好又有多餘，所以準備賣掉那把左輪。當時我急著跟隨尋寶團去那片海域，並不知道後來有沒有成功，不過嘛，能一口氣拿出近萬鎊的人非常稀少，交易不是那麼容易達成的。」

「嗯，你帶我去拜訪他。」克萊恩簡單回應道。

此時此刻，「黃金夢想號」上，達尼茲驚恐地發現了一個問題：船長有三天沒出現了！

陽光照耀下，「黃金夢想號」散發著金黃色的光彩，彷彿一處移動的寶藏。

第十二章 276

達尼茲站在船長室內，不斷地來回踱步，試圖記起這段時間內發生的每一件事情，找到可供調查的線索。

三天前，他的船長，「冰山中將」艾德雯娜宣布要做一項研究，可能十幾二十個小時不會出現，所以，相應的課程全部取消，對此，達尼茲等人並不奇怪，因為這是經常會發生的事情。他們欣喜於不用上課，在船上又是喝酒又是唱歌又是舉行篝火晚會，只差沒把「黃金夢想號」給點燃，過得非常愉快。

可隨著時間的推移，包括遲鈍的達尼茲在內，所有人都漸漸察覺到了不對，本該二十四小時內結束研究的船長在第二天還未出現，甚至沒找人送食物和充當清水的淡啤酒！耐心等待了半天，依舊沒見到「冰山中將」艾德雯娜的船員們大著膽子敲響了船長室的大門，驚恐地發現無人回應。

在大副布魯‧沃爾斯的帶領下，海盜們打開了船長室，看見裡面竟然空無一人。

他們隨即又去了收藏室等地方，但還是沒能找到「冰山中將」艾德雯娜。根據以往的經驗，他們初步懷疑是不是船長臨時想到了什麼，於是應用各種祕術之一或模仿他人能力的非凡技巧，急匆匆離開了「黃金夢想號」，沒來得及留下資訊。之後，達尼茲等人嘗試著用「降靈儀式」等辦法聯絡，未得到任何回應，只能邊搜查船長室等地方，尋找線索，邊說服自己耐心等待。

第三天過去，「冰山中將」艾德雯娜依舊沒有出現，沒給回應，船員們開始慌亂。

「狗屎，你的占卜有結果嗎？你不是號稱這方面的專家嗎？」達尼茲煩躁地轉向了「花領結」約德森。

黑髮染金的約德森揉了揉額角，用頗為醇厚的嗓音說道：「失敗，所有尋人的占卜都失敗了。不過暫時可以肯定一點，船長還活著，只是不知道去了哪裡。」

留著頭灰色短捲髮的大副布魯・沃爾斯推了推自己的單片眼鏡，說道：「我們必須尋求幫助了，船長所有的收藏都沒有丟失，她甚至沒帶走一些必要的神奇物品，這說明當時的情況很突兀很意外。」

「找誰幫忙？」腰部臃腫的另一位水手長「水桶」丹尼爾斯急促問道。

布魯・沃爾斯將手中的銀紋刻刀舉到了自己的鷹鉤鼻前道：「返回西海岸。」

他言下之意就是找「冰山中將」艾德雯娜背後的「知識與智慧之神」教會。

「不行，從海盜樂園返回西海岸，要橫跨蘇尼亞海，穿過北海或狂暴海，然後在迷霧海航行很長一段時間，船長等不了那麼久！她隨時可能發生意外！」

「花領結」約德森道，「我們必須找能很快聯絡上，短時間內能提供幫助的人。」

達尼茲本想再罵一句「狗屎」，可忽然間卻有了靈感：

他能很快聯絡上的人只有一個，那就是格爾曼・斯帕羅，而這位瘋狂的冒險家從不吝嗇在他面前表現出自己擅長於占卜且背景神祕！

也許，那個瘋子能找到船長，他總是能完成不可能的事情……

第十二章 278

達尼茲拉了下衣領，感覺擔憂煩躁的心情紓解了一些。

他挺起胸膛，環顧一圈，清了清喉嚨道：「我有一個人選，我可以立刻聯絡上他，而且他非常擅長占卜⋯⋯」

他話音未落，「美食家」布魯・沃爾斯，「花領結」約德森和「鐵皮」、「水桶」等人同時轉頭望向了他，紅著眼睛，大聲吼道：「還不快去！」

達尼茲默默退出了船長室，回到了自己的房間。

他攤開信紙，拿起鋼筆，習慣性地根據船長的教導，在開頭給出問候，接著寒暄幾句。

突然，他頓住鋼筆，覺得這太過客氣和囉嗦，不符合求助的目的。

「狗屎！」達尼茲自罵一句，刷地撕掉了那張紙。

緊接著，他在新的紙張上落筆寫道：「救命啊！船長失蹤了！」

「狗屎！」達尼茲又罵了自己一句，撕掉了第二張信紙。

他平息了下心情，考慮了幾秒，第三次落下了鋼筆。

這一次，他用語簡潔地寫出了船長失蹤前後的事情，並附上了「黃金夢想號」現在的位置，然後委婉地詢問格爾曼・斯帕羅先生能否為合作者提供一定的幫助。

「占卜好像是需要特定物品的⋯⋯」達尼茲剛折好信紙，忽地醒悟自己有所遺漏，忙急匆匆返回船長室，找到了一副「冰山中將」艾德雯娜經常佩戴的珍珠耳環。

做完這一切，他拿出記錄各種神祕學知識的筆記，翻到了對應的頁碼，按照之前有過的經驗，不太熟練地布置起召喚信使的儀式。

將一枚金幣放到祭臺上後，他退了兩步，用古赫密斯語誦念道：「我！我以我的名義召喚：徘徊於虛妄之中的靈，可供驅使的友善生物，獨屬於格爾曼·斯帕羅的信使。」

嗚嗚作響的風聲激盪徘徊，祭臺蠟燭的火苗急速膨脹，並染上了明顯的蒼白。

蕾妮特·緹尼科爾不快不慢地鑽了出來，依舊穿著那身陰沉繁複的黑色長裙，提著四個一模一樣的美麗腦袋。

達尼茲本以為信使會像上次那樣，直接咬住金幣和裝有紙張、耳環的信封，誰知道蕾妮特·緹尼科爾手中的四個腦袋卻自行轉動，環顧了一圈，最後集中在了船長室方向。

幾秒之後，蕾妮特·緹尼科爾手中的兩個腦袋終於咬住了金幣與信封。

等到這位古怪的信使消失，達尼茲才吁了口氣，抹了把額頭，覺得剛才竟有種莫名的壓力。

奧拉維島，另一家旅館的房間內，克萊恩正要讓贏了不少錢的安德森·胡德去購買前往「慷慨之城」拜亞姆的船票，靈感忽然觸動。

他快速開啟了靈視，看見自己的無頭信使蕾妮特·緹尼科爾不知什麼時候已漂浮在旁邊，手中提著的四個腦袋明豔不減。

不像白骨信使，剛有出現，我就能夠察覺，她已經徹底進入現實世界，我的靈感才被觸動……

克萊恩若有所思地接過了蕾妮特・緹尼科爾其中一個腦袋咬著的信件。

與此同時，他發現安德森的靈感不比自己差，幾乎同時有反應。

「這是⋯⋯信使？」安德森不敢確定地開口問道，似乎聽說過這種東西，但沒真正見過。

克萊恩沒什麼表情地點了一下頭，隨手拆了信封。

咦，珍珠耳環？克萊恩有些詫異地展開了信紙。

旁邊的安德森則好奇地湊了過來，上下打量蕾妮特・緹尼科爾，嘖嘖有聲道：「有種難以描述的血腥美感⋯⋯」

他話音未落，雙手突然抬起，掐住了自己的喉嚨，掐得舌頭伸出，口吐白沫，而脖子上空空蕩蕩的蕾妮特・緹尼科爾並沒有多餘反應。

克萊恩側過頭來，認真研究了下，又看了自己的信使，無聲咕噥了幾句：「很像莎倫小姐的能力啊。信使小姐屬於『囚犯』途徑？不，不能確定，她是靈界生物，擅長這種事情很正常⋯⋯」

眼見安德森快要不行了，克萊恩才慢悠悠開口道：「好了，他還要幫我帶路。」

蕾妮特・緹尼科爾手中一個腦袋轉了過來，猩紅的眼睛凝望了安德森一秒。

接著她每個腦袋的嘴巴很有秩序地一個接一個開口：「可以⋯⋯」「製成⋯⋯」「活屍⋯⋯」

「同樣⋯⋯」「能夠⋯⋯」「帶路⋯⋯」

她說話的同時，安德森的雙手終於停住，離開自己的脖子，上面則留下了明顯的深刻的指痕。

「呼、呼⋯⋯」

這位最強獵人大口喘氣,彎腰乾嘔。

克萊恩隨即快速瀏覽了一遍書信,弄清楚了寄信者是達尼茲,這位「知名大海盜」稱「冰山中將」神祕失蹤,亟待幫忙。

視線剛離開信紙,克萊恩驚愕發現蕾妮特·緹尼科爾竟然還在。

這不神祕學⋯⋯信使不是送完信就會消失,然後再召喚再出現嗎?

克萊恩斟酌了一下,疑惑問道:「妳還有什麼事情嗎?」

「等⋯⋯」「你⋯⋯」「回⋯⋯」「信⋯⋯」

「妳怎麼知道我一定會回信?」克萊恩看了一眼還未恢復過來的安德森,確信這最強獵人沒辦法注意這不符合格爾曼·斯帕羅人設的話語。

蕾妮特手裡的腦袋又一次開口道:「她的⋯⋯」「失蹤⋯⋯」「非常⋯⋯」「奇怪⋯⋯」

「妳怎麼知道?」克萊恩一瞬間還以為信使小姐偷看了達尼茲的信。

淡金長髮簡單挽起的腦袋們各自吐出了一個單字,構成了一句完整的話語:「我⋯⋯」「查探了⋯⋯」「船上⋯⋯」「情況⋯⋯」

我的信使還兼職了探子?蕾妮特·緹尼科爾小姐以後會不會兼職打手?就是不知道要不要額外付費。

克萊恩邊吐槽邊思索著說道:「不用著急,我等一下再回信。」

他打算先去灰霧之上用「冰山中將」艾德雯娜的耳環做一下占卜。

第十二章 282

蕾妮特・緹尼科爾沒再開口，身影無聲無息就消失了。

「咳……」安德森終於緩了過來，站直身體，不可思議地打量起格爾曼・斯帕羅，「你的信使、你的信使，竟然是半神層次的！」

——待續

旅行家
-The Most High-
詭秘之主

國家圖書館出版品預行編目資料

詭秘之主：旅行家 ／愛潛水的烏賊作. --初版.
--臺中市：飛燕文創事業有限公司, 2022.12-

　冊； 公分.

　ISBN 978-626-348-166-4(第1冊 ： 平裝).--
ISBN 978-626-348-167-1(第2冊 ： 平裝).--
ISBN 978-626-348-483-2(第3冊 ： 平裝).--
ISBN 978-626-348-597-6(第4冊 ： 平裝).--
ISBN 978-626-348-598-3(第5冊 ： 平裝)

857.7　　　　　　　　　　　　　111017415

詭秘之主 —The Most High—
旅行家

出版日期：2024年10月

作者	愛潛水的烏賊	定價：新台幣320元
畫家	阿蟬	ISBN 978-626-348-598-3

發行人	曾國誠
責任編輯	陳秀玫
美術編輯	豆子、大明

製作發行	飛燕文創事業有限公司
公司地址	台中市南區樹義路65號
聯絡電話	04-22638366
傳真電話	04-22629041
郵政劃撥	22815249　戶名：曾國誠
印刷所	燕京印刷廠有限公司
聯絡電話	04-22617293

各區經銷商

華中書報社	電話　02-23015389
旭昇圖書有限公司	電話　02-22451480
智豐圖書股份有限公司	電話　05-2333852
威信圖書有限公司	電話　07-3730079

網路連鎖書店

金石堂網路書店	電話　02-2364-9989
	網址　http://www.kingstone.com.tw/
博客來網路書店	電話　02-26535588
	網址　http://www.books.com.tw/

若要購買本公司出版之其他書籍，可洽本公司各區經銷商，或洽本公司發行部：04-22638366#11，或至各小說出租店、漫畫便利屋、各大書局、金石堂網路書店、博客來網路書店訂購。
如有缺頁、破損，請寄回更換！

Fei-Yan 飛燕文創

©Fei-Yan Cultural and Creative Enterprise Co.,Ltd.

著作權所有・翻印必究

至高探索王

—The Most High—

請對摺

請沿虛線剪下再對摺黏貼，請勿用訂書機裝訂

請貼
6元郵票

40241
台中市南區樹義路65號
飛燕文創事業

讀者回函卡

歡迎您對本書的想法與建議表達出來，在能力範圍所及，本公司將盡力達成您的要求與建議，謝謝！請繼續支持和鼓勵本公司出版的書籍！

書號：FLY02405
書名：詭秘之主-旅行家

☆從何處得知本書的訊息？
□書店 □租書店 □親友介紹 □網站（名稱）＿＿＿＿＿＿ □其他＿＿＿＿＿＿

☆本書您覺得需要改進的地方。
□錯字太多 □內容劇情 □版面編排 □封面設計 □封面構圖 □印刷裝訂
□字體大小 □其他＿＿＿＿＿＿＿＿＿＿＿＿＿＿＿＿＿＿＿＿＿＿＿＿＿＿＿

☆購買本書的原因？
□喜歡作者 □喜歡畫家 □被內容題材吸引 □被書名吸引 □喜歡封面設計
□看了廣告宣傳而有興趣（廣告來源）＿＿＿＿＿＿＿＿＿＿＿＿＿＿＿＿＿
□其他

☆您喜歡書中的哪些人物？1.＿＿＿＿＿ 2.＿＿＿＿＿ 3.＿＿＿＿＿
☆您在何處購買本書？＿＿＿＿＿＿＿＿＿＿＿＿＿＿（例如：金石堂、博客來）
☆希望隨書附贈何種贈品？＿＿＿＿＿＿＿＿＿＿＿＿＿＿＿＿＿＿＿＿＿＿＿

☆期待劇情中哪個畫面畫成圖案？＿＿＿＿＿＿＿＿＿＿＿＿＿＿＿＿＿＿＿

☆有哪幾本網路小說還未出版您希望出版實體書？
（請填寫書名、作者、網站名或網址）＿＿＿＿＿＿＿＿＿＿＿＿＿＿＿＿＿

☆您對本書的感想或意見，或是對本公司的建議。

讀者基本資料

姓名：　　　　　　　　　　性別：□男 □女
教育程度：　　　　　　　　職業：
生日：民國　　　年　　　月　　　日　　年齡：
連絡電話：
E-mail：

請沿虛線剪下再對摺黏貼，請勿用訂書機裝訂

※膠水黏貼處，請不要影響到填寫的資料※